我希望你陪着我，
但不是你陪着我赴死。

曲小蛐 著／
QU XIAO QU

长江出版社
CHANGJIANG PRESS

图书在版编目（CIP）数据

我真不是女主／曲小蛐著．—武汉：长江出版社，2023.1
ISBN 978-7-5492-8594-5

Ⅰ．①我… Ⅱ．①曲… Ⅲ．①长篇小说—中国—当代
Ⅳ．① I247.5

中国版本图书馆 CIP 数据核字（2022）第 234571 号

我真不是女主　　曲小蛐　著
WO ZHEN BU SHI NV ZHU

出　　版	长江出版社
	（武汉市解放大道1863号）
选题策划	阿　朱　靳　丽
市场发行	长江出版社发行部
网　　址	http://www.cjpress.com.cn
责任编辑	李剑月
封面设计	柚子酒
印　　刷	长沙鸿发印务实业有限公司
版　　次	2023年1月第1版
印　　次	2023年1月第1次印刷
开　　本	880mm×1230mm　1/32
印　　张	10
字　　数	230千字
书　　号	ISBN 978-7-5492-8594-5
定　　价	42.80元

版权所有，翻版必究。如有质量问题，请联系本社退换。
电话：027-82926557（总编室）　027-82926806（市场营销部）

目录
CONTENTS

001　　**楔子**

008　　**第一章**　　捡了只狗子

044　　**第二章**　　不畏强权

067　　**第三章**　　他的身份

091　　**第四章**　　侍寝美人

119　　**第五章**　　郡主入宫

目录
CONTENTS

160　**第六章**　你当真喜欢我？

192　**第七章**　我陪你一起，好吗？

223　**第八章**　拜入剑宗

256　**第九章**　你别想把我推给别人

286　**第十章**　你明明是喜欢我的

《夜非魔》第四百一十七章"复仇":

魔域帝宫,残阳如血。

着金甲、披鹤氅的男人面露一丝不忍:"玄帝陛下,叶王府上下三千人,未出襁褓的婴儿亦有不少,我们当真要……一个不留?"

魔宫里无人回应。

许久后,一道低哑的声音响起:"我也曾有两个幼弟。

"父王母后从前只苛责我,对他们则爱之护之。我心怀怨愤了许多年。

"直到后来我才明白,他们是教我做魔域的王,亦做两个幼弟的兄长……可惜我知道得太晚了。

"魔宫被破的那一天,幼弟们的血溅在了我的脸上。"

男人抬头望着天边的暮霭,犹如鸣唳的独雁。

"廖将军,你知道血的温度吗?如火一样,灼人肌骨,烧人肺腑,在心口留下大大的窟窿。

"这么多年了,这窟窿都不曾填上。每到夜里,我都能听见他们的哭声在这窟窿里像风一样呼啸。

"所以那些伤我骨肉至亲的人,我必叫他们百倍偿还。

"不过三千人,这魔域的风又不是没尝过灭族之血的味道。"

……

苏藐读完这一章,把手机往旁边一扔,转身看向室友:"我都要看哭了!叶语,你说《夜非魔》今天更新的这一章是不是特别感人?"

"哟,恭喜啊,你期待的复仇之战拖了半本书终于开始了?"苏藐的室友叶语边接话边伸了个懒腰,然后看了一眼桌子上的闹钟。

下午三点四十,距离本周的部门例会开始还有二十分钟。

叶语已经起身开始收拾东西,苏藐还在滔滔不绝地说着。

"不过玄翊可真是一点情分都不留,复仇之战一打响就拿叶王府开刀,怎么说叶语和他也有夫妻之实……"

苏藐说到这里就停住了,因为她发现叶语正笑眯眯地盯着她。

苏藐笑了两声:"好啦,不提名字,女配角,女配角行了吧?"

叶语这才收回目光,继续收拾自己要带的东西,同时懒洋洋地道:"女配角如果和男主角没有夫妻之实,说不定还不用死呢,至少不会死得那么惨。"

"嗯?为什么?"苏藐疑问道。

"回来告诉你。"叶语说。

"黑心叶,"苏藐翻了一个白眼,"你又吊我胃口。"

叶语看苏藐一眼,边转身往外走边笑道:"我这是为你好,多动脑,能有效预防老年痴呆。"

"我不,"苏藐躺回床上,"今天应该还会更新一章,我要等更新。"

叶语到会议室的时候,里面还没几个人。她抬头看向会议室正前方的时钟,离会议开始只剩六七分钟了。按常理来说,这个点人应该已经到得差不多了。她不动声色地抬腿进门。

"叶学姐来了啊。"坐在靠门位置的一个男生喊了声,会议室里的几个人都抬起了头。

叶语挑眉道："怎么只有我们组的人？会议时间改了？"

那个男生朝叶语竖起大拇指："叶学姐料事如神。"

叶语眼眸微垂："谁负责通知时间？"

有个女生应声："还能有谁，王琦月他们组呗！"

另一个男生接话道："王琦月真可以，上次抢我们组的赞助，这次干脆连会议时间都不通知了。"

"等部长来了，我非得告她一状！"

"就是，给脸不要……"开口的男生被叶语瞪了一眼，委屈地道，"叶学姐……"

叶语没急着说话，视线在众人间转了一圈，众人脸上或多或少都带着不忿和恼怒。她笑着想：年轻真好啊。

叶语径直走到会议桌旁，拉开一张椅子，将手里的包放在桌上。

她不疾不徐地开口："你以为部长愿意听你们唠叨这些琐碎事？"

有人接话："这哪是琐碎事啊，王琦月分明是算计我们组！"

叶语反问："证据呢？"

接话的人不吭声了。

叶语坐在椅子上转了半圈，撑着下巴笑眯眯地道："你们这些还在实习期的跑去部长那儿告另一组组长，还没证据，你们这么牛，怎么不干脆挖个坑把自己埋进去呢？"

刚才接话的人还蒙着，旁边有人反应得很快："我们两个组现在是竞争关系，还需要什么证据？"

叶语继续笑道："你们王姐敢做，那肯定就敢当啊。她要是说自己太忙忘记了，或者干脆说是自己组里负责通知的人忘了，你们怎么办？"

几个人被叶语问得哑口无言，像斗败的公鸡似的。

叶语将几个人的反应看在眼里，她转身，拿出假条本"唰唰"写了几笔后抬头道："行了，多大点事，别站着了，坐下吧。"

"我们可没叶姐你那样的胸襟。"旁边的女生小声道，"上次例会上王琦月……抢了我们的赞助，要是换成我，早就忍不住把电脑砸她脸上了。也就叶姐你脾气好，对着她那嘚瑟样还笑得出来……"

"我脾气好？你这个夸法新鲜，我第一次听。"

"那您还……"

"我那是舍不得砸坏自己的电脑。"叶语说，"等下次换她的电脑在我面前，你看我会不会砸在她脸上。"

众人闻言纷纷笑开。

坐在门边的男生揉着鼻子，遗憾地道："不过被抢了客户可真是让人不爽，他们这周应该就确定合同了吧？"

众人脸上的笑意渐渐隐去，唯独叶语仍勾着唇角："那可未必。"

几人还欲追问，就听见外面走廊传来一串脚步声，大家不约而同地噤了声。

没过几秒，会议室的门被人推开，王琦月带着几个人走了进来。

王琦月的脸色极为难看，她走到叶语身旁，将手里的黑色文件夹甩在了会议桌上。

"叶语，你可真厉害。"王琦月脸上挂着冷笑，眼神和声音都带着怒气。

会议室里安静了好一会儿，叶语才不紧不慢地抬头："哟，王姐,这是怎么了?"

同为小组组长,叶语无比自然地叫出"王姐"两个字,惊讶得像是才看见身旁的人。

王琦月把敞开的文件夹里的合同页攥紧:"叶语,这次合同的事情,我记着了!"

叶语撇了下嘴,慢悠悠地起身,靠在会议桌上,然后不以为然地看向王琦月:"王姐这是什么意思?"

王琦月被她的眼神刺激到,本能地避开,回过神后更加恼怒地瞪回去:"装什么?你敢说合同签订的事情,你没做手脚?"

叶语停了几秒,仿佛突然反应过来似的笑道:"哦,我懂了。王姐是合同没签成,来怪我的?"

叶语边说边回头看向自己的组员:"看来我是带你们带习惯了,上次交接时,怎么就没手把手教王姐签合同呢?"

王琦月气得声音都变了调:"叶语,你……"

"这是会议室,要吼去外面。"叶语蓦地打断了王琦月的话,眼神有一瞬冷得像冰,不过下一秒那冰就化了,只剩春水荡漾。

众人看到的叶语依旧温和又淡定,只听她道:"王姐,注意形象啊。"

王琦月还想发火,然而叶语的眼神确实让她胆怯了。

僵持了几秒,王琦月冷哼了声,扭头就往外走。

叶语眯了眯眼,侧过脸道:"会议就要开始了,王姐这是要去哪儿啊?"

王琦月停住,背对着众人冷声道:"我身体不舒服,请假。合作公司那边不是点名让你去签合同吗?我可没你手腕厉害,拱手相让就是了!"

叶语闻言,走到王琦月身旁:"看来王姐真是误会了。"

王琦月心里对那份合同还是抱有幻想的,此时自然没有直接走人,她扭头看向叶语。

叶语声音柔和:"与他们的合作事宜,上周的例会上我就已经交接给你了。合同签不签,都与我无关,你哪儿来的资格说扔给我就扔给我?"

王琦月瞳孔一缩。她原本以为叶语只是想把自己丢了的东西抢回去,此刻她突然想到了一种更可怕的可能。

在王琦月逐渐慌乱的眼神里,叶语眉开眼笑。

"抱歉啊,王姐,不是我不想帮你们,"叶语把之前填好的请假条放进王琦月掌心,"我是真的身体不适。这是请假条,麻烦替我转交给部长,千万别再忘了。"

叶语说完,拍了拍王琦月的肩,抬脚走出了会议室。

出了会议室,叶语敛起眼底的锋芒,心道:借了我的东西,不付点利息就想还?想得挺美。

叶语舒舒服服地伸了个懒腰,直接往楼梯间走去。

她刚下了两级台阶,手机就响了起来。

拿出手机看清来电显示,叶语接通电话:"苏貘?"

"啊啊啊!叶语,《夜非魔》竟然永久停更了!"

耳边突然炸响的声音吓得叶语脚下踩空。

掉下楼梯的那一瞬间,叶语心里只剩一个想法:怎么就摔了……

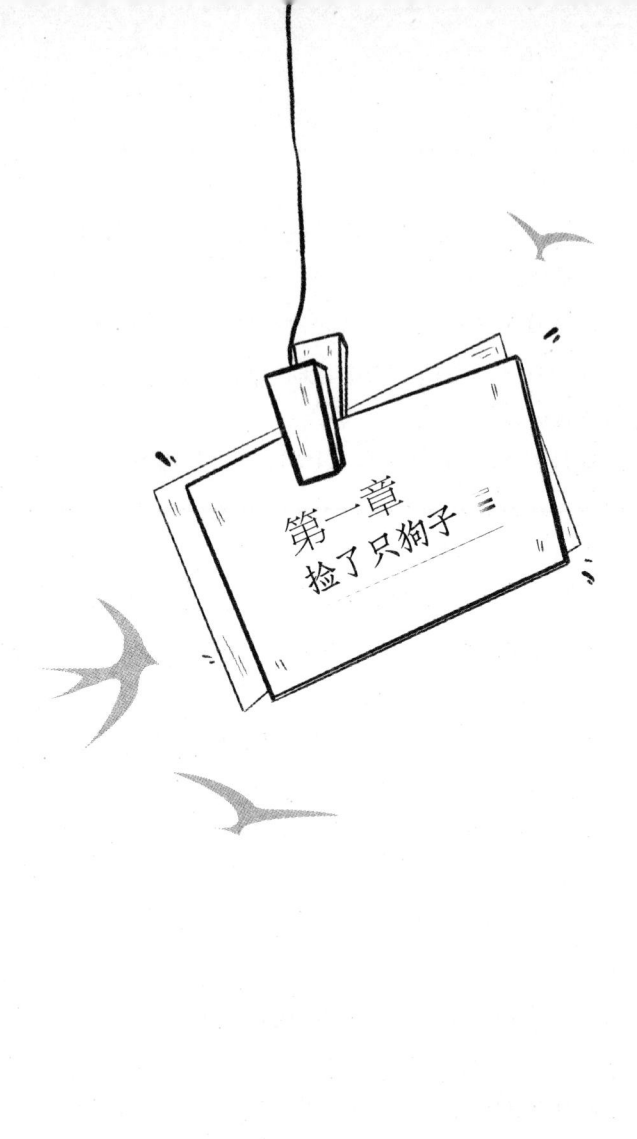

第一章
捡了只狗子

01

清晨。

山脚下的小村落里，一户人家的大门被人推开，里面走出一个模样清秀的姑娘，她身穿简洁的布衣，却挡不住浑身的高雅气质，一看就是大户人家教养出来的姑娘，和四周近乎破烂的茅草屋格格不入。连院外大树上的鸟儿都睁大了眼睛，好奇地瞧着那姑娘。

那姑娘毫无察觉，轻移莲步走到院子中央，站在初阳最盛的位置，然后毫无形象地伸了个懒腰，来了一套踢腿伸臂。

"哎哟，我这老腰！再睡这种硬床板，我的腰迟早要折了。"树上的鸟儿身形一歪，扑棱着翅膀欲飞走。

"叶语姑娘醒了？"

院子里突然又响起个声音，另一扇房门也打开了，一位头发花白、精神矍铄的老太太走了出来。

站在院子中间的叶语转过身，嫣然一笑："王大娘。"

"这是准备出摊去了？"

"嗯，我过会儿就走。"

"今天还是不吃早茶？"

叶语一想到王大娘烧的那一手黑暗料理，心里一哆嗦，她立马摇了摇头："等进了魔城主城，我随便找个地方吃就成。"

"那你路上小心。"王大娘遗憾地道，随即回了屋。

叶语这才松了口气，活动完腿脚之后，她也转身回了自己的屋子。

关上木门,确定院子里没什么动静之后,叶语才走到床边,把自己藏在床头的东西拿了出来。若是这里有人,看到叶语手里的东西,定会觉着这玩意古怪。可要是换了两个月前叶语所处的地方,一定人人都认得出它——一部智能手机。

只可惜,现在它不能叫智能手机了。

叶语按亮了手机屏幕,看着上面显示的时间、日期和天气,很是无奈。她滑动解锁屏幕,出现的是满屏文字的小说阅读界面。她不死心地在屏幕上乱点一通,却没有任何反应。叶语叹了口气,将手机放进了自己在裤边专门缝制的暗袋。

现在它只是一部永远有电,但是只显示时间、天气和阅读界面的手机,跟一块板砖没多大区别。更糟糕的是,阅读器里只有一本书的第一章,也就是叶语两个月前正在阅读的《夜非魔》。

两个月前,叶语在接到苏藐的电话,并被告知《夜非魔》永久停更时,不幸踩空摔下楼梯。

她醒来时,就出现在这里了。

收留她的王大娘说是在溪涧旁发现她的,当时她手里还攥着一块非金非玉的东西。

寡居的王大娘将她带回自己家安置下来,她凭借着极强的生存能力很快就适应了这里的生活。

根据和王大娘的交谈以及手机阅读器里的《夜非魔》,叶语基本能够断定,自己现在所处的就是书里描写的年代。就在叶语为生计发愁的时候,她发现自己只要将手机带在身上,每触碰一个人,她就能看到对方的过去和未来,于是她凭借着帮他人预知未来谋生。

长途跋涉了将近一个小时，叶语终于到了魔域帝宫所在的城市——魔城。

城内，叶语眺望了一下魔宫所在的方向。

按照王大娘的说法，现在的时间应该是《夜非魔》的开篇：此时魔域帝宫里只有一位纨绔少魔帝和一个从魔宫大祸里救出少魔帝的功臣——魔域的大将军、少魔帝的叔父玄膑。

众人都夸赞玄膑不但天赋异禀，不过六十就达到了混沌境巅峰，更是忠心耿耿，当年在一众乱臣里以铁血手腕力保少魔帝登基。可惜少魔帝不争气，不但性格散漫，还偏生是个不能修炼的废物。

除了宫里的这两位，如今大概只有叶语知晓当年玄膑不仅将魔宫上下屠了个干净，还将拥护老魔帝的众臣杀得一个不剩，甚至是亲手废了少魔帝玄翊修炼根基的大奸人。

若不是魔宫只认血脉纯正的魔帝一脉，如今的少魔帝玄翊或许早就被玄膑找个借口除掉了。

思及此，叶语同情地看了魔宫最后一眼，然后头也不回地往城东的一家酒楼走去。

魔宫里面那两个，老的会装，小的更会装，最可怕的是他们都能忍天下人所不能忍，一个比一个心狠手辣，她还是离远点为妙。

叶语又走了百余丈，终于到了自己的目的地——暗香茶楼。

茶楼门口，店小二一见着叶语，便喜气洋洋地迎了上去。

"叶姑娘，您来啦。好几位已经在楼里等您了。"

叶语端稳了自己的架子，抬脚迈进茶楼。

经过她的营销，不过近两个月，她的名号已经宣扬出去了。

如今她有了自己的固定摊位，就在这暗香茶楼里。

想预知未来的客人提前来茶楼候着，等候期间总要点些茶水吃食，茶楼老板也乐意让叶语占一张桌子。茶楼老板有了等候客人的固定客流，叶语则省了摊位费用，也避免了风吹日晒。

在这将近两个月内，双方合作甚是愉快。

这厢茶楼里的客人抻着脖子盼了好久，眼最尖的一见到叶语，立马站起身来行作揖礼："叶姑娘！"

其他人见状，也纷纷开口，场面顿时乱成了一锅粥。

叶语和和气气地冲着他们颔首后，就坐到自己的那张桌子。

"诸位都领了木牌了？"

"领了领了。"众人这次倒是异口同声。

叶语："那就劳烦诸位按照顺序，一个一个来……"

她还没说完，就有人兴冲冲地跑过来，一屁股坐到了她对面的长凳上："叶姑娘，我是第一个！"

"嗯，你想问什么？"

"财运！求叶姑娘给我看看，我的财运如何？"

叶语抬手往桌上的笔墨纸砚示意："写个字吧。"

"唉！"那人高兴地应道，拿过纸张写了一个字，双手捧起奉到了叶语面前，动作谨慎得仿佛手里捧着宝贝似的。

叶语接过去扫了一眼，字好丑……

她心里这样想，面上却丝毫不显，不动声色地抬眼打量对方："我给你看看脉象。"

对方一愣："财运还和脉象有关？不是看病才把脉吗？"

"身乃财之本，没有好身体，要财运何用？"叶语面不改色地说道。

对方还真信了，虔诚地伸出手。

叶语搭上对方的手腕,心念一动……

叶语接待完排队候着的那些人,阳光正猛烈地照耀着大地。

估摸了下时间,叶语便起身准备返程。她刚起身,脸色突然变得很古怪。

她很快调整好了表情,在茶楼扫视了一圈。此时店内已经没什么客人,店小二倚在柜台里打瞌睡,她低下头看向自己缝了暗袋的裤子。

刚才她要是感觉没错的话,手机振动了下。

一想到这个,叶语只觉得心跳加速。

这两个月,除了日期和天气变化,她的手机就没有发生过半点变化。

再次确定无人注意自己后,叶语拿出了手机,亮起的锁屏界面上没有任何消息提示。

叶语没着急,划动解锁了屏幕。

入眼还是那个熟悉的阅读器,只不过与之前她看过无数次的不同,这次阅读界面的正中间多了一个提示小窗口,上面写着"解锁新章节"。

02

叶语心里疑惑,面上却不显。

她按捺住立即查看的冲动,按照原计划起身往外走。

临出城前,叶语顺路买了些肉蔬,然后径直离开了魔城,一路往王大娘家所在的小村落赶去。

等路上人迹渐无,叶语才拿出手机,一边看一边往前走。

研究了一会儿,她终于发现了手机的变化。

"解锁新章节"还真是字面意思,也就是说阅读器里的《夜非魔》现在能看第二章了。

这个变化让叶语无语了好一阵。

稍一思索,她便猜测到,多半是现在剧情已经发展到第二章了,所以阅读器才会跟着变化。

可是无论怎么想,叶语都不明白这些和自己有什么关系。

"还不如增加一个'打地鼠'的游戏。"

叶语面无表情地把手机揣了回去。

走出几米后,叶语又把手机拿了出来。

还是看看时间线走到哪儿了,说不定关键时刻能救自己一命呢?

叶语粗略地将两章内容回顾了一遍。

第一章写了当年魔宫大祸的旧事,男主角玄翊被叔父玄朕当作傀儡,废去修为,登基为少魔帝。

有一次,玄翊误入魔宫的地下宫殿,凭借血脉力量重筑根基,并隐藏自身修为,以免被旁人发现,同时,他开始暗中谋划复仇。

第二章中,天赋远胜玄朕的少魔帝玄翊年仅十六岁就修至成兽境,只差一境就能踏入最高境界混沌境。然而,在暗中准备复仇期间,玄翊隐藏气息易容潜入玄朕寝宫,却不慎被察觉,被追捕时受了重伤逃出宫去。

因为伤势过重,玄翊昏迷,再醒来时,发现自己被一位貌美如仙的女子所救。借助探知修者境界的天赋,玄翊发现这个自称"云华"、四处游历的女子竟然是仙域的修者。

第二章结束,叶语再想往下翻就翻不动了。

叶语早就看过这本书,具体的时间线和情节有些记不清,但她知道这个"云华"是本书女主角。除此之外,云华也是云宗宗主的掌上明珠，在仙域大多数地方那都是说一不二的主。云华看上去天真纯洁，实则极善于伪装。

叶语将手机放回暗袋。

一想到后面玄翊进入仙域后，从云华那儿得到助力的情节，她就忍不住感慨：果然无论在哪儿，娶一个家世背景雄厚的女人就能少奋斗几十年！真是令人艳羡！

叶语想了下自己找云华抱大腿的可能性，得出基本为零的结论后，不由得有些沮丧。

"算了。自主创业，发家致富。"喊完口号，叶语就拎着一块猪肉和一捆青菜，哼着歌往村里走。

王大娘是个好老太太，除了能把一手黑暗料理烧得"旷古烁今"外，没有缺点。所以在她说家里没有做饭的柴火后，叶语虽然发自内心地感到高兴，但还是乖乖地拎上背篓去后山拾柴了。

至少得做出努力的样子，她才能以"拾不到柴"为借口，顺理成章地往回带熟食啊。

在"即将告别黑暗料理"的诱惑下，叶语觉得自己爬山都有劲了，再也不是个走几步就喘的弱女子了。可很快她就发现，这只是错觉。才走出了五十米不到，叶语就喘着气坐在了一块圆石上。休息的间隙，她从背篓里拿出了她今天在魔城沿街的店铺里买的书——《凝气九境》。

这本书是介绍修为的第一个境界凝气境的，薄薄的一本，看起来没几页内容，价格倒是一点不便宜，顶叶语两天的收入了。

按叶语那远高于平均水平的收入估算，这价格绝对不是一个小数目，一本书卖这么高的价，令叶语对它充满了好奇。

叶语翻开那本书，大概十秒后，书被"啪"地合上。

她看不懂。

里面每一个字她都认识,放在一起就不知所云,就像一堆无意义的乱码。

一定不是她的问题。

叶语坦然自若地把书扔回背篓里。

按照她对《夜非魔》的记忆,她只知道仙魔大陆上有灵根的人才能修行,一部分人是生来具有灵根。仙魔两域的修者在凝气、通脉这两境之后,修炼方法不同,身体变化也不同。

仙域修者会在丹田内仿灵物生长,分灵种境、含芽境、成叶境、化灵境。

魔域修者则在丹田内仿灵兽成长,分为魔核境、雏体境、幼态境、成兽境。

等到最后一境,无论仙魔,皆归于一片混沌,所以这最后一境叫作混沌境。

混沌境就是最高修为,达到这一境界者,整个仙魔大陆也仅有那位杀兄弑嫂灭侄子的魔域大将军玄膑。

想到这儿,叶语暗生庆幸,喃喃道:"还好玄膑最后会被男主角灭了,不然这可真就是王八,啊不,祸害遗万年了。"

叶语这么一琢磨,也休息够了,便重新拎着背篓往山上走。

她打定主意,到半山腰随便捡一些树枝,差不多就折返。

结果还没爬到半山腰,叶语就听见了些别的动静。

"你们可轻着点,别一下就把它弄死,那就没得玩了!"

叶语身形一僵:这是撞见杀人现场了?

叶语转过头去,看清了大树后面的情况,不由得松了口气。

"你们三个,"叶语怒从心生,绷着脸走过去,"干吗呢?"

三个正在干坏事的男童闻言一惊,纷纷回头,待看清了来人只是个弱女子后,又都松了一口气。

不过到底来的是个大人,他们还是有些底气不足。

其中一个梗着脖子开口:"关……关你什么事!"

叶语低头一扫,将草丛里那只羸弱的小黑狗的可怜样尽收眼底:身上有血痕,伤口还不浅。

似乎感受到了叶语的注视,小黑狗那漆黑的圆溜溜的眼睛仿佛带着痛苦和绝望看了叶语一眼,又合上了。

叶语的视线落到那三个男童身上。

"我家狗被你们虐待成这个模样了,你们还敢问关我什么事?"

三个男童怎么也没想到会碰上狗主人,一听这话都怂了,互相看了几眼,只有刚还嘴硬的男童说道:"谁……谁能证明这是你家的狗?"

叶语二话不说,上前揪着那男童的耳朵将其拽了过来。

"你放开我!你敢打我,我让我爹……"

"怎么,前天你爹抽你那几棍子不够是吧?还想再挨一顿?"

叶语这话一出,被她拎着耳朵的男童踮着脚扭头看向她:"你……你怎么知道……"

"我还知道一个多月前,你和他俩一起偷了你娘藏在砖缝里的银两,去魔城胡吃海喝了,到现在还没被发现,要不要我去跟你爹你娘知会一声?"

这下男童被吓得脸都白了,整个人哆嗦了起来。

另外两个男童更是害怕得不行,其中一个当场跪在地上:"仙女姐姐,我们再也不敢欺负您家的狗了,您千万别跟二牛他爹说,他会打死我们的!"

"哦,那你呢?"叶语低头看着手里的男童。

"我也再……再也不敢了……"男童声音发抖。

叶语这才松了手。

"给你们半分钟……喀,我数到三十,你们赶紧从我眼前消失。再让我看见你们欺负小动物,就不是只跟你爹娘知会一声那么简单了。"

威胁的力量是巨大的,叶语还没数到十,三个熊孩子就消失在她的视线里。

叶语看着他们消失后,才转身蹲下,小心地查看小黑狗身上的伤口。

检查了一遍后,叶语松了口气。

还好伤都不在要害,它这么虚弱应该是失血过多。所幸这会儿血已经止住了,带回去养一段时间,它应该就能活蹦乱跳了。

叶语这样想着,便准备将小黑狗抱起来,她的手刚碰到它的后爪,就感觉它抖了下,接着它低低地呜咽了一声。

叶语的目光落到小黑狗被自己碰到的那只后爪上,她观察了片刻,忍不住低骂了一句:"三个熊玩意!"

小黑狗的后腿显然是骨折了。

这样一来,叶语还真不敢直接抱起它。她四下扫了一圈,最后找了两根还算光滑的树枝,又从自己的裤脚上撕下两块布,动作麻利地将小黑狗骨折了的后腿用木棍固定,又用布条缠好。

处理这些时,小黑狗都不知道因为疼痛而不自觉地抖了多少下。

叶语心疼地用手指在小黑狗的耳后轻轻摩挲:"乖一点,我带你回家……以后没人能欺负你了。"

在叶语的话音里,小黑狗缓缓睁开了眼,瞧了她一眼之后,又闭上了。

叶语被它看得一怔。不知道为什么,她总觉得这小黑狗像是能听懂她的话似的。

不过,叶语很快就否定了这个想法,就算这狗子不一样,也不可能听懂人话吧?

这样想着,叶语小心地把小黑狗抱进怀里,转身往山下走去。

03

叶语抱着小黑狗走进院子时,迎面撞上了往外走的王大娘。

王大娘一见叶语怀里的生物,愣了下:"叶语姑娘,这是……"

叶语认真地道:"柴没拾到,所以我就带了点野味回来交差了。"

小黑狗动了动耳朵,王大娘也不赞同地看向她。

她这才把自己在山上遇到的事简单说了一下,吓唬男童的过程自然被她略去了。

"它这么小,受伤又不轻,万一碰上其他人,说不定就真被人当野味炖了。"叶语说道,"所以我就带它回来休养一段时间。大娘如果介意,我就跟这个小家伙搬出去。"

"我要是连它都容不下,当初就不会把你这么个大活人带回来了。再说,养只狗在家里也好,能陪着我这个老太婆,还热闹。"

"我就知道大娘您心最软了。"叶语嘿嘿一笑,"等小家伙长大了,我让它给你生一窝,那样更热闹!"

王大娘惊讶地看了一眼叶语怀里的狗:"这是只母狗吗?"

叶语怀里的小黑狗浑身一僵。

叶语没觉察到，回忆了下，遗憾地摇了摇头："公的。"

第二天一早，叶语准备去魔城时，顺便将还有点虚弱的小黑狗带上了。

小家伙起初还算温顺，但是在发现叶语的去向之后，就剧烈地挣扎起来。

可惜它的身体虚弱，挣扎了没两下就被叶语用两个指头镇压了。

在几次反抗都失败后，小黑狗终于放弃反抗，屈辱地趴在叶语臂弯间。

"不闹腾了？"

叶语伸出手指，在小黑狗竖着的两只尖尖的耳朵间来回安抚。

小黑狗甩了甩脑袋，试图甩开叶语的手指。

叶语笑着打趣它："哟，个头不大，脾气还不小呢？"

小黑狗理都没理叶语，仍旧蔫蔫地趴着。

"咬吕洞宾的那只狗是你家祖宗吧？要不然你怎么跟它一个德行呢？"叶语开玩笑，"我可是为了带你去魔城的灵兽阁治病的，你以为自己很轻吗？"

叶语本来也没想和这只小黑狗交流，只是一个人赶路太过无聊。令叶语意外的是，她刚说完，怀里的小黑狗竟像听懂了似的抬起头，将信将疑地看了她一眼。

这一眼瞧得叶语来了兴趣："你真能听懂我说话？"

小黑狗点了点头，又摇了摇头："呜……"

叶语琢磨了几秒，眼睛一亮："有的听得懂，有的听不懂？"

小黑狗这次迟疑了一会儿才点了点头。

"有意思。"叶语笑道,"这里狗都这么有灵性,所以人才能修炼吗?"

这一次,小黑狗露出懵懂的眼神,似乎听不懂叶语在说什么。

叶语想了想,问道:"怎么说你也是能听懂人话的生物,总小家伙小家伙地叫你也不好,不如我给你起个名字吧?"

小黑狗明显露出抗拒的眼神。

叶语:"二狗子怎么样?不喜欢?我觉得这个名字很好啊,多有气质。"

"呜……"

"哟,这么抗拒?那我想想……哎,有了,大黄怎么样?"

"呜呜呜……"

"这个也不喜欢?真没品位……"

一人一狗就这样"讨论"了一路起名问题,直到进了魔城才停歇。

今天叶语没急着去暗香茶楼,而是带着小黑狗直奔灵兽阁。

灵兽阁广布仙魔大陆,魔城里的这家只是一所分号,阁内开展包括买卖灵兽在内的诸多业务,给灵兽治伤自然不在话下。

叶语说明来意之后,就被领到了一间小隔间内,坐在桌后的老者一抬眼皮,瞥了小黑狗一眼。

叶语分明感觉到,随着老者的视线,一种古怪的气息包围着小黑狗。

叶语眼神微闪。

这老者莫非是个修者?她为什么能感觉到那种奇怪的气息?

叶语思绪飘远,并未注意到怀里的小黑狗这会儿安静得出奇。

须臾之后,那老者收回目光:"这位姑娘请……"

最后一个字还没出口,老者就发现叶语已经坐下了。

迎着那老者错愕的眼神,叶语一时也僵在了原地。

几秒之后,见老者还没回神,叶语体贴地问:"要不我再站回去?"

老者有些尴尬,不过很快恢复如常,将话题转移到小黑狗身上:"它虽伤得不轻,但也能自己恢复,只不过时间会长一些。且我观它全身无灵气,应该并非灵兽,姑娘真要让我灵兽阁出手医治?"

叶语语气真诚:"不然我来这儿干吗?"

老者咬牙微笑:"我灵兽阁出手,价格可不会低。"

"阁下可听说过暗香茶楼的叶姑娘?"

叶语的话头转得突然,但老者反应也极快。他上上下下地打量了叶语一遍,问道:"莫非姑娘就是?"

叶语一派从容地点头。

老者早就听说过最近风头正盛的叶姑娘的名号,想到自己刚刚竟然质疑对方未必拿得出治病的钱,不由得心生疚意,开口道歉:"是老朽……"

叶语打断他的话:"既然听说过,能便宜一点吗?"

老者一阵无语。

见对方神情僵硬,叶语再接再厉,语气越发真诚:"下次贵阁去我那儿,我也可以给你打折的。"

半个小时后,叶语抱着已经完全复原的小黑狗从灵兽阁走了出来,一边走一边感慨:"一帮老顽固,连互惠互利都不懂!你说他们是怎么把生意做这么大的?"

小黑狗没反应,过了几秒才直起身,朝她呜呜了几声。

"你想说什么？我可听不懂狗语。"

小黑狗不放弃，又比画了一通。

叶语若有所悟："你是嫌贵？"

小黑狗好像有点不甘心，不过还是慢慢地点了下头。

"确实不便宜，卖了你也不值这个价钱。"

小黑狗恼怒地瞪着叶语。

叶语笑道："不过我乐意，管那帮老顽固怎么说呢。"

小黑狗有些错愕。

叶语接着道："我攒了一个多月的五百两说没就没了，是有点遗憾，总得纪念一下，你干脆叫五百两吧。"

"呜呜！"

"抗议无效，就这么定了。"叶语眉开眼笑，"不过你作为一只狗，怎么能呜呜叫？不该是汪汪叫吗？乖，叫两声我听听。"

五百两屈辱地趴了回去，耷拉着耳朵不再理叶语了。

今天慕"叶姑娘"之名而来的客人们，在暗香茶楼里苦等了一个多时辰，才见到抱着只小黑狗姗姗来迟的叶语。

"哎哟，叶姑娘，您今天怎么才来啊？"

被客人们催得焦头烂额的店小二隔老远见着叶语，就三步并作两步地迎了上去。

叶语摆了摆手："有点事情，耽搁了。"

"客人们都等急啦。"

叶语抱着五百两淡定从容地走进茶楼："经常等等，可以练心气，多好。这一笔学费我就不收了。"

店小二嘴角抽了抽，他心说：得亏那些等了一个多时辰的客人没听见这话,不然心气不够宽的听了,还真有可能气得晕过去。

尽管心里抱怨着,店小二还是急忙跟了上去。

茶楼里,叶语走到自己常驻的那张桌前,将怀里的小黑狗往笔墨纸砚旁边一放,就坐下了。

那些客人纷纷凑了过来:

"叶姑娘,这是什么灵兽吗?"

"瞧你这话问的,能被叶姑娘瞧上的,那肯定是灵兽啊!"

"咝……我怎么越看越觉得这像条狗呢?"

"那是你眼拙,要我说,这至少是只犬类灵兽!"

身旁的人争得热闹,叶语却没理会,她抚了抚正盯着那群人的小黑狗:"怎么样?跟我在一起,是不是感觉狗生有幸?"

五百两鄙夷地看着她。

叶语也不计较,给店小二使了个眼色,就开始准备处理自己的第一单生意了。

第一单生意还没结束,就有一帮穿着盔甲拿着刀戟的人踏进了茶楼。

店小二慌忙迎了上去:"几位军爷有何贵干?"

"奉魔域大将军玄胺之命,缉拿入宫刺客。茶楼属鱼龙混杂之地,我们要仔细检查一遍!"

店小二闻言,连忙应是。茶楼里其他客人也都敢怒不敢言。

这魔域不同于仙域,素来是魔宫统管全域,真惹怒了这些人,谁也讨不了好。

没一会儿,那一队人就将整个茶楼搜了一遍,最后回到了为首那人身后。

叶语观察对方的神情,显然是一无所获。

她听得那人对店小二道:"若是遇见左腿有伤之人,一律上报,明白了吗?"

"是是是……"店小二连声应着。

交代完后,那队人才转身离去。

叶语神思一顿,她要是没记错的话,五百两骨折的就是左腿。

她自嘲地一笑,最近古怪的事情太多,搞得她都开始胡思乱想了。

叶语没注意到,原本趴在桌上的五百两此时正望着离去的那队士兵,眼里尽是寒意。

04

叶语接待完今天的客人时,店小二奉上的茶水已经凉透了。

她并不在乎,端起来抿了一口,视线落在趴在她手边的五百两身上。

五百两正神情古怪地看着她。

叶语拿着杯子的手一顿,然后将杯子放到五百两嘴边,差点撞到它鼻头:"你也渴了?"

五百两嫌弃地看了一眼,扭开了头。

叶语也不介意,伸手就准备把杯子拿回来,五百两却突然转头,飞快地凑过来在杯子边舔了一下,猩红的舌尖一闪而过。

偷袭成功的五百两眼底闪过得意,就在它准备退回去时,被面前的女人抓住了。

叶语半拖半抱地把五百两拎到自己眼前,用指尖挠了挠五百两的下巴:"乖,张嘴,让我再看看你的牙齿。"

五百两死死地闭着嘴巴。

叶语也没强求，侧过脸开始回忆：刚刚五百两露出来的牙齿，看起来怎么那么尖锐？

她甚至觉得那一瞬间有寒芒刺进她眼里了，还是说狗子的牙齿都是这样的？

并没有养狗经历的叶语带着疑惑，将五百两放回了桌上。她拿起茶杯还想再喝一口时，想起茶杯被五百两舔过。

叶语默默地把茶杯放了回去，招呼店小二："这儿，再上一杯茶。"

五百两似乎感受到了叶语的嫌弃，将一双乌黑晶亮的眼睛睁得大大的：自己都没嫌弃她，这个女人竟然嫌弃自己！

不知道叶语是否看懂了五百两想表达的愤怒，反正她没做出任何回应。

叶语哼着不成调的歌，拿出手机看了一眼就皱着眉放了回去。

她站起身，道："小二，我先出……"

"你就是大家所说的叶姑娘？"

就在这时，一个声音突然打断了叶语。

叶语一听这口吻就知道对方是来找事的，她看都没看来人一眼，清了清嗓子，续上了自己先前要说的话："我先出去一趟。若是有要找我的客人，就让他们领了号码牌等着。"

"唉。"店小二应了声，便忙自己的去了。

"哟嘀，叶姑娘的实力不知道怎么样，架子倒是不小！"

叶语回过头，看清了来人：两撇八字胡，手里拿着个布幡。

看来是被自己抢了生意的同行啊。

叶语没搭理他。

茶楼里从来不缺爱看热闹的闲人，此时他们纷纷投来视线。

"呦，这不是仙域天机阁记名弟子李德吗？"

"看来他是来找叶姑娘晦气了。"

"我听说这李德在业内也有点水平，就是不知道这两个人孰优孰劣啊。"

"那可得好好看看。"

"对，一起看。"

茶楼里的人说闲话也没压低声音，站在叶语和李德的位置都听得清清楚楚。

李德一抹自己的八字胡，抬高了下巴，看起来恨不得拿眼角去睨叶语。

他心想：别的不说，天机阁记名弟子的架势一定要摆出来。

下一刻，他就听见站在自己对面那个看起来笑容祥和的女子开口："来找我预知未来？先去柜台领号码牌。"

这姑娘是没听见那些人谈论自己的身份，还是没看见他手里这块大布幡？

李德还没想明白，就发现叶语已经准备走了。他连忙开口把人喊住："等等！"

"还有事？"

"我不是来找你预知未来的！"

"哦。"叶语应了声，抱起五百两就往外走。

五百两同情地看了李德一眼。它觉得这人最好别再开口，跟这女人磨得越久，受到的羞辱就越多。

只可惜李德没能看懂五百两的眼神，他急赤白脸地冲上去拦住了叶语："我说我不是来找你预知未来的！"

"我只会预知未来，不会别的。"叶语不客气地看着李德，"你既然不想预知未来，这茶楼这么大，该干吗干吗去！"

李德被叶语说得愣在原地。

在叶语绕开他准备直接走人的时候,李德终于反应过来,气急败坏地道:"我要跟你比一场!"

叶语连脚步都没停:"赶时间,不比。"

"为何不比?"李德反身又拦住她。

见对方不依不饶,叶语叹了口气,停下脚步:"跟你比有什么好处吗?"

李德一噎,过了会儿才梗着脖子道:"我要是输了,就离开魔城!"

叶语看着他,真诚地道:"你在不在魔城,对我没什么影响,真的。"

李德还没说话,茶楼里看热闹的人已经要笑疯了。

他气得吹胡子瞪眼:"那要是我输了,我就……我就拜你为师!"

叶语摇头:"我对资质愚钝的弟子并不感兴趣。"

李德:"……"

这时,已经走出去几步的叶语突然停住,转过身来:"不过,你们这儿流行给拜师费吗?"

见叶语神情认真,李德才确定对方不是开玩笑的。

他把脸一板,语带轻蔑:"若是你真能赢了我,拜师费算什么!"

叶语:"好,那我和你比一场。说吧,比什么?"

"当然是比谁算得准!"

"怎么比?"

"在场随便点十人,预知他们的未来,如何?"

"太麻烦了,"叶语摆摆手,"都说了我赶时间。"

"那你说怎么比？"

叶语伸手一指茶楼外面湛蓝的天空："知道人的未来有什么，真正厉害的，能知道天的未来。"

李德瞬间瞪大眼睛，过了好一会儿才回过神来，带着冷蔑和嘲讽道："天机阁阁主都不敢如此妄言，你一个小姑娘，说这话不怕风大闪了舌头吗？"

叶语不以为然："我不怕啊，你怕了？"

"行！今天只要你算得出来天的未来，我一定拜你为师，并且从今往后奉师命为圭臬，上刀山下火海在所不辞！"

茶楼里的气氛此时也冷了下来，不少人边嘀咕边望着两人。这李德虽然没有叶姑娘这么厉害，但也是走南闯北见多识广的人物，如今众人听李德如此信誓旦旦，不由得都为叶语捏了一把汗。

李德似乎被叶语先前的言论惹怒了，此时脸上没有半点表情："那你若是输了呢？"

叶语忍俊不禁："我怎么可能会输？"

茶楼里一片死寂。

李德的脸涨得通红。

叶语怀里的五百两忍不住嫌弃地看了她一眼。

在李德气炸之前，叶语叹了口气，一副容忍孩童胡闹的口吻："算了，那我就随便说一个吧……我要是输了就离开魔城，行了吧？"

"你开始吧！"李德从牙缝里挤出这几个字。

叶语抬头看了眼万里无云的晴空，然后笑着回头："不出一炷香的工夫，就该下雨了，大家回去收收衣服吧。"

不可置信的围观者议论纷纷：

"什么？"

"这怎么可能！"

"就是，艳阳高照的，怎么会下雨！别说一炷香，就是一个时辰也没可能啊！"

听着大家的讨论，李德的脸色渐渐从愤怒转为鄙夷，在他看来，叶语分明是敌不过自己而信口开河。

叶语也不解释："我出门时忘了带伞，先去买一把，诸位不信的话，且候着好了。"

李德冷声道："谁知道你会不会直接走人？"

"拜师费我还没收呢，怎么会走人？"叶语看着他，摇了摇头，抱着五百两离开了茶楼。

不到一炷香的时间，叶语撑着一把油纸伞，慢悠悠地走在雨中，与周围慌忙赶路的路人形成了极为鲜明的对比。

被突然降下的雨困在茶楼里的客人们和呆若木鸡的李德眼睁睁地看着叶语踏着雨水而来。

"这叶、叶姑娘莫非真是……仙女转世？"

茶楼里，不知道谁说了一句。

其他人初听只觉得荒谬，细想又觉得好像只有这样才解释得通，不然连天机阁阁主都不敢妄言的事，怎么叶姑娘随便瞥上一眼，就能如此准呢？

而此时众人眼里的仙女叶语不着痕迹地把裤袋里的手机往里推了推，虽然来这儿后电量从未减少，但谁知道碰了水手机会不会短路……

叶语踏进茶楼，单手收了油纸伞放到一旁，然后看向目瞪口呆的李德："上刀山下火海就不用了，来，乖徒弟，先把拜师费给为师吧。"

05

收了一笔丰厚的拜师费之后,叶语三言两语就把深受打击的"便宜"徒弟打发走了。

她则耐着性子等到雨停,才抱着五百两离开了茶楼,直奔魔城一家木匠铺。

掌柜一见叶语,连忙从柜台后走出来连连作揖:"叶姑娘,失礼失礼,您怎么来了?"

对方的热络劲让叶语愣了一秒,她心思一转,便猜到这位掌柜是自己之前的顾客。奈何这两个月她接待过的人太多,一时半会儿还真想不起来他是哪位,但这并不影响她临场发挥:"竟然能跟掌柜在这儿遇上,果然有缘分。上次之后,我说的可否应验?"

"应验了啊!叶姑娘真是料事如神!"掌柜激动地感慨了下,然后凑过来压低了声音道,"多亏叶姑娘您指点,不然我哪有本钱开这么大一家木匠铺子,多亏了叶大师您啊!"

话音一落,叶语怀里的五百两将信将疑地看了掌柜一眼。

这女人还会把这种天上掉馅饼的事告诉别人,倒是让它意外。

而此时被掌柜这么一提醒,叶语立刻就想起来了。

她笑容不变:"掌柜这是哪里话,那都是您应得之财,就算我不告诉您,那也是您的。"

"要是没叶姑娘您,不知道多少年后我才能得到呢!"

"不长不长,也就二三十年吧。"

"啊?"

"啊哈哈，没什么，我开个玩笑……"叶语连忙打了个马虎眼糊弄过去。

掌柜连连点头："叶姑娘真是风趣。不知道您今天来，可是有什么事情要办？"

"我是想来定做些东西。"

"定做？"掌柜一脸茫然。

"所谓定做，就是我来确定式样，掌柜您找店里的木匠按我提供的式样做出来，价钱可以由掌柜您来定。"

"噢，原来如此，不愧是叶姑娘。"掌柜连连点头，回柜台取了纸笔，"叶姑娘请留墨宝。"

叶语走过去，把怀里的五百两往柜台上一放，接过笔墨，在纸上勾勒线条，最终画出个带着活门的尖顶屋子。

掌柜拿过去端详了下，最后不确定地问："叶大师莫非是想让我们去给您建一座房屋？"

叶语点了点头，又摇头，她伸手指向安静地趴在柜台上的五百两："确实算是一座屋子，不过不是给我住的，是给它住的。"

这话一出，不只是掌柜，连五百两都惊讶地抬起头看着叶语。

"嗯，除了这个狗窝外，再做一个深一些的可以用来给它沐浴的盆。"

掌柜一脸茫然。

"哦，还有，你们这里有能给它做磨牙棒的材料吗？"

掌柜一脸不解。

"看来是没有。"叶语遗憾地看了五百两一眼，伸手过去捏着小黑狗有些尖的嘴巴，认真地思索，"那用什么替代磨牙棒好呢？"

被捏着下巴左右摇晃的五百两不知所措。

一时半会儿想不到答案，叶语也不着急，转身对仍处于迷茫状态的掌柜说："尽快做吧，做好了之后，请一位脚夫给我送到城外王大娘的家里，钱一起算，十两够吗？"

掌柜被十两的报价吓了一跳，连忙摆手道："哪里用得了这么多钱，叶姑娘万万不可，给您做东西是我的荣幸，我来垫付就……"

叶语没心思听掌柜念叨，把十两银子往柜台上一放，抬手把五百两抱进怀里。

她笑眯眯地道："十两不多，我家宝贝看个病都花了五百两呢。掌柜您用心做就是了。"

掌柜惊奇地看了被叶语抱在怀里的小黑狗一眼，心说治个病要花五百两，难不成是只灵兽？

果然这年头，人和狗皆不可貌相啊……

已经走出木匠铺的一人一狗不约而同地打了个喷嚏。

离开木匠铺后，叶语买了些中午和晚上要吃的腊鱼干，便抱着五百两在集市上游荡起来。

等把偌大一个集市逛了一圈，叶语终于死心了。

她一边抱着五百两准备返程，一边念叨着："为什么这儿没有专门喂狗的店铺呢？"已经忍了整整一天的五百两终于忍不住了，伸直了已经恢复的四肢，冲着叶语龇了下牙。

阳光下，它的牙齿泛着森寒的光芒。

叶语眼疾手快地扣住五百两的下巴，仔细观察着它的牙齿："虽然我没养过狗，但你也不能蒙我，狗牙有长你这样的吗？"

五百两凶巴巴地做出要咬人的架势："呜！"

叶语笑吟吟地睨着它："你真敢咬我，我就把你挂起来卖狗肉！"

五百两扬起头，一副毫不畏惧的模样，几秒之后，它还是趴了回去，有些不甘心地从喉咙里发出闷声："呜……"

叶语脸上的笑容凝固了。

兴许是之前带伤带病底气不足，五百两呜咽的时候都会带着些无助。

而刚刚……

叶语表情古怪地想：五百两刚才那副模样怎么那么像某种凶残生物压低了声音故意卖萌呢？

接着她又摇了摇头，把这个荒诞的想法甩出脑海。先不说这个小家伙的体型相比于狼太过娇小，单说这性格，哪只狼会像狗一样卖萌装可怜？

暂时消除了内心的怀疑，叶语哼着跑调的歌，抱着五百两往小村落赶去……

木匠铺的掌柜办事靠谱，没几天就把浴盆和狗窝送到了王大娘家。

叶语对这两件新家具很满意，五百两却表现出了强烈的抗拒。看着站在自己面前的五百两，叶语态度坚决："不行，必须洗。"

五百两"呜呜"了两声，看了下盛满水的浴盆，又警惕地看向叶语，然后后退了两步。

叶语叉腰。

她发现自从去灵兽阁治好伤之后，五百两就越来越不听话了，真是翅膀硬了啊……

叶语看着五百两，慢慢眯起眼。

五百两觉得后背发凉，它快速转身，撒腿就往院子外面跑。

"哟，还真是胆子肥了啊？"叶语拔腿追了出去。

一人一狗在小村落里开始了一场追逐赛……

半炷香后。

"呼……"叶语撑着村口的大树直喘粗气。

事实证明，虽然她最近频繁往返于魔城和小村落，在一定程度上锻炼了身体，但并没有改变她懒惰的本质。

她连一条刚痊愈的小黑狗都跑不过。

气得不轻的叶语抬头时看到不远处的五百两歪着脑袋看着她，似乎在判断她到底是真的累了，还是装的。

此时叶语似乎发现了异样，她顾不上调整呼吸，定睛细细地去看五百两。

难道是她跑得太快大脑缺氧了，不然她怎么觉得五百两好像比刚刚……大了一号？

那黑色的毛似乎也长了些，在正午的日头下，还时不时泛着幽幽的光泽。

大概是看叶语面色发白，五百两终于迈开它修长矫健的四肢，向着叶语的方向快步跑了过来。

叶语的目光随着五百两的身形慢慢移动。

直到此时她才注意到五百两跑起来的时候，前爪扣地，速度不减，却没有发出半点声音。如果此时她闭上眼睛，绝对不会觉察到五百两的靠近。

这实在不像犬类的生活习性。

叶语想着，五百两已经跑到了她的身旁，还在她腿上蹭了下。

尽管叶语心中有疑虑，但跟五百两相处了这么久，她还是下意识地伸出手在五百两的下巴上轻轻挠了挠。

五百两愉悦地眯了下眼,舔了下叶语的指尖,还摇了摇尾巴。

叶语心里一松,站起身来往回走。

她边往回走边安慰自己:狼怎么可能会愿意被收养?更不可能摇尾巴!一定是仙魔大陆的狗在模样上有些变异,没什么的。

她没有注意到的是,在她起身后,五百两不可置信地回头看了看自己还在半空中摇动的尾巴,一脸绝望……

大约半个时辰后,五百两自暴自弃地跳进了叶语给它准备的浴汤……

是夜,月黑风高,幽光一闪。

被叶语强行塞进木质狗屋的五百两变成了一个玉冠束发的少年,虽然他的五官尚显稚嫩,但已初具棱角分明的美感。只瞧一眼,就知道这少年来日必然能长成叫人心动的美男子。

此时少年好不容易现形后,没有急着做别的,先去把院子里的浴盆和狗屋放到一起。

少年的目光从这两个物件上掠过,眼神带着深深的怨念。

他抬起手掌,袍袖滑落,指掌间蓦地腾起一簇幽蓝色的火焰。

少年很清楚,他只需意念一动,幽蓝火焰就能顷刻间将这两个物件烧成灰,也能抹掉他这段时间遭受的耻辱,作为成兽境的少魔帝,竟然被塞进狗窝,还在凡俗的浴盆里泡了半个时辰澡……

想到这儿,少年白皙的脸颊泛起了红晕,他轻撇了下嘴,眼神复杂地望向那个女人的房间。

"真想连你的屋子一块烧了。"

少年的嗓音在黢黑的夜里显得有些低哑。

尽管这样说着,几秒后,他手里的幽蓝色火焰却熄灭了。

他一甩袍袖,将浴盆和狗窝收走,然后头也不回地向着魔城魔宫的方向走去。

06

第二天一早,叶语是被手机振醒的。

睡眼蒙眬的叶语从被窝里伸出手去摸索手机,她一边摸一边眯着眼睛小声念叨:"这才几点啊……今天有早课吗?"

过了几秒钟,她那只伸在外面白净如玉的手臂突然僵住。

被子突然被掀开,露出一张无悲无喜的俏脸,那双眼角微微上扬的有些桃花相的眸子里已经一片清明。

她叹了声气,慢腾腾地爬起来,把已经抓到手里的手机拿到眼前。

如今这块基本和板砖无异的手机,早就封锁了其他功能,自然不可能有闹钟的功能。

叶语一边打着呵欠一边解锁了屏幕,果然看见一个熟悉的小窗口——"解锁新章节"。

"就当晨起阅读了。"叶语嘀咕了声,把新解锁的内容翻着看了看。

继上章中女主角云华救下男主角玄翊后,一对年纪相仿的少年少女在相处中互生好感。魔宫大祸之后,唯一一次被别人温柔以待的玄翊被打动了,但迫于复仇计划,他不得不离开了云华,返回魔宫,继续实施他的复仇大计。

"温柔以待?"叶语翻到最后一页,意味不明地笑了声,"啧,这确定不会发展成兄妹情深?不过毕竟是唯一一次,也难怪云华成了女主角。没了她的话,以后那位冷心冷情的男主角哪还能发展出感情线来?"

这样吐槽着,叶语习惯性地往后划着屏幕,到新章节的最后一页就划不动了。

叶语刚准备把手机放回去,就感觉到手机陡然一振,与此同时,一声久违的系统提示音响起。

她心里一惊,忙垂眼看去,只见阅读器上蹦出了一个新窗口:"警告:主线剧情发生偏离!主线剧情发生偏离!"

叶语盯着警告窗口和重复了两遍的粗体黑字,沉默了两秒。

她把手机往身后一扔:"跟我有什么关系……吓我一跳。"

用昨晚备好的水简单洗漱了一番之后,叶语便伸着懒腰推开了房门。

在看到院子里的某生物时,她舒展到一半的身体就像一个被拉住线的木偶般僵住了。

院子里的某生物也听见了她的动静,转过头来看着她,圆溜溜的眼睛熠熠生辉。

叶语迟疑了下:"你是不是……又肥了一圈?"

五百两出声抗议。

站在院子里的五百两那明显比昨天更加修长的四肢、更加矫健的身形,都证明他绝对不止大了一圈,更像是被什么神奇的力量放大了,犹如一只稚嫩的幼崽瞬间长成了威武的成年兽。

这让叶语怀疑自己这一觉到底睡了多少年。

"呜呜呜……呜呜呜……"

五百两一边用自己独特的兽语和叶语交流,一边用前肢一通比画,最后他把两个红艳艳的果子推到了叶语面前。

叶语迟疑地开口:"你是说,你昨晚去了某个地方,找到了三个神奇的果子,然后你吃了其中一个,所以才变成了这样?"

五百两惊喜地点点头。

叶语:"你不用这么看着我,我也觉得我能跨越物种跟一只狗进行交谈实在是太神奇了。"

五百两一阵无语。

为什么在这个女人眼里,他现在还是一只狗?

五百两忍耐了一会儿,才再次把那两个红果子往叶语的方向推了推。

叶语看着他:"你要我也吃?"

五百两点头。

叶语嫌弃道:"我为什么要吃狗粮?"

五百两瞪大了眼睛。

"你想说人也能吃?"

并不想回答的五百两微微点了点头。

叶语继续嫌弃道:"可我并不想肥一圈。"

五百两:"……"

"你想说吃了这个对人的身体也有好处,可以延年益寿,并不会肥一圈?"

五百两已经什么也不想说了。

"那好吧。"

叶语眼珠子一转,迅速弯下腰拿起那两个果子,正欲揣进怀里,然而五百两的反应比她还快,他一个飞扑冲上去,对着她手里的两个果子舔了一大口。

叶语的指尖被舔得湿漉漉的。

而肇事者则昂首挺胸地摇着尾巴看着叶语。

叶语着实意外。

过了两秒,她像是想到了什么,"扑哧"一下笑出了声:"你不会还在为我之前在茶楼换掉你舔过的那杯茶生闷气吧?"

五百两骄傲的表情一僵,它迟疑地看了叶语一眼,然后默默地把脸扭向了一边。

"狗也这么记仇?"

叶语满眼纵容,五百两更加心虚了。

他正想着做点什么来表达自己的歉意时,就看到叶语走到一旁的水井边,把两只果子泡进水里,搓了整整三遍,顺便还洗了洗手,又冲了一遍。

五百两:真是矫情。

再次进了魔城后,叶语发现不过短短数日时间,李德拜师到自己门下的事情已经在魔城传开了。

探听了些坊间流言,叶语这才得知,原来李德不止在魔城,在整个魔域都小有名气,许多地方都流传着关于他的传说。

与百无禁忌的叶语不同,李德遵循的规矩太多,譬如三天营业一次,譬如不算姻缘,譬如每次营业前都要焚香沐浴……

总而言之,极尽讲究之能事。

听说了这些跟自己"便宜"徒弟有关的传言后,叶语很是无奈。

"饥饿营销"自然没问题,但三天一次,还看心情……把顾客往死里"饿"就不对了。

叶语转念一想,从今天起,她这个做师父的就要替徒弟分担分担了,于是昂首挺胸地往茶楼走去。

离茶楼还有一段距离的时候,叶语被走在自己脚边的五百两挠了一把裤腿。

她低下头问："有事？"

五百两用后肢站立起身，将前肢搭在了叶语的腿上。

叶语一挑眉："你不会是在求抱抱吧？"

虽然五百两觉得这个陌生的说法很没气势，但他实在厌倦了在人流中吃尘土了。

于是，五百两迟疑着慢慢地点了点头。

"不抱。"叶语转开脸，继续往前走，"你现在至少比之前重了一倍，抱着你走到茶楼，我的胳膊都不一定抬得起来。"

五百两怎么也没想到自己的要求竟然被拒绝了，它哀怨地在原地站了一会儿，才垂着脑袋慢吞吞地跟上去。

魔宫那边，自己不在宫内的事情一不小心就会被发现。他冒着这么大的危险往返于两边，这个女人却一点都不珍惜他……

越想越哀怨的五百两，脑袋上几乎要聚起一片阴云来。

突然，他感觉自己的身体一轻，随即听见叶语道："怎么说你也是只价值五百两，哦不对，准确地说应该是价值五百一十两的名贵犬了，所以能不能不要一副像被薅了毛的流浪狗模样，嗯？"

五百两愣愣地抬起头，就看见不知道什么时候反身折回的女人正抱着自己，一副恨铁不成钢的模样。

他回过神后，眸子也一点点亮了起来。

对上那双乌黑晶亮的眸子，叶语心底又生出那种古怪的感觉。

她转开脸，眉头不自觉地微微皱起。

为什么她总觉得自己抱着的这只狗身体里装着一个人的灵魂呢？

一时半会儿确定不了这个问题的答案，叶语只能先把自己心里的疑惑放在一边。

进入暗香茶楼的时候，叶语一眼就瞧见了站在自己专用桌位旁边的李德。

一见到叶语，李德比所有客人都先一步上前，将手里的名帖奉上："这是我的拜师帖，请师父收下。"

叶语有些意外。她原本以为李德一定会不屑于把年纪轻轻的自己当作师父对待，虽说两人有赌约在前，但她料想对方会拒不履约，没想到这人竟然真的跑来拜她为师。

"看不出来啊。"叶语丝毫不掩饰自己的意外，伸手在李德肩上拍了拍，笑眯眯地说，"不错，像你这么能屈能伸的年轻人已经不多了，虽然你的天资差了点，但还是有资格继承为师衣钵的。"

李德一时愣在原地。

叶语拍了拍李德的肩膀后没拿开手，李德不解地看向她："师父有何吩咐？"

用了一定时间消化了这人的生平履历、心气脾性，叶语眼神古怪地盯了他两秒："为师上次出门没戴老花镜，所以没看出你是个修者。"

李德不明白叶语的前半句在说什么，事实上他也根本顾不上前半句的意思。此时他震惊地看着叶语，对方竟然淡定自若地把他隐瞒了多年的事实随口说出来。

叶语说完后就收回了手，目不斜视地走向自己的座位。

她拿起笔，开始了自己今天的工作。

一边等第一位客人落字，叶语一边用余光瞥向李德。

他大概是到这会儿才回过神来，欲要上前说些什么，只是瞧见这满楼等着被叶语接待的客人，又作罢了。

李德遥遥地向着叶语作了一揖，转身出了茶楼。

叶语无声地笑了下。

她这便宜徒弟生性温和，也明事理，热衷于探究真理，最重要的是把"尊师重教"作为人生第一信条。虽然他原本应该遵循的是仙域天机阁的教导，但叶语相信，换到她这里，他也不会有什么差别。

正因为此，她才会在此时轻描淡写地点破李德的修者身份，否则，单那么一场不能确定运气成分的比试，恐怕还真不足以让满腹才学还有修为的李德对自己信服。

这样想着，叶语稍抬了下眼，余光一扫，便见到茶楼外面走进来一个身着锦衣华服的女子。

只瞄一眼，叶语便料到这女子的身份背景必然非同一般。

她浑不在意地收回了视线。整个大陆，最不一般的几位都在她的阅读器里面躺着呢。这个世界，还真没有什么能吓着她的人物。

此时第一位客人已落字，叶语笑得温文尔雅，示意那人伸手过来把脉。

就在这时，站在茶楼门口的女子视线扫了一圈，最终落到了叶语所在的方向。

她抬脚走了过去。

同时，懒洋洋地趴在叶语手边的五百两鼻尖一耸，眼皮底下的眸子里掠过一抹光亮。他扭过头，看向了走来的女子。

01

那位看起来年纪很轻的女子径直走到了叶语的面前，神色间带着不加掩饰的倨傲。

"叶语叶姑娘？"她笑着问，眼神带着不善地扫视叶语。

叶语在心里叹了口气：这年头，果然人怕出名猪怕壮。

叶语抬头，面上保持着得体的微笑："姑娘想预知未来吗？"

对方神色不屑："我倒是想，只怕我出的高价叶姑娘无福消受啊！"

叶语眨了眨眼，似乎没听出对方的阴阳怪气，笑容真诚地道："姑娘放心，多贵我都可以。"

小姑娘眸光一冷，知道叶语是故意曲解自己的意思。

她似乎想说什么，但接着又脸色一变，轻哼了声，笑道："行啊，只要你叫得出我的名字，我一定给你满意的价钱。"

叶语的神情有些古怪："名字？"

"怎么，你怕了？"

旁边的客人听得咋舌，他们都是问叶姑娘自己想知道的事情，这位小姑娘却问自己已经知道的事，显然只是单纯来找碴的。

他们倒是好奇，叶姑娘会怎么处理，毕竟名字是由生身父母决定的，不是能轻易得知的。

在众人充满忧虑的视线中，叶语依旧坐得稳当。

听了对方的质疑，叶语冲着那姑娘微微一笑："自然不会，请姑娘稍等。"

小姑娘眼睛一眯:"你这是什么意思?想拖延时间?我告诉你,你想都不用想,我……"

"姑娘,你多虑了。"叶语微笑着打断她,然后伸手指向满茶楼的客人,"这么多人都在姑娘你前面排队呢,就算你贵,也得讲究先来后到吧?"

就算她贵!

小姑娘被叶语的说法气得不轻,抬脚就往前跨了一步,张口欲言。

叶语看也没看对方,转开脸伸手一招呼:"小二,给这位最贵的贵客发个木牌。"

说完,叶语就转向坐在旁边的客人,和颜悦色道:"我问到哪儿了来着?"

这位被来自某处的凶狠目光注视着的客人停顿了一下,咽了口唾沫,小声道:"叶姑娘,您还什么都没问。"

叶语脸上的笑容僵了一下,然后她重展灿烂笑颜:"好的,那客人您想问什么?"

兴许是因为叶语借着李德拜师的事火了一把,所以这天来找她的客人格外多。

等那位趾高气扬的姑娘坐到叶语面前时,已经是两个时辰后的事情了。

看着那姑娘冷若冰霜的脸,叶语不得不承认,对方真是漂亮。至少她来这里两个多月,还从没见过和这姑娘姿色相差不多的,更别说比她好看的了。

小姑娘显然已经压抑情绪许久了,此时还能忍着不爆发,多半是为了等会儿叶语算不出来的时候,再一并给她好看。

"我也要题字?"小姑娘下巴一扬,原本漂亮勾人的桃花眼里此时带着点凌厉的傲气。

叶语无所谓地道:"随姑娘心意,写不写都行。"

"那我当然要写,免得万一你算不出来,反倒说是我的原因。"

叶语不置可否,用慈爱的眼神看着对方。

始终盯着那小姑娘的五百两在瞧见眼前这一幕的时候别过脸。

跟叶语相处了这么久,对于叶语此时这副无辜的表情,他实在是再熟悉不过了。

通常这个表情一出来,就表明这个女人又开始搅动她那一肚子坏水,准备算计他人了。

想到这儿,五百两同情地看了那个小姑娘一眼。

这么小的年纪,能修到雏体境实属不易。

不过论起玩心眼,他相信叶语能甩这小姑娘十万八千里。

此时,小姑娘已经拿起笔,在白纸上随便一写。

白纸上只留下了一道歪歪斜斜的墨痕。

围观的众人看着这明显不配合的行为,纷纷倒吸了一口气,然后都转头观察叶语的表情。

叶语瞥了一眼那道墨痕,随即一拍巴掌,道:"好字好字!"

笔还没放下的小姑娘一脸震惊地抬头。

像是怕对方没听明白,叶语又笑眯眯地重复了一遍:"姑娘真是写得一手好字啊,一看就是出身名门大家!"

茶楼里安静了片刻,继而响起一阵刻意压低的哄笑声。小姑娘此时哪还能不明白叶语是在反讽自己,一时气得满脸通红,却没法辩驳。

毕竟白纸黑"字"摆在面前,她手里的笔都还未放下呢。

小姑娘冷哼一声,道:"你算吧!"

叶语这一次没提要求了，即便她想，这位客人显然也不太可能配合。

所幸这人只问一个名字，对她来说可就再简单不过了，毕竟人物生平第一行就是名字。换句话说，她只要跟这小姑娘不小心接触一下，就能知道对方的姓名。

想到这儿，叶语微微一笑："不如我们先谈谈价钱？"

小姑娘被气得不轻："还没算呢，你就要钱？"

"算个名字不过须臾之间的事情，姑娘何不提前开价？"说完，叶语刻意停顿了一下，"还是说，姑娘你有些胆怯？"

"好！那就给你开价！"小姑娘咬着牙伸手在腰间一抹，翻掌便是一块石头躺在手心。

众人定睛一看，多数人一脸茫然，极少数人面色一变："灵石！"

"似乎还不是普通灵石……"

"瞧瞧这光泽度，至少是块中品灵石！"

"一块中品灵石至少值上万两银子吧？"

"上万两？那只是一个说法而已。不信你去登天阁问问，哪个傻子会以一万多两的价钱把灵石卖给你？"

"也是……"

听到众人议论，小姑娘脸上露出一丝嘲弄的神色："怎么样？这个价钱，可让叶姑娘动心？"

叶语没说话，只是好奇地盯着那块石头。

按原剧情，仙魔大陆的人一部分生而具有灵根，剩下的资质平平的人可以通过其他手段——譬如用大量的灵石或者灵物灵核，来催生灵根。

而她跟仙魔大陆以及灵根根本没有关系，所以灵石这玩意注定了对她毫无用处，它发出的光芒倒是能解决摸黑起夜的烦恼。

不过在听了众人的议论后，她改变主意了。

叶语站起身，看向方才议论声最大的方向。

众人见状，纷纷噤了声等她开口。

叶语笑眯眯地问了句："刚才哪位兄台开价一万多两的？我愿意卖啊。"

众人："……"

他们要是没记错，这灵石似乎还不是……

"叶……"那小姑娘气得"噌"地一下站起来，却没喊出叶语的全名来，她冷冷地道，"你别太张狂了！万一说不出来我的名字，丢人的可是你！"

"是我失言了，姑娘息怒。"听了这话，叶语并不生气，转身伸手去虚扶那小姑娘，"来，请坐！"

她的手指不经意间碰了一下那小姑娘的手腕。

几秒后，茶楼里的众人发现，那个小姑娘是坐下了，可叶姑娘却好像被定住了。

有人唤了一声："叶姑娘？"

叶语回过神，然后叹了口气，眼神复杂地瞧了那小姑娘一眼。

小姑娘与叶语对视，本能地挺直身体，眼神微凛。不知道为什么，刚刚那一眼，她有一种被对方看了个透彻的感觉。可是怎么可能？叶语不过是个凡人，而自己早已跨过凝气、通脉这两个凡境，更是在魔核境之上再进一步，达到雏体境……

小姑娘正想着，就听见仍旧站在原地的叶语轻笑了声。

"真是……缘分啊。"

"什……什么缘分？"

叶语似笑非笑地看了还在装傻的小姑娘一眼："你我二人

同名,这难道还不算缘分吗?"

听到叶语说出这话,茶楼里的人皆震惊了。

02

所有人回过神后,不约而同地望向那个小姑娘,只见她脸色大变,显然没有想到叶语竟然真的能够算出来。

不过那小姑娘也是见惯了大场面的,不过片刻,就调整好了自己的情绪。

她把手里的中品灵石往面前的桌子上一摔,"咚"的一声,桌面竟被砸出了一个坑。

"咝——"茶楼内众人不禁倒吸一口凉气。

下一刻,窃窃私语声此起彼伏:

"这姑娘年纪轻轻的,竟然已经踏上修行路了啊!"

"是啊……看她这衣着打扮,必然出身大户人家,就算天赋一般,现在达到的境界应该也不低了。"

"坏了!叶姑娘这次惹上了一个了不得的人物!"

"叶姑娘肯定也不是一般人物!"

"她要是不是一般人物,为啥还要出来摆摊呢?"

"啊……这……"

叶语在心里作答:为啥出来摆摊?穷呗!

想到这儿,叶语心情大好地瞄了一眼那块价值一万多两的中品灵石,拿过来把玩起来。

叶语小姑娘站起身,见叶语笑吟吟地瞧着灵石的模样,她不屑地撇了撇嘴。

她没想到对方真能说出她的姓名,只能改变原本的计划。

想到这儿,小姑娘看向叶语:"你缺钱?我有的是钱。只要你改掉名字,我可以再给你三十块中品灵石。"

这一次,整座酒楼齐刷刷地响起了一片吸气声。

三十块中品灵石,这绝对能让雏体境甚至幼态境修者动心,更不用说他们这些不能修行的普通人。

"哦?"叶语却面不改色,她轻轻挑眉,"姑娘今天专程跑这一趟,就是为了让我改名吗?"

小姑娘没直接回答,睨向叶语的眼睛里带着嘲讽:"不是什么人都有资格跟我同名,你一个不能修行的人更没有。"

听到这话,叶语眸色一凉。她轻笑了声,侧过脸,道:"我会来这茶楼摆摊,确实是因为缺钱。三十块中品灵石,也确实令人心动。"

桌上的五百两耳朵一动,然后抬头看向叶语,目光复杂。

他微微垂眼,爪尖隐隐泛起凌厉的青芒。

相处了这么久,他看惯了她的强势和无畏,所以他讨厌任何想让她退步或者逼她屈服的人。谁也不行!

就在五百两站起来的前一秒,叶语笑吟吟地接着道:"不过呢,赚钱也分开心和不开心。如果你刚刚是态度亲和地跟我说话,我一开心,这笔买卖兴许就成了,你自己拿个独名,我拿走三十块中品灵石,皆大欢喜。但可惜啊……"

叶语尾音曳长,眼眸一抬,睨着那小姑娘,一副似笑非笑的模样。

在众人复杂的目光里,叶语不疾不徐地再次开口:"可惜啊,你刚刚的语气让我很不开心……所以本姑娘懒得伺候,门在后面,您请。"

小姑娘的脸色早已沉了下去,她几乎是从牙缝里挤出一句话来:"你可要想清楚,别敬酒不吃吃罚酒。"

"我这人不喝酒,酒量不行。"叶语敷衍道。

她将手里的灵石递到五百两面前,五百两茫然地抬头看她。

叶语笑着抚摸他的头:"乖,我刚刚试了下,软硬非常合适,正愁买不到磨牙棒,这不就送上门来了。"

磨牙棒?五百两低头看看那块灵石,心里直嘀咕:这玩意不会把牙硌下来吗?等等,为什么自己开始像条狗一样思考问题了?

叶语顾不上管自家五百两此时内心经受着的冲击和绝望,因为那小姑娘显然并不打算就此放弃她。

"叶姑娘,那可是价值一万两银子的中品灵石,你舍得给它?"

叶语叹了口气:"现在的年轻人怎么就是听不明白人话呢?"不等对方反应,她继续道,"我来这茶楼摆摊,确实是为了钱。不过钱这个东西够用就行,就算多一万两……"

她看向那块灵石,眼里尽是嘲弄:"就算多三十万两,又有什么用?一边丢人一边败家吗?"

茶楼里终于有人忍不住笑出了声,接着,其余人也纷纷笑了,笑声连成了一片。

小姑娘气得七窍生烟,她恶狠狠地咬着牙,漂亮的小脸有些狰狞:"你们这群贱民,可知道我是什么身份!"她猛地转过身,目光冰冷地扫视众人,"我乃叶王府正房独女,郡主叶语!你们这群贱民竟敢冒犯我,都不想活了吗?"

这话一出,众人瞬间噤了声,都惊恐地看向她,叶王如今是玄膑大将军的心腹,若这位真是叶王府郡主,那……众人担忧地看向叶姑娘。

叶语没说话。叶王府她哪儿能不知道啊,《夜非魔》停更的那一章,不就是玄翊要带兵屠了叶王府上下三千口人,连襁褓里的婴儿都不放过吗？

想到这儿，叶语叹了口气。

要不是这小姑娘日后作为玄朕的棋子嫁给玄翊，还不老老实实的，叶王府至于落得如此下场吗？

叶语一边叹气，一边摸了摸五百两的脑袋。小姑娘转过身，冷笑着看向叶语："叶大师这会儿怎么不说话了？莫非已经后悔了？"

"因为什么后悔？叶王府，还是……"叶语接了话，懒洋洋地瞥她一眼，"还是你是个雏体境的修者？"

一听这话，叶郡主陡然变色。她万万没想到，对方竟然能看出自己的修为，难道这人的能力当真已经如此厉害？几乎是本能地，她心里杀意顿起。既然已经招惹了这个人，不知以后会有什么变数，那她就只能……

就在叶郡主目带寒芒地抬起右手时，始终没精打采地趴在桌上的五百两突然站了起来。

他无声地往前迈了一步，然后叫了一声。

还没来得及动手的叶郡主顿时脸色煞白，被一股无形的力量向后推去，直到撞破身后数张桌椅退出几丈后，她才倒地，翻身向旁边吐出一口血来。

须臾之后，受了内伤的叶郡主顾不上擦嘴角的血迹，惊恐地扭头看向叶语身旁的那只小黑狗。

03

这一幕实在是出乎茶楼里多数人的意料。

原本见这位叶郡主露出动手的迹象，包括叶语在内，众人都捏了把汗。

然而不过须臾之间，情势急转直下，最后倒在地上明显受伤不轻的却是刚刚还飞扬跋扈的叶郡主。

众人反应过来后，不约而同地向叶语投去赞赏的目光。

显然在他们看来，叶语是个不低于雏体境的大能修者了。

整个茶楼里深知真相并非如此的，只有叶语和受伤的叶郡主两个人。

叶郡主在惊诧、恐慌之后回过神来，立即从腰间拿出一枚药丸放入口中，接着进行自我调息。

片刻后，她煞白的脸色才逐渐恢复如常。

那药丸显然不是寻常的疗伤之物。

做完这一切之后，叶郡主才慢慢地从地上站了起来，同时紧紧地盯着那只趴在叶语身旁的小黑狗——"它"此时又恢复了之前那副没精打采的模样。

刚刚叶郡主完全没把"它"放在眼里，但在此时的她眼里，这只看起来温和无害的狗简直像一头随时会张开血盆大口择人而噬的凶兽。

叶郡主咽了口唾沫。能以完全不被她察觉的方式突然出手，随意的气势外冲就让她受了这么重的伤，对方的修为至少要比她高两境……

这种级别的灵兽怎么可能甘心听从于一个手无缚鸡之力的普通女人？

叶郡主只觉得自己的世界观都要被颠覆了。

她紧紧地咬住后槽牙，攥着手走向叶语，一边走一边警惕地盯着那只看都没看她的小黑狗，一副随时准备迎击的戒备模样。

然而，直到她走到叶语面前，那只小黑狗都没有任何反应。

叶郡主脸色微变，纵使心里有再大的火气也只能压下去。

她看向叶语，有些扭曲的漂亮脸蛋上挂着一抹冷笑："原来叶大师……有这等灵兽护卫，难怪说话这么有底气。倒是我小瞧了叶大师了……"

在叶郡主开口前，毫无修为的叶语其实根本没察觉到是谁帮了她，此时，答案已经昭然若揭。

叶语面上没有丝毫惊讶，她冲着叶郡主微微一笑："我说方才那些话，不是因为我有底气，而是因为我想说，只在有底气时才敢说话，那实在是怯弱得可怜，叶郡主，你觉得呢？"

叶语话里带刺，叶郡主气得脸色涨红，她自然听得出叶语是在嘲弄她仗着叶王府欺人，若是搁在平时，她早就出手了，但此时……

叶郡主忌惮地看了一眼那只小黑狗，强撑着笑容："叶姑娘的训言我记住了……来日必有重谢。"

说完，叶郡主慌忙转身离开了茶楼。

叶语看着对方离去的背影，总觉得她像被什么撵着似的。

叶郡主离开后，暗香茶楼里死寂了好一会儿才响起低语。

有个客人站出来冲着叶语作揖，敬佩地道："叶姑娘不畏强权，着实令人敬佩啊。"

也有人不赞同叶语的行为，忍不住低声叹道："叶王府如今深受玄䐙大将军的器重，势力不断壮大……叶姑娘纵然有修为在身，但得罪叶王府实在不是明智之举……"

"多谢诸位关心。"叶语笑着向众人还了一揖，站起身后才开口，"对我来说，开心才是最重要的，能开开心心地保命自然是好，可若是注定要委曲求全、苟且偷生、提心吊胆……"

说到这儿,她笑着摇头,"那不保也罢。与其曲谨,不若疏狂啊。"

此话一出,有客人不赞同,也有人陷入深思,更有人再作一揖:"叶姑娘豁达。"

有人感慨道:"是啊,叶姑娘确实豁达……那可是三十块中品灵石,一块就价值一万多两,叶姑娘说不要就不要了……"

叶语笑笑,垂眼念叨了一句。

众人没听清,纷纷问道:"叶大师,您说什么?"

叶语说:"我说钱财都是身外之物。"

"不愧是叶姑娘啊,就是与我们这些凡夫俗子的眼界不一样。"

趴在桌上的五百两撇了撇嘴,心道:身外之物?她刚刚分明隐晦地暗示了要三十万两银子,现在的年轻人就是不会做生意……要是真换成白花花的银子砸到她面前,她说不定立马就答应了……

没等五百两用眼神向叶语传达自己的不屑之情,他就感觉一道阴寒的目光落在自己身上。

五百两慢吞吞地转了转身子,背对着叶语垂下头,然后他就听见叶语开口:"诸位,实在抱歉,我现下需要回家处理一些急事,请诸位明日再来。"

众人虽然有些不情愿,但刚见识了叶语的实力,又目睹了一场大戏,自然不好多说什么,纷纷向叶语告别。

叶语面带微笑,拍了拍五百两的额头,转身往茶楼外走去。五百两站起身跳下桌子,灰溜溜地跟了出去。

出了茶楼,叶语刚想开口,顾忌周围人太多,又咽了回去。

她犹豫了下,蹲下身把五百两抱起来,起身时,她动作一顿:"你怎么又变沉了?"

"还有,刚才那个叶郡主说你是只灵兽,到底是怎么回事?"

"五百两,我警告你,别给我装死啊。"

……

04

如果说叶语之前还猜测五百两不属于犬类,那么当今天早上她推开门看见趴在院子里的庞然大物时,她对此深信不疑——四肢蜷起来趴在地上都快到人腰部的动物,怎么可能是狗?

叶语从未见过这种体态的动物,所以在看清它的时候,她僵住了,原本还残存的睡意瞬间消失无踪。

院子里这个生物虽然大得出奇,但无论是毛色还是模样,分明就是五百两的放大版,再结合之前五百两反常的生长速度,此时她更加确定面前这个动物,就是她捡回来的那只……小黑狗。

想到自己第一次见到小黑狗时"它"的状态,叶语顿时感觉自己被欺骗了。

而在叶语呆滞的这段时间,五百两已经听见动静醒来了。

他慢吞吞地转头看向叶语的房门,眼里还带着睡意。

又过了两秒,他眨了下眼,叶语从他眼里看出了"为什么你看起来这么小"的茫然。

下一刻,五百两就像被雷劈了一般瞪大眼,随后他惊慌地低头看自己的身体。

已经恢复镇静的叶语面无表情地瞧着。到此时,从这放大版五百两的眼睛里,她看出一丝淡定的情绪,也就是说,对方对现在这样的体型并不意外。

叶语走过去,停在他面前,借助身高优势,居高临下地看着那双兽眼："你到底是什么？"

　　五百两沉默了几秒，撑着四肢站了起来，耳朵的位置比叶语还高了两公分。叶语默默地退了两步，勉强借助距离抹平身高差后，开口道："你别跟我说，这是你吃了那红果子后的副作用。"

　　五百两无辜地看着她，眼神和当初被她救回来时一模一样，要是换个心肠软的大概就不再问了，然而叶语并不吃这一套。

　　"不要试图用这种眼神看着我，你应该对自己现在的体型有点自知之明。"

　　五百两大概也意识到了蒙混过关这条路走不通，他低头思索起来，黑黢黢的兽眼里闪过各种情绪。

　　站在叶语的方向并看不出五百两的眼神有什么变化，她正想再问一句的时候，就看到五百两抬起头，张嘴向她咬过来。

　　这一次叶语清晰无比地看到了那可怖的獠牙，身体本能告诉她应该立刻后退或者侧身躲开，但理智告诉她，如果"它"真想吃了她，她是躲不开也逃不掉的。

　　更何况，她并不相信五百两会毫无顾忌地伤害她。

　　叶语感觉到灼热的气息扑在自己身上，不过没有腥臭的兽味。在这千钧一发之际，叶语还偷偷松了口气，心想：这说明这货应该是吃素的……至少不吃生肉。

　　接着，她腰间衣带一紧，眼前一阵天旋地转。

　　她反应过来时，发现自己已经被五百两带到了背上，这个毫无安全措施的"驾驶座"让她出了一身冷汗，她本能地一把搂住五百两修长的脖颈。

　　这是五百两第一次以这种形态跟人接触，还让对方直接趴到自己背上……他有点不习惯地摆了摆尾巴，然后才转过头去拱了拱叶语的身体，让对方坐正。

感受到五百两背部绷紧的肌肉，叶语预感到自己接下来会有一段非常惊悚的旅程。

几秒后，她就发现自己猜对了。

五百两跳起来犹如在空中飞。叶语凭借极强的求生意志，一直撑到了耳边呼啸的风声停下来。

等四周寂静下来，叶语才缓缓睁开了眼睛，待看清了面前的景象后，她深吸了一口气。

此时她趴在五百两的背上，而五百两正站在嶙峋的山巅上。

她环顾四周，别说是小村落，连一处有人烟的地方都看不见。

"你带我来这儿做什么？"

沉默了几秒后，叶语伸手拍了拍五百两的脑袋。

五百两扬起脖颈，低沉的叫声在山林间回荡，林中鸟类被惊得四处飞逃，连野兽都仓皇逃窜。

这样的五百两实在是好笑，叶语却笑不出来，因为她终于知道五百两为什么从不会汪汪叫了——"它"分明是一只狼。

"嗷呜"的狼嚎对"它"来说才是正确的喊叫方式，而以往那些她以为是装可爱的"呜呜"，只不过是五百两把前奏省略了而已。

叶语心想：这差别也太大了吧？

05

李德这两天谈了一笔大买卖——魔城里一位赫赫有名的富商请他为自己刚出生的幼子看看气运。

按照他的老规矩，前一日须沐浴。他专程跑到了魔城郊外隐匿于山林中的一个茅屋里，以往每次工作前，他都会专门跑到这里来。

当初在天机阁做记名弟子时，他偶然有幸听老阁主开坛布教，老阁主说："行事前务必准备妥帖，否则稍有不慎就会惹来大祸。"

李德将老阁主这番话谨记于心，他始终相信这就是他能平顺至今且小有所成的原因，直至他遇见了叶语。

想到自己最近拜的那位神秘师父，李德不由得长叹了一口气。

叶语看似毫无修为，却常常口出狂言。

最让他不解的是，连天机阁那位老阁主都小心对待的事，在她那儿就好像自家后花园里的一根野草，随手就能扯过来说与他人听。

他观察了很久，叶语不但没被降罚，反而活得滋润自在，这让他坚持了不知多少年的信念都开始动摇了。

想到这儿，李德又长叹一声。

"年纪轻轻的，叹什么气啊？"

"谁？"

李德被吓得从蒲团上蹦了起来，一转身就看见大大方方地站在他身后的叶语。

叶语皱着眉不太满意地看着自家徒弟。

"有言道，泰山崩于前而色不变，麋鹿兴于左而目不瞬，然后可以制利害，可以待敌。为师虽然没要求你做到这种程度，但你也不能毛躁成这副模样啊。"

被一个看起来年纪不过二十的姑娘教训，这还是他活了近百年来头一遭。

不过他并不敢反驳，毕竟拜师帖都递出去了，这小姑娘再怎么教训他，他也得听着，更何况她虽然年纪不大，说出口的话却句句在理。

叶语随便找了块大石头坐下，然后说明了自己的来意："如果为师那日看得……没错，你应该是个仙域修者，而且已是含芽境修为，也就相当于魔域修者的雏体境？"

叶语此话一出，李德顿时瞪大了眼睛，就跟看见了从天而降的异兽一样。

过了好半晌，他才回过神，喃喃道："师父为何能窥得……且随口说出来，毫不担心降罚……"

叶语笑着摆摆手："不用夸不用夸，你心里有数就行了。"

李德像是想到了什么，睁大了眼睛看向叶语："我从未与旁人说起过这处居所，师父是怎么知道的？"

叶语"啊"了一声："不只是你现在住哪儿，你二十年后住哪儿我也知道，要我给你先规划规划装修布局吗？"

李德没听懂叶语所说的某些词，但"二十年后"他听得清清楚楚，他慌忙作揖："徒儿无师父之能……不敢不敢。"

叶语撇了撇嘴，心想：这人胆子这么小，根本不适合当她的徒弟，但是拜师费已经收了，翻脸好像也不合适……

叶语也不讲废话了："其实为师今天来，是想跟徒弟你打听一件事情。"

李德的眼睛都睁圆了："还会有徒儿知道而师父不知的事情？"

"这话说得也有道理。"叶语毫不谦虚地应承下来，眨了眨眼，笑道，"不过读万卷书，行万里路，徒儿你游历天下所得的见识，为师肯定比之不及。"

李德作揖："叶师想听什么，请尽管开口。"

叶语压低了声音问："你可听说过，有什么灵兽能在短短一个月之内从幼兽到成年？"

李德皱眉思索了好一会儿，摇了摇头。

"虽说世间常有奇事，但万物皆须顺天理。即便是灵兽，一个月之内从幼兽到成年，那也……"李德说到这里就停住了。

叶语见他神色不对劲，不由得往前走了两步，好奇地问："怎么？确实发生过这种事情？"

李德带着犹疑看向叶语："在灵兽身上，我从未听闻过这种事情。"

"那你刚刚是被自己的唾沫噎着了？"

李德表情严肃地摇了摇头："虽说在灵兽身上我从未听闻过这种事情，但仙魔两域早有传闻，一些带有上古血脉的家族，其后代修至仙域的化灵境或是魔域的成兽境就能直接化作异兽灵态。"

叶语仍不解："修者既然跨越幼态境或成叶境，达到了相应的成兽境或化灵境，丹田内灵兽应该早已成年，又怎么会在几日之内发生那么大的变化？"

李德摇了摇头，道："师父有所不知。达到成兽境或化灵境之后，修者一旦真气有失，修为受损，丹田内由真气所化的灵兽便会形弱。"

"你的意思是……"

"修者若能借丹田内灵兽化形，那其形势必受丹田内真气充盈程度影响。修者一旦受伤再复原，确实有可能在一月之内发生师父所说的变化。"

叶语咽了口口水，此时也顾不上自己刚才说的"泰山崩于前而色不变"了，一张俏脸煞白："还有个问题……"

看叶语这反应，李德也不由得紧张起来。

"师父请言。"

"灵兽……能听懂人话吗？"

李德没听懂这问题，思索了一下之后摇头道："仙魔两域都未曾有这类记载。"

叶语暗道：这下，好像真的玩大了。

06

叶语花了半分钟消化"五百两可能是个人"这条信息。

其间，李德一直毕恭毕敬地站在一旁，顺便观赏她那变脸似的神情变化。

等叶语恢复镇静，重新看向李德时，他立刻低下头，做出一副"任凭差遣"的模样。

叶语问："你可知道有没有什么方法，能够辨别灵兽是真灵兽还是修者化形的灵兽？"

李德皱眉，思索片刻后摇了摇头："上古血脉修者可化兽形本就只是坊间传言，从未被证实。更何况就算是真的，那也是成兽境甚至混沌境的修者才能做到的，对于这样的人物，实在难寻什么方法去辨别。"

在这个世界里，混沌境修者是最厉害的人物，成兽境或化灵境的修者次之。别说她一个没有修为的人，即便是修者，也很难辨别这样的人物化身和灵兽之间的差别。

一想到五百两，叶语就觉得太阳穴一跳一跳地疼。她难得有机会关爱一下流浪猫狗，怎么就捡回来这么个玩意呢？

事到如今，她只能走一步看一步了。

毕竟已经捡回来了，伤也治了，名字也取了，狗窝也做了，澡也……越往下想，叶语越觉得立马跑路才是最正确的选择。

叶语叹了口气，转身往外走。

李德跟上:"我送师父下山。"

"不用了。"叶语摆了摆手,"你收拾一下自己的行李吧。"

"啊?"李德一脸茫然。

叶语回头看他:"明天你是不是要为魔城第一富商李准的幼子看气运?"

李德想到叶语连他住哪儿都知道,知道他明天要做的事也不足为奇,于是他点了点头。

"有你指点迷津,加上那小孩命不错,李府之后会更繁盛。李准感念你的恩德,会花大价钱请一位引荐人,助你去到仙域天机阁。"

看着李德慢慢瞪大的眼睛,叶语笑了笑:"虽然只是个外阁的普通执事,但至少给了你阶梯,你顺着往上走就是。"

叶语一顿,漂亮的桃花眼微垂,眼中带着笑意。

"自此一别,当后会无期。有为师此言作保,今后你必可在那天机阁内平步青云。"说完,叶语也不留恋,转身就往山下去了。

她一边踩着崎岖的山路,一边觉得遗憾,可惜她毫无修为,否则她也想去仙域四处瞧一瞧,尤其是那在仙域势力中最为神秘的天机阁,还有传闻中无所不知无所不晓的天机阁老阁主……

叶语还没走到山腰,身后就传来一阵急促的脚步声。

她回头一看,发现是李德。

李德到了叶语面前,先毕恭毕敬地作了一个长揖,然后道:"师父之能,徒弟此生闻所未闻,徒弟愿……"

"别别别。"叶语一听这开场白,就猜得到后面的话,连忙打断他,"你可别愿了,我知道你想说什么。我这身本事但凡能传授给他人,你给我拜师帖那天,我就传授给你了。"

李德听了这话，眼里有着显而易见的失望，不过更多的是一种释然。

少顷之后，他又作一揖："徒弟既已拜您为师，便当侍奉左右。"

叶语观察李德的神情，见对方不是故作姿态，连忙义正词严地拒绝："不可不可。我观那富商李准是命中多子之相，徒弟你到时速速离去，这样下次才轮得到为师啊！"

李德活了近百年，此时竟然听不出这话到底是出自真心还是玩笑。

不过无论出自真心还是玩笑，叶语一点都没有想留他的意思，李德还是看得明白。

他叹了口气："既然师父执意如此，徒弟也不会强留。不过从与师父相识起，徒弟心里便始终有一个疑虑。"

见李德就此打住，叶语慢慢地吐出一口气，念在对方是自己徒弟的份上，耐着性子微笑着递了台阶："是何疑虑？"

李德纠结了好一会儿，才迟疑地开口："徒弟虽然不知师父是如何得知一切，但仙域天机阁老阁主早有言，我们本就是逆天行事，一着不慎就可能折损自身，但师父您似乎毫不在意，这……"

叶语摆了摆手，打断了李德的话。

她背起手仰头看了看天。

皓皓青天，朗朗白日。

叶语低下头来时笑了笑："这天，是你们的天。"

说着，她转身往山下走去，声音飘散在这山间："而我的天，在天外面。"

李德呆在原地，过了许久，才对着已经空无一人的山径深深一揖。

而此时山脚下,叶语仰头看着天空,然后慢吞吞地翻了一个白眼:"要是真有什么天,能不能告诉我,我到底做错了什么,才被拉进来当预言家?"

叶语回到家时,正巧撞见了在院子里的王大娘。

一见叶语回来,王大娘就迎了上去:"叶语姑娘,你带回来的那只小黑狗,怎么今天一天我都没瞧见呢?"

叶语嘴角一抽,面上保持微笑:"它长胖了,没脸见人,躲我屋里去了。"

王大娘愣了下:"变得很胖吗?"

叶语点了点头:"很胖很胖。"

"呜……"

叶语的房间里隐约传来不满的呜咽。

听着那变粗了许多的声音,王大娘叹气:"看来还真是胖了不少啊……"

叶语没说话,等王大娘转身离开后,她才打开门,闪进房内,再关上门,而后在房间里扫了一圈,没见到那个庞然大物。

"人……不,狗呢?"

"嗷呜。"

床榻方向传来一道带着屈辱的声音。

叶语愣了下,随即沉下脸:"狗到了春天都掉毛,五百两,你别爬到我床上去!"

01

把五百两赶下床时,叶语分明听见床板发出一声怪响。

叶语气到叉腰:"你要是把我的床压塌了,那我睡哪儿?跟你一起露宿山林?"

五百两委屈地趴在地上,对上叶语的眼神,他偏着头想了想,摇了摇毛色光亮的长尾巴。

看着那抡起来绝对能把人抽到吐血的粗壮兽尾在自己面前晃来晃去,叶语不禁扶额。

眼前这家伙真的是人?

"我们商量个事情吧,五百两?"

叶语思索良久,还是决定坦诚地与五百两谈一谈。她坐上床榻,与趴在地上的五百两四目相对。

五百两把大脑袋放到自己平摊在地上的两只兽爪上,过了两秒,又黑又圆的眼睛眨了下。叶语一阵恶寒,这家伙什么时候学会装可爱了?

对上他真诚且无辜的眼神,叶语竟然觉得自己准备了一路的话有点说不出口。

叶语叹了一声,避开五百两的视线:"你的身体应该已经痊愈了吧?"

"呜。"五百两不情不愿地点了下脑袋。

"以前我就发现,你几乎每天都要消失一段时间。那时候我以为你是贪玩,在村里游荡……现在来看,你多半是去处理自己的事情了吧？"

五百两没有做出反应。

叶语便当对方默认了，继续道："既然你有自己的事情要处理，如今伤也养好了，那么留在我身边也没什么用。"

叶语稍一停顿，见五百两仍无反应，只得直说："你这个体型，跟在我身边也不方便，不如我们就此别过如何？"

叶语已经挑明，五百两依旧没有动作，只一眨不眨地望着她，满目茫然。

"你倒是……"叶语耐性渐失，突然想到什么，她看向五百两，"你别跟我说，你听不懂我刚刚说了什么。"

"呜呜！"

一听这话，五百两立即点了点那个硕大的脑袋。

叶语：你现在又能听懂了？

这天底下那么多流浪猫狗，她怎么就把其中最麻烦还最无赖的一只给捡回来了呢？

叶语气到再次叉腰，站起身来就向五百两走去，刚走出几步，房门就被人叩响了，王大娘的声音传了进来："叶语姑娘，有人找你。"

正努力做出一副凶神恶煞模样的叶语一愣。

这个世界里，除了那个"便宜"徒弟外，可没有什么人与她关系好到会上门拜访。

叶语转念一想，又有些了然。这几天因为五百两的事情，她一直没去暗香茶楼，再加上之前她并未隐藏自己的行迹，若是碰上有心人，自然知道她住在何处。

想到这儿，叶语便应了一声，打开门走了出去，跟着王大娘到了院门口。

院子外面站着的人背对着院子，正焦急地望向村口。

叶语出来时，对方似乎听见了动静，转过头来。

一看清叶语的模样，那人慌忙冲了过去："叶姑娘，您怎么还这么淡定？赶紧收拾东西跑路吧！"

02

来人头上蒙着布巾，叶语一时没认出来："您是？"

对方把布巾一掀："叶姑娘，您不记得我了？"

叶语定睛一看，是木匠铺的掌柜。

"原来是掌柜的。您这是？"

见叶语认出自己，掌柜立马把布巾蒙上。

"叶姑娘，幸亏您这两天没去茶楼。您前两日得罪的那位叶郡主，这两天天天暗地里在魔城探查您的消息呢。我听说她一直没查到您的来历和背景，今天已经耐不住性子带着叶王府的人往这里赶了，您还不赶紧收拾东西出去避一避？叶王府如今的势力，可不是寻常人家能招惹得起的！"

叶语闻言，着实有些意外。

她本以为那位叶郡主是原文中重要的配角，即便和自己有点小摩擦，也不会发生什么大事件，毕竟在那人的"人物生平"里，根本就没有自己的存在。

如今看来，她似乎真的成了一个异数——一些既定的人物可能因为她的出现而发生改变。

叶语突然想起曾经看见的那条"主线剧情发生偏离"的系统提示，不由得皱起了眉。

木匠铺掌柜见叶语迟迟没有动作，又道："叶姑娘对我有大恩，所以我才冒险来通知叶姑娘一声。叶王府的人这会儿应该已经快到村子了，我也不便久留，叶姑娘万万不可大意行事啊！"

"多谢掌柜。"叶语回神，作了一揖，目送掌柜离开。

她一转过身，就瞧见王大娘站在院子中，正不安地看着她。

"叶语姑娘，可是出了什么事情？"

叶语叹了口气："抱歉，王大娘，这段时间给您添麻烦了。为了您的安全着想，我不能再在这里待下去了。"

王大娘愣愣地道："叶语姑娘，你……你要走吗？"

叶语攥紧了拳头，目光冷然地瞧了魔城的方向一眼。

原本她以为自己来到这样一个地方，不需要再活得碌碌营营，如今看来，是她想得太简单了。无论在哪里，自身不够强大，就永远不可能活得恣意潇洒，更别想妄谈随性自由。

叶语缓缓地收回视线。

她快速走到院子角落，从杂物堆的柜子里翻出个包袱来，里面躺着两个火红的果子和一堆金银细软。

叶语快速地将那些东西一分为二，其中一份被她包起背在身上，另一份被她放回了柜子里。

"王大娘，"她转头看向有些失魂落魄的老太太，拿着一个红果子走了过去，"柜子里的那些金银您尽管取用，是我报答您的救命之恩。这个东西吃了对身体有益无害，您若是不放心，可以先取少许给一些活物试用。"

叶语说到这里，向着老太太作揖，又道："待会儿可能会来一批找我麻烦的人，您切记不要提起我，以免惹来祸端。"

王大娘脸上的皱纹似乎深了许多，她伸手拉住叶语："叶语姑娘……你真的要走了？"

叶语攥紧了拳头，面上仍旧是平素经常挂着的有些懒散的笑容。

"嗯。"叶语清楚此时不是表达依依不舍之情的时候,她向王大娘行礼后,便立即回屋。

一进屋,她的视线就撞上了一双在黑暗里闪着熠熠寒芒的兽瞳。

"我刚刚在外面说的话,你听见了吗?"

五百两点了点头,站起身走到她身旁,大大的兽爪落到地面上,却没半点声音。

叶语又问:"如果和叶王府的人撞上,你能跑掉吗?"

五百两偏着头思考了会儿,然后点了点头。

叶语松了口气:"那我们去村口吧。"

她伸出手摸了摸五百两的耳朵,五百两张口咬向她。

叶语只觉眼前一花,再次被五百两衔着腰放到了背上。

回过神来后,她不由得轻笑了声:"遇到你,好像也不枉来这世上走一遭了。"

叶语伸出手顺了顺五百两修长脖颈上柔软的毛:"小家伙。"

五百两似乎对这个称呼有些不满,扭着脖子躲了两下,叫唤了两声,然后顶开房门走到了院子里。

院子里的王大娘被吓了一跳。

叶语看着她,眉眼微弯:"王大娘,我先走了。"

没等王大娘应声,脾气和耐性都不好的五百两已经迈开四肢,卷着风离开了。

王大娘喃喃感慨:"几天没见,小黑怎么胖成这样了……"

小村落本来就不大,五百两奔跑的速度极快,不过须臾就到了村落外面。

片刻后,叶语就瞧见了扛着"叶"字大旗的士兵远远地走了过来。

五百两扭过头看向叶语,目光里带着不解,似乎在奇怪她为什么不直接离开。

叶语给五百两顺了顺毛,然后笑着开口:"如果我就这样走了,以叶郡主的性格,她恐怕要把小村落掘地三尺才肯罢休。我毕竟在这儿生活了这么久,这又是我自己招来的灾祸,没有让无辜村民代我受过的道理。"

五百两的眼神里带着点不以为然,不过最后他也只是转过头去,用锋利的爪尖在坚硬的地面上扒拉了几下,留下几道深深的沟壑。

叶语虽然没瞧见,但看出了五百两的不赞同,她笑了笑,道:"别担心,不会耽误你跑路的。待会儿跟叶郡主打了照面,你往东我往西。"

她这番话的大概意思他是明白的,当即就有些不可置信地看向她。

他的动作之快、幅度之大,叶语都怕他把脖子扭伤了。

"你这是什么表情,嗯?"

叶语伸出手想揉揉五百两的脑袋,却落了个空。在她话音落下的同时,她分明看见那双黑亮的兽瞳里闪过类似懊恼的情绪,然后那个大家伙突然倒退了几米,让她整个人猝不及防地扑倒在他背上。

叶语本能地抓住五百两的脖子,还没回过神,就感觉到自己的耳边有风掠过。五百两向着叶王府的士兵疾驰而去。

迎面袭来的风让叶语想起了坐过山车的感觉。

她还没看清眼前的景象,就听到一声带着怒意的咆哮从身下传来,伴随着一阵慌乱的喊叫声:"兽袭!"

"保护郡主！"

"列队护卫！列队护卫！"

紧接着，叶语感觉到身体在空中又是几次剧烈颠簸，耳边的风速再次加快。

不知过去了多久，嘈杂的声音淡去，连风声都渐渐平和下来。

03

等叶语睁开眼时，四周一片寂静。

叶王府那群士兵不知道被甩出去了多远，丝毫听不见他们的声音了。

对于眼前这一片开阔的地方，叶语在记忆里搜索了一番，最后得出自己没来过的结论。

这是要被迫解锁新地图啊。

叶语叹了口气，小心翼翼地试图爬下五百两的背。

然而，五百两丝毫没有配合的意思，脑袋扬得高高的，死活不肯回头看叶语一眼，更别说屈一下四肢方便她下去了。

显然，五百两还在为之前叶语要和他"大难临头各自飞"置气。

叶语试探了几下之后，迫于恐高症，不得不妥协。

她伸手挠了挠五百两修长的脖颈："五百两，你蹲一蹲，先放我下去？"

五百两仍旧没搭理她，甩了下尾巴后，似乎觉得不够解气，又踩到旁边一块嶙峋的山石上踮了踮脚。

叶语立马觉得视野更开阔了。想想那被舔过的红果子叶语就知道，这家伙既幼稚又记仇，她应该早点做好心理准备，不过现在补救或许还不晚？

叶语这样想着，伸出手顺了顺五百两耳朵上的毛："我刚刚可是为了你好，才让你先逃的。"

五百两甩了甩头，避开了叶语的手。

叶语笑了下，心道：看来真是气得不轻。

"叶王府这次来的士兵里，肯定有不少修者。之前在王大娘家，我问你在遇到叶王府的士兵后能不能全身而退，你犹豫了一下，那带着我岂不是会耽误了你跑路……"

五百两似乎有些动容，竖起耳朵，侧过脑袋。

叶语眼疾手快地摸了他一把，笑着继续说："那岂不是浪费了我的五百两银子？"

五百两觉得自己刚刚就不该特意来这处平坦的地方，而应该找个地势陡峭的山头，直接把这个每次腾空都紧紧搂着自己脖子不敢往下看的女人甩下去。

枉他刚刚还分出心思来保持身体平稳，让这女人不至于受太多惊吓……他一定是鬼迷心窍了……

想到这儿，五百两气呼呼地扭回头，同时前爪恶狠狠地在地上刨了刨，嶙峋的山石被划出了数道深浅不一的白色划痕。

叶语见状乐得不行，笑了一会儿后，她才慢慢趴下，在五百两背上侧过身。

她望着天际，再开口时声音依旧带笑，眼底却是一片近乎漠然的平静。

"那位叶郡主既然忍了好几天，今天才这么兴师动众地带士兵来，多半是已经在魔城各个地方布下了盘查的明岗暗哨，她对你的实力应该比我更清楚，所以大概不会留下让我们侥幸逃脱的机会。"

听了叶语的话，五百两不再生闷气，他回过头，认真地看着叶语。

显然，对于叶语的话，他也赞同，甚至同样考虑到了这个问题。

叶语的声音听起来依旧明快："我当初对你的救命之恩，你已经还了，虽然还欠了我五百两，不过你给我的那两个果子在价值上一定比五百两高得多，就算是相抵了。"

说完这些，叶语才重新直起身。

她望着五百两，桃花眼里像是漾着一圈又一圈涟漪，让五百两忍不住想起自己小时候最喜欢去的魔宫后花园的莲花池。那双眸子里的笑意像是莲花池里让他移不开眼的半池春景。

"我们两清了，小家伙。"

五百两回过神，就听见这个女人与他撇清关系，兽瞳里闪过复杂的情绪。

因为幼年的经历与成长环境，他最是分得清楚是非利弊，知道与这个女人分开是对自己最有利的选择，但他莫名地拒绝这种选择。

叶语循循善诱："我知道你一定有避开叶王府追捕的方法。可如果带着我，你必然难以躲开他们的追踪。"

五百两沉默了一会儿，让叶语从自己背上下来。

叶语见五百两似乎妥协了，心里松了口气。

双脚踩在地面上，安全感也随之回归。叶语笑着上前摸了摸五百两的耳朵。

"乖。能遇到你，我很高兴。那……我们就后会无期啦。"叶语说完就欲转身离开。

虽然前路茫茫，但她此时心境还算开阔。她从来不惧独自面对困境，甚至享受从中脱身的感觉。

不过这种轻松的心情并没能持续太久，一切和乐的假象在那个声音在她身后响起时猝然破碎："如果我能护你周全呢？"

叶语的脚步霎时停住，原本扬起的唇角也僵住。

那道声音带着少年嗓音中独有的干净清亮，又好像掺杂着复杂的情绪，低沉又好听。

不过叶语现在丝毫没有欣赏这声音的兴致，她很清楚这个地方除了自己和五百两，绝对没有其他生物，那么这个声音就只可能是五百两发出来的。

如果说之前听了李德所言，她还对五百两的真实身份抱有三分怀疑，那么此刻，这三分怀疑被这句话轻易击碎。

叶语背对着五百两站在原地，漂亮的桃花眼里掠过各种情绪。

在她身后，原本身形矫健的巨兽已然消失不见，取而代之的是一位穿着一身锦衣华袍的少年，长发束冠，面容清俊。他一瞬不瞬地望着叶语，眼里透着和外表、年龄毫不相符的沉静。

时不时地，还有一丝迟疑从他的眼底闪过。他不知道此时这个并不理智、甚至完全由情感和冲动驱使的决定，是否会给他的计划带来变数。

他也不知道自己的选择是对是错，以后是否会后悔。

他只知道，看着这个女人离自己而去时，心里那种翻江倒海的情绪实在不是理智能够压得住的。

此时见叶语仍旧站在原地，少年眉头微皱："你不回……"

他还未说完，便见背对着自己的女人像是根本没听见他之前的话，快步朝某个方向走去。

片刻后，少年才反应过来，眼里掠过一丝恼怒。

他身形一动，追上叶语，挡住她的去路。

叶语不得不停下脚步，无奈地抬眸看向站在自己面前的少年。

第一眼有些惊艳。少年并没有佩戴什么刻意显摆身份的玉饰，无论气质还是模样，都显得很干净。

她根据五百两的性子猜测对方的年纪不会大，但没想到会是这样一个清俊少年，好看得叫人忍不住心生觊觎。

这个想法一冒出来，立马就被叶语狠狠捻灭了。

对于叶语那一瞬的呆愣，少年已然收入眼底。

从这个女人的脸上，他看不出丝毫与惊讶相关的表情。

少年轻眯了下眼："你什么时候知道我是人的？"

叶语犹豫了下："现在？"

少年不甘心地追问："我刚刚说能护你周全的时候，你为什么要逃？"

"我没有啊。"叶语装出一副无辜的样子，"我没听见你说的话，真的。"

少年一瞬不瞬地盯着叶语，她也毫不退避地与他对视，还时不时眨一下那双暗波流转的桃花眼。

就这样对视了许久后，少年先一步狼狈地移开了眼。

他白皙的耳郭迅速爬上一层红晕，下一瞬，他体内真气一动，那层红晕便消失了。

少年有些不自在地清了清嗓子："我带你去安全的地方。"

他伸手就去拉叶语的手腕，叶语本能地退了半步，避开了少年的手。

少年用那双墨黑的眼眸看着她。

叶语尴尬地笑了下："男女授受不亲。"

少年："你是不是忘了半个多月前，你是怎么把我摁进浴盆的？"

叶语心想：天道轮回，报应不爽。

04

少年冷着一张俊脸，面无表情地看着叶语。

叶语眨了眨眼："我做过这种事吗？"

随后，她痛心疾首地道："如果给我一次改过自新的机会，我一定不会再犯这种错误了。"

少年垂下眼帘，细长的睫毛在瓷白如玉的脸上落下淡淡的阴影："你就这么想和我撇清关系！"

这并不是个问句，连语气都平铺直叙，让人分辨不出少年的情绪。

他越是没情绪，叶语反而越不忍，只不过尚存的理智拉住了她想软下去的心。

没从叶语那儿得到任何回应，少年低垂的眸子里掠过一丝失落，随即释放出危险的信息。

他抬头看向叶语："你不肯让我碰你，是因为怕自己知道什么吗？比如我的来历，或是我会给你带来的麻烦？"

叶语心里一惊，随后她转念一想，五百两被她捡回家后就一直跟在她身边，他能猜到些什么也不足为奇。

叶语望着少年笑了笑，道："我只是觉得，我们各自的麻烦都不算少，何必还要待在一起牵扯出更多的麻烦呢？"

说到这儿，她嘴角一撇，面露遗憾："直觉告诉我，越纠缠会越麻烦。"

少年垂着的手攥成了拳，面上却没半点表情。

他眼眸低垂："你把五百两捡回去时，怎么不觉得麻烦？"

叶语无奈地道:"因为它是狗,你是人。"

少年攥紧了拳头,淡淡的血丝洇进指甲。

过了须臾,他蓦地扬起脸来,黑眸里带着寒意,开口时声音沙哑:"如果再给你一次机会,回到我被那几个孩子欺负时,你会当作没看见我,是吗?"

叶语一点都不怀疑,只要自己现在点头,这个忍到了极限的少年会做出过激的反应。

可她开不了口。

此刻的少年像一只在滂沱大雨的深夜里蹲在路边呜咽的无助幼犬,面对这样的他,她实在没办法狠下心。

叶语在心里哀叹:我一定会因为心软而惹来大麻烦……

少年已经从叶语的目光里得到自己想要的答案,暗下去的眸子渐渐亮了起来,泛出熠熠的微光。他勾起薄唇,那张有些稚嫩的清俊脸庞因为那双乌黑的眸子而鲜活起来。

他伸手去拉叶语的手腕。

叶语无奈地看着他,这一次没有躲开。

就在少年的指尖即将触到她手腕时,她裤袋里的手机蓦地振动了一下。

两人的动作皆是一顿,叶语尤为尴尬。

她虽然希望有什么东西能打断少年的动作,但绝不是突然振动的手机,毕竟眼前这个少年实在太过聪慧,她不希望再有什么把柄被他发现。

少年古怪地看向叶语:"什么东西?"

叶语摇了摇头:"没什么。"

不用看,她都能猜到必然是阅读器又解锁新章节了。

然而,今天手机就像故意跟她作对一般,几乎是在她话音落下的同时,裤袋里的手机又振动起来,一下,两下,三下……

叶语为了维持脸上的微笑,差点没把牙咬碎。

这阅读器是为了和她作对,准备把后面的章节全解锁了吗?

少年收回了手:"你不把那个东西拿出来看看?"

叶语长长地叹了口气,认命地把裤袋里的手机掏了出来。

熟练地解锁屏幕之后,叶语看着阅读器目录位置新解锁的章节,表情变得有些古怪。

这部分算是《夜非魔》的第一个小高潮,如果她没记错的话,应该是写叶王府的叶郡主溜进魔宫见到少魔帝玄翊前后的事情,为叶郡主对玄翊的感情埋下伏笔,同时也为几年后她主动去找玄膣促成两人的婚事做了铺垫。

对于全文第一个小高潮,作者着墨甚多,因此,一次性解锁了好几章,也没什么好奇怪的……

尽管这样安慰自己,但叶语还是很不安。

毕竟,此时此刻应该去推动这段剧情的叶郡主还不知道在哪里……

想到这儿,叶语忍不住直接点了解锁状态下的最新一章。

没等她看清内容,一声尖锐的系统提示音突然响起。

阅读器正中间出现了一个她很眼熟的窗口,上面写着:"警告:主线剧情发生严重偏离!主线剧情发生严重偏离!"这应该跟她没什么关系吧?

叶语越想越心虚。

不过想想第一次发生主线剧情偏离的时候,她还没与叶郡主碰面,所以这应该跟她没有关系才对。一定是别的什么原因导致这个世界的剧情线发生了变化……

叶语这样想着,突然听见少年道:"这是个什么东西?法器吗?"

叶语笑着抬眸,面不改色地扯谎:"对,用来预知未来的一件法器,也是我……"

她的话音突然停住,连呼吸也一并停止了。

少年正认真听着,却发现没了下文,不解地抬眸看向叶语,就见她那双勾人的桃花眼睁得大大的。

"怎么了?"少年微微蹙眉,担心地问道。

叶语狠狠地掐了一下自己的指尖,才勉强把理智拉了回来。

就在刚刚,在看清少年面容的时候,一点灵光突然划过她的脑海。少年是成兽境修者,在魔域有几个成兽境修者她不知道,但算尽古今,成兽境修者也屈指可数。

李德当初提到了只有拥有上古血脉的修者才能在成兽境转化兽形的传说,而原剧情中,玄翊在魔宫的隐秘地宫里开启了自己身上的上古血脉……

还有她第一次遇见小黑狗时"它"伤了左后肢,不久之后在茶楼遇到士兵盘问,玄脁所缉拿的是伤了左腿的刺客,以及阅读器一再提醒严重偏离剧情……

结合这一切来看,眼前这个少年的身份已经昭然若揭。

叶语沉默了许久,她一句废话都没说,直接伸出手握住了少年的手。

两秒后,叶语在心里哀叹一声,自己上辈子到底造了什么孽!

被叶语紧紧攥住手腕的少年疑惑地抬眼,叶语的反应让他有些看不明白,和他想象中叶语知道他的身世后的任何一种反应都不一样,以至于一时之间,他不确定叶语是否真的知道了他的身份。

少年迟疑了下，还是开口问道："你知道了？"

叶语回过神，连忙松开了手。

她低头看去，见少年皓白的手腕上有一道扎眼的红痕。

少年浑不在意，又问了一遍："你已经……知道了？"

叶语抬眼，道："嗯。该知道的，不该知道的，我都知道了。"

两人沉默下来，过了半晌，少年才犹豫着开口："我能做到吗？"

对方口中说的是什么事情，叶语心里比谁都清楚。

六年前，魔城宫破，昔日的魔帝魔后与玄翊那两个尚不及膝高的幼弟都死在了玄滕的手里。

除了目睹骨肉至亲惨遭屠戮，玄翊更是亲眼看到魔城里拥护老魔帝的家族在一夜之间被血洗。随后，他自己修为被废，真气流通的经脉被挑断，变为不能修炼的废物，成了玄滕挟令天下的傀儡少魔帝。

假以时日，玄翊或许会成为那个杀叶王府三千口人也浑不在意、心狠手辣的魔帝玄翊，但此时此刻站在叶语面前的，不过是一个未曾做出半点恶事的少年。

这样一个背负着血海深仇的少年问她，他的复仇计划能成功吗？

叶语苦笑了一下。

如果手机里没有"主线剧情发生严重偏离"的警告，她大概能问心无愧地点下头去。可现在……

似乎从叶语的沉默里明白了什么，玄翊紧紧地咬住唇低下头去，心想：原来还是不能吗？即便他为此忍辱负重，还是做不到吗？可他苟活于世就是为了屠尽仇敌，如果注定做不到的话，那他活着还有什么意义？

诸般情绪在少年心中翻涌，就在他身上的暴虐气息几乎遏制不住的时候，他头顶突然落下一片温热。

玄翊身形一滞，就见叶语收回手，那双总是澄澈的桃花眼眨也不眨地望着他，里面藏着星星点点的笑意。

"怎么说我都已经把你捡回去了，有我在，没人能阻挡得了你。"叶语语气轻缓而郑重，"你想要的，我都会帮你拿到。"

在这样安抚的语气里，玄翊那带着狠意的眼神慢慢平静下来。

片刻后，他眨了眨眼，问："什么都可以吗？"

叶语"嗯"了一声。

"复仇是我一个人的事情，想得到的东西，我会自己去争取。"

"那你想要什么？"

玄翊抬眼看她，乌黑的眸子闪着微光："在我实现计划前，你一直陪在我身旁吧。这就是我唯一想要的。"

对上他无比认真的眼神，叶语有些震惊。

此时此刻，她才发现自己忽略了一件很重要的事情，她的出现导致《夜非魔》主线剧情发生了严重偏移，而她所取代的角色似乎是女主角？

叶语带着一点侥幸的心理，试探地问少年："你认识一个叫云华的姑娘吗？"

"云华？"玄翊茫然地摇了摇头，"不认识。"

不等叶语再说什么，玄翊不满地皱起眉："你不是说我想要的你都会帮我拿到吗？我不需要别的，只要你一直陪在我身边就好了。"

叶语暗道：这剧情发展好像哪里不对？

05

考虑到后有追兵,叶语和玄翊没敢在那里停留太久,很快便朝着魔城赶去。

临近魔城时,玄翊拉着叶语在城外隐蔽的地方停下,远远观察着魔城城门处的人流。

叶语见状皱起眉:"魔城里也埋伏了叶王府的人?"

玄翊观察了片刻,回头看了她一眼:"我不确定,不过看起来有三个雏体境的修者十分可疑。"

"哪三个?"叶语问。

玄翊当即一拂手,三道有形的气流瞬间指向那三人所在的方向。

他的修为远高于那三人,自然不用担心会被对方察觉。

叶语看清了那三人之后,眯着眼睛笑了笑:"雏体境的修者可不是随处可见。这青天白日无风无云的,他们无缘无故跑到魔城门口待着,肯定是冲着什么人来的。"

想到这儿,叶语看向玄翊:"魔城或者魔宫内最近有什么大事发生吗?"她顿了一下,继而神色古怪地问道,"你这么看着我做什么?"

玄翊被叶语说得一愣,原本情绪暗涌的眼眸也恢复了清明。

他有些不自然地移开了视线:"习惯了……"

叶语不是不知道自己随身带着五百两那段时间,小家伙总会趴在茶楼的木桌上瞧着她发呆,但这炽热的目光来自一个人还是一只狗,那差别可大了。

难道是她最近行事过于温柔,身上散发出了母性光辉?

叶语陷入了沉思。

在她出神的间隙里,玄翊已经平静下来。他取出几件东西,在面前的空地上一一摆开。

叶语思绪回笼看到那些物件时不由得一愣:"这些是什么?"

玄翙没抬头,认真且严肃地看着那些东西:"你的五官太出挑,我们不能就这样回魔城。"

听见这话,叶语实打实地愣了一下。

她侧眸瞥向玄翙,见少年仍旧认真地摆弄着那些物件,不由得失笑。

这还是她第一次被人用这么真诚、理所当然的语气夸奖长相呢。

此时玄翙已经准备好了东西,他转身看向叶语:"你不要动,我来给你做一些简单处理就好。"

叶语瞥了一眼他手里的器物,似笑非笑地道:"看不出来你还有成为造型师的潜力呢。"

与叶语相处了一个多月,玄翙早就习惯了她口中经常蹦出一些莫名其妙的词语,此时也不以为意。

他用指尖抵着叶语的下巴,让她面向他。

叶语被少年那冰凉的指尖拨得一怔。

回过神后,她面无表情地在心底告诫自己:做人可以没有下限,但不能没有底线,他还小,你可不能为美色所惑……

这样自我催眠般地重复了几遍后,叶语就听见面前的少年开口:"好了,现在没人能认得出你了。"

叶语抬眼看向对方。

玄翙大概是以为她不相信,拿起一个小瓷罐解释道:"这些东西是我用高等灵物调配的,即便是混沌境的修者也不会看出你的真实面容。"

"哦。"叶语垂眸，没精打采地道，"持妆力怎么样？防水吗？闷痘吗？好不好卸？"

玄翊一脸茫然："什么？"

叶语看着他，叹了口气："你看，我们果然很难交流，把两个很难交流的人硬捆在一起是会出问题的。"

玄翊眼神一闪，不为所动："你可以解释给我听。"

"解释不清。"

尽管看得出叶语不肯配合，玄翊也没有露出恼怒之色。他思索了片刻，道："如果你说的'持妆力'是指维持妆容的能力的话，只要我不出手，这个妆就不会自然脱落。"

叶语惊讶地看了他一眼。

从叶语的眼神里确认自己猜测无误，玄翊忍不住翘起唇角："至于防水，这个妆容连混沌境的修者都看不穿，怎么可能轻易被水化解，当然，如果是那种千万年的水类灵物，我就不敢保证了。

"你说的'闷痘'我确实不知道是什么意思，而'好不好卸'应该就是说卸掉这个妆容吧，我帮你处理，很快就会好。"

"可以啊！"叶语赞叹一声，伸出手在他的肩上拍了拍，"很有语言天赋啊，少年。"

玄翊眼神微闪，过了须臾，他牵起叶语的手往魔城方向走去："那我们进去吧。"

叶语本想挣脱，在看到少年逐渐变化的五官后，她不由得愣住了："你的脸……"

"这是我血脉中的天赋能力。"玄翊说话时，他的面孔已经变得与之前截然不同，连身高似乎都变了，"给自己易容的话，我已经不需要用这些灵物了。"

"厉害。"叶语想不到别的形容词了。

两人顺利地进了魔城,一路往魔宫的方向而去。

走到半路,叶语突然想到了一个关键问题:"你是要把我带进魔宫里藏起来?"

"嗯。"

"可是我以什么身份待在魔宫呢?总不能凭空冒出来一个人吧?"

"我会先让人安排你进歌女司,之后……"

"之后?"

玄翊垂眼,红晕爬上了他白皙的耳郭:"我已经到了可以在内宫挑选侍寝美人的年纪了。"

叶语嘴角抽搐。

06

看着玄翊那微红的耳郭,叶语微笑着从牙齿缝里挤出了四个字:"侍寝美人?"

玄翊抬眸,看清叶语的表情,顿时慌了,但很快他就镇定下来:"只是一个说法而已……没有其他身份比这个更适合让你待在我身边了。"

叶语:"你好好想想,我觉得应该还是有的。"

玄翊剑眉微皱,认真地看向叶语:"真的没有了。"

叶语不死心:"我刚刚看过,五年内你都不会册立妃嫔。"

连五年之后唯一册立的、地位仅次于魔后的魔妃,现在还在到处寻找他俩的踪迹呢。

听了叶语的话,玄翊神色淡淡地望着她:"我这一生会有魔后吗?"

叶语语塞，她要怎么解释因为《夜非魔》后来停止更新了，所以自己即便揣着手机，之后的情节她也不得而知？

从原简介来看，最后玄翙显然是复仇成功了，顺便还抱得那位仙域云宗的掌上明珠而归。

那他应该册立了魔后吧……

想到这里，叶语看向玄翙，笃定地道："嗯，以后你会有一位艳冠魔域的魔后。"

"是谁？"

叶语眨了眨眼，神情无辜："你真的要了解得这么详细吗？过多地窥探未来之事未必是一件好事。"

"我想知道。"玄翙不为所动，仍旧定定地看着她，"既然你知道，那我就要知道。"

叶语暗道：这孩子的攀比心怎么这么重？

叶语正纠结着不知道如何开口，不经意地一抬眼，瞧见了远处的魔宫外宫的轮廓。

她连忙把话头一转："魔宫到了，我们怎么进去？"

玄翙没说话，叶语就当他是耍小孩子脾气，也不多劝。

两人又走出十几步，一直若有所思的玄翙忽然抬起头望向叶语，眼神之锐利让侧对着他的叶语都不由得脚步一顿。

叶语侧头看他："又怎么了？"

"我以后册封的那个魔后，是你今天跟我提起的那个叫云华的女子吗？"

叶语心道：这孩子的智商这么高，让她怎么带？

读懂了叶语的心思，玄翙一副心情大好的模样："这个名字我记住了，以后只要有她在的地方，我一定不会露面的。"

叶语有些无语："你就这么执着于孤独一生？"

"为什么没了她,我就会孤独一生?"玄翊拉起叶语的手,向着魔宫后墙走去,边走边回眸,眸里闪着微光,"不是还有你吗?"

叶语神情微妙。

玄翊转回身。他怕自己压抑不住的愉悦吓着这个在感情方面胆子极小的女人。

"你不是答应了我,会陪我走到最后吗?有你在,我就不会孤独。"

叶语回过神来的时候有些懊恼,又忍不住看向走在前面的玄翊。

她来到这里之前,《夜非魔》的男主角完全是个不解风情的人,这人的情话技能到底是什么时候点满的?

01

"这是哪里?"叶语打量着自己身处的环境,一边问一边试探着向旁边走去。

玄翊蓦地伸出手钳住了她的一只手臂,将她拉了回去:"别乱动。"

叶语险些被拉得一个踉跄,好不容易站稳后,她无奈地看向玄翊:"你力气大也别用在我一个不能修行的人身上啊,若是扑到你怀里怎么办?"

说完这话,叶语就后悔了。

玄翊看着她脱口而出:"我接着!"

叶语抽了下嘴角,不自在地扭开脸。

"这是什么秘密通道吗?"

为了转移注意力,叶语顺势打量起两人身处的地下隧道,地面上泥土松软,两侧凹凸不平的石壁上隔十几丈就缀着一盏灯火微弱的长明灯。

"对。"玄翊从叶语身上移开视线,"这是通往魔宫的一条秘密隧道,在内宫、外宫和魔宫宫城外分别有一个出口。这个地方是我前几年意外发现的。"

叶语转头看向玄翊:"这就是你的血脉觉醒后你重塑经脉的地方啊。"

玄翊神色复杂,有些无奈地道:"还有什么是你不知道的吗?"

叶语没说话,抿唇看了玄翙一眼,然后心情复杂地转回头去。

刚刚她把玄翙的神情变化一丝不落地看在眼里,竟然没看到半点提防或是警惕,原剧情中的玄翙是不会这样的,他对自己就这么没戒心吗?

"年轻人啊。"叶语叹了一声,伸出手在恢复原貌后比自己矮了些许的少年头上揉了揉。

玄翙被摸得耳郭微红:"你不要随意走动,这里面有一些机关,一不小心可能会受伤的。"

"我知道啊。"叶语神情古怪地看着他,"我刚刚不是碰你了吗,你知道的,只要我想知道,接触一下你的身体我就都知道了。"说着,叶语脚下一抬,跳过了地面上一个毫不起眼的凸出来的圆石。

玄翙怔怔地看着她:"你刚刚是因为这个才……"

走在前面的叶语闻言停下脚步,回过头似笑非笑地睨着他:"不然呢?你以为我是因为什么?"

没等玄翙回答,叶语就转身继续蹦蹦跳跳地避开机关往前去了。

失望爬上少年黢黑的眸子,不过转瞬,只盛得下那道渐渐远去的背影的眼瞳里,失望被更猛烈也更危险的情绪取代了……

"莲生——莲生——"

一道焦急的呼唤声在魔宫外宫歌女司的后院响起。

在花丛间寻觅的宫装女子视线一停,落到了不远处的湖边的一个角落里。

女子定睛看了看,然后皱起眉,拎着长长的宫装裙小跑过去。

到了角落里,女子望着躺在美人榻上的人,无奈地道:"莲生，你还有心思在这儿睡呢，司里发生了大事，我们得尽快过去集合。"

几秒后，躺在美人榻上的莲生才动了动。

她慢腾腾地转过身，一副睡眼蒙眬的模样："大事？什么大事？"

"既然是大事，那哪里是我们这些小歌女能提前知道的？"

女子说话间，眼里闪过一丝哀伤，她伸手去拉榻上的人："你啊，自从半个月前大病一场后，就跟换了个人似的，你以前可不是这么疲懒的性子……今天去晚了，小心掌律的姑姑责罚你。"

"我这不是身体还没恢复嘛。"莲生笑着坐起身，"我这就过去，香儿你先走吧。"

香儿应了一声，走出几步又转回头不放心地嘱咐："你可千万别耽搁了啊。"

美人榻上的小姑娘点了点头："嗯。"

一直目送着香儿的身形消失，莲生才收起纯真的笑容，毫无形象地伸了个大大的懒腰，然后一边打着呵欠一边站起身。

"拖了半个月还是来了……不知道真做了那什么侍寝美人后，还能不能过这种吃了睡睡了吃的幸福日子……"

半个时辰后，三顶轿子抬着三位从歌女司里选出来的侍寝美人，排成一排往魔帝寝宫的方向而去。

02

半个月前，叶语被玄翊托付给他在歌女司的心腹，顶替了因病死去的歌女莲生，从而顺利混进了魔宫外宫。

风平浪静地过了半个月，有人给叶语送来消息，说挑选侍寝美人的事情差不多定下来了，让她提前做好准备。

进入歌女司之前，叶语身上所有值钱的东西都被内宫那位少魔帝搜去了。

玄翊美其名曰"在宫内不宜露财"，但叶语怀疑他是怕她跑了。

人与人之间的信任啊……

半个月里，叶语无数次这样慨叹着，然后提笔画掉了自己做的第N个逃跑计划。事实证明，不管在哪里，没有钱都是万万不行的。

"莲生美人，时辰差不多了，您的行李……"

歌女司的寝宫内，被赐封的宫女还摸不透这位新晋美人的脾性，故而言行都带着些许小心翼翼。

叶语回过神，不禁皱了皱眉。

虽然知道美人不过是按魔宫里"一后三妾九美人二十七侍女"的品级设立来称呼的，但被人这么叫，叶语怎么听怎么别扭。

所幸前面还带着"莲生"二字，叶语就权当对方喊的不是自己。

"我没什么行李，只有两件衣物，但都是歌女司的，似乎不能带过去？"

那宫女盈盈行了一礼："美人所分的宫殿内自然会备上您的衣物。"

宫女说完又偷眼打量叶语的神色，然后小心翼翼地道："如今内宫无主，只有今天新晋的包括您在内的三位美人，下面做事的绝不敢在吃穿用度上委屈了三位美人。"

听了这话，叶语眼神微微一动，不禁哑然失笑。

她哪里听不出小宫女是在提点她要抓紧机会尽快上位？

叶语懒得和她解释，所以没有开口。

宫女问道："莲生美人可还有其他什么需要带的？"

叶语垂下指尖，似是不经意地从裙线上拂过。

确定了自己的手机还在，她点点头："有一样。"

宫女茫然地抬头看着叶语，然后她便瞧见新晋的美人走到圆桌前，一弯腰，捧起一把瓜子。

"走吧。"叶语笑眯眯地看向满脸呆滞的宫女。

见宫女半天没反应，她低头瞧了瞧自己手里的瓜子，又抬起头笑笑："我听说从外宫到内宫路途遥远，闲来无事可以嗑几颗解解闷。"

宫女突然觉得自己大概选错了主子。

一炷香后。

三顶被抬向魔帝寝宫的轿子突然停了下来。

中间那顶轿子里，正在嗑瓜子的叶语动作一顿。

她看向轿子里自己的侍奉宫女，用眼神询问了对方出了什么事。

宫女茫然地撩起帘子往外瞧了一眼，然后慌忙收回视线，向着叶语虚虚行了一礼："莲生美人，是玄朕大将军的步辇。按例您无须向他见礼，我等需要出去跪拜。"

玄朕大将军？

叶语眼神微闪，但没说什么。

以那人混沌境巅峰的修为，别说步辇已经到了跟前，即便是整座魔宫内，只要他有心，没几处能逃过他的神识探查。

连魔帝寝宫也逃不过，否则《夜非魔》原剧情中那位魔帝玄翙也不必忍辱负重地和叶郡主有了夫妻之实。

思及此，叶语不轻不重地点了下头。

那宫女得了叶语的应允，立即退出轿子去行跪拜礼。

“这就是今日选上来的三位美人？”一道低沉的男声在轿子外面响起，出乎叶语意料地年轻。

到此时叶语才想起来，《夜非魔》永久停更前，关于玄膑的直接描写极少。无论是这人的年龄、相貌、身材还是其他信息，叶语一概不知。

要是哪天在魔城里与他擦肩而过，兴许她都认不出对方。

想到这儿，叶语忍不住哆嗦了一下。

跟这样一个杀人不眨眼的家伙近距离接触，想想就可怕。

这么想着，叶语摸了颗瓜子准备嗑，以转移自己的注意力。

“咔！”瓜子壳被嗑开的清脆声音在轿子里响起，几乎在同一时间，她感受到一股强大的气息穿过轿子落在她身上。

这就是混沌境巅峰的威力吗？

之前她在灵兽阁感受到的那种气息跟这个一比实在是不值一提。

感受到那磅礴的气息，叶语的心跳突然漏了一拍，不过很快她就恢复了平静。

关于兜里揣着的手机，叶语早就问过玄翊了，只要不像上次那样当着修者的面振动出声，即便是顶尖的修者也只会把它当作衣服、鞋子或金银首饰一样的死物。

至于她自己，她就更不担心了。她身上别说修为，玄膑恐怕连灵根都寻不着。

随便他怎么看，她都是个不能修炼、没有任何威胁的人。

事实也如她所料，那气息只稍作停留，便如潮水般退去。直到那步辇远去，三顶轿子被重新抬起，叶语都没再感受到任何异样。

三顶轿子被送到了魔帝寝宫,但也只是按例走一遍流程。

高高在上的少魔帝眼皮都不抬地将三位美人瞥了一遍,只隐约在中间的美人身上停留了一下,便收回了视线。

"送回各自宫里吧。"

"是。"

三位美人的随身宫女都有些遗憾地应声。

旁边站着的宫人神色古怪,纷纷暗道:前两天摆出一副纨绔架势硬要讨几个妃子填充后宫的少魔帝可不是这么严肃又自持的,今天见着三位美人了,怎么这么冷淡?难道是三位美人长得不好看,不合少魔帝的心意?

宫人正心里犯嘀咕,就听见少魔帝开了口:"方才站在中间的是哪一位美人?"

宫人回神,慌忙翻开手里的册子,查看了一番才小心答话:"魔帝陛下,那位是莲生美人,去年入宫,家中有⋯⋯"

"嗯。"少魔帝不轻不重地应了一声,打断了宫人的话。

他翻着手里的簿册,眼也未抬地道:"今晚的侍寝人就选这个叫莲生的好了。"

宫人蒙了一下,回过神后慌忙低下头:"是,陛下。"

殿内安静了许久。

少魔帝忍不住抬眼,瞪向那个宫人:"你还站着做什么?"

"啊?陛下?"宫人不知所措。

少魔帝面无表情地看了一眼宫外:"天色不早了,你不该去那位美人宫里宣旨吗?"

"天色还⋯⋯"宫人扭头看了看外面还明亮的天空,过了须臾才抽着嘴角俯身作礼,"是,魔帝陛下。"

从外宫进到内宫,因路途稍远,三位美人都是坐着轿子来的。

在内宫之中,由魔帝寝宫去往三位美人各自受封的宫殿并不远,三人便得不着这个殊荣了。

叶语之前坐在软塌塌的轿子里颠了半个多小时,之后又去魔帝寝宫里闻了将近十分钟的安神熏香,早就困得恨不能倒头就睡,这会儿只想赶紧回到自己受封的宫殿里亲近一下那张陌生的大床。

偏偏另外两位美人的莲步踩得一个比一个稳当,叶语就差上去扛着两人走了。

就这样的行速,三位美人还没走出寝宫外宫,就被一道声音喊住了。

一看来人的打扮和势头,除了叶语之外的两位美人眼睛都亮了,来人正是少魔帝身边宣旨的宫人。

叶语面无表情地带着自己那些激动不已的宫女,跟着宫人原路返回了魔帝寝宫。她一边走一边面无表情地打呵欠。

她刚刚给五百两递了个眼神,让他放自己回去休息,看来是白费了。

进了这深宫,坐上那帝椅,狗子就再也不是过去的狗子了。

03

叶语进入寝宫前殿前,殿里侍奉的宫人已经被玄翊遣走了。

前来传唤的宫人瞧了殿内一眼,然后向着叶语作了一揖:"请莲生美人入殿,其他人等在殿外候着。"

叶语抬起的脚停滞了一瞬,然后她面无表情地瞥了殿门一眼,无声地打了个呵欠,走了进去。

其他人都躬身低头，自然瞧不见她的表情。传唤的宫人不经意瞥到了，顿时露出古怪的神情，但也没敢说什么，随即把脑袋垂了下去。

叶语前脚进了殿，后脚尚悬在半空，身后的殿门就被外面的宫人关上了。

她撇了撇嘴。

按照《夜非魔》的原剧情，这个时期的玄翙在宫内一直装出喜怒无常、纨绔无为的样子，也难怪除了他的心腹外，魔宫里的宫人都对他有些畏惧。

这样想着，叶语抬眼在前殿里扫了一圈，没寻到玄翙的身影，她便直接转身往耳殿走去。绕过描金漆银的长屏风，叶语一眼就看到了站在耳殿中间的少年。

叶语迟疑了一下，虽然此时她感觉不到什么古怪气息，但她还是不确定玄膑是否在利用自身修为或神识监控少魔帝的寝宫。

为了保险起见，她是否应该装作和玄翙不认识？还没等叶语想好该怎么称呼，玄翙身形一动，转瞬就到了她面前。

她惊讶不已："你……在宫里不需要顾忌那人的探查吗？"

少年岿然不动，但眼神里露出点骄傲："这半个月来我潜心钻研，已经把从地宫里得到的上古阵图做了调整，布置在这寝宫之内，他即便用神识探查，也只会被我布下的假象蒙蔽。"

叶语有些无语，她清了清嗓子，准备苦口婆心地教育他一番，就听少年又道："叶语，你不必担心，我不会耽误要事的。孰轻孰重，我心里有数，你放心陪在我身边，我不会让你有事。"

叶语忍了三秒，还是忍不住了："你叫我什么？"

玄翙一顿，睁大了眼睛看着叶语，黑眸里尽是茫然，与他还是五百两的时候装作听不懂人话时的表情一模一样。

叶语说:"你知道我比你大几岁吗?"

玄翊没回答这个问题,慢慢移开了视线。

"我可是比你大了六岁!"叶语微抬下巴,似笑非笑,"乖,叫姐姐。"

玄翊沉默了须臾,不情不愿地道:"姐姐。"

叶语看着面前的少年垂着长长的眼睫,一张面无表情的脸好看得没有丝毫瑕疵,他露出一副"你真幼稚"的表情,却又不得不低低地喊她一声"姐姐"……

她承认自己被蛊惑了,快要忍不住捏一捏、揉一揉他的脸了。

想象了一下那个场景,叶语立即摇摇头,对他道:"嗯,真乖。"

说完,她便退开了一步。

玄翊抬眼看她,黑眸里闪过复杂的情绪:"你躲什么?"

"我没躲啊。"叶语理直气壮地道,说完,她又往旁边挪了一步。

玄翊扬眉:"那你往旁边挪什么?你是怕我吗?"

叶语心道:真不是,我是怕自己做出什么事来。

不过,她肯定不会把这话说出来。

"我困了。"她扭头看向旁边的大床,"最厚的那床被子分给我吧。"

"那我盖什么?"玄翊眼神一闪。

叶语鄙视地看着他:"你不会告诉我,偌大一个魔帝寝宫,找不出第二床被子吧?"

玄翊微微垂眼:"这看似堂皇的寝宫不过是个囚笼罢了,你知道的,不是吗?"

叶语受不幸的童年影响，在接收到他人的求助信息时，她会本能地感到尴尬和不自在。

此时也不例外，叶语下意识地移开视线，不敢看玄翙。

角落里的窗下，一张稍窄的美人榻上，厚厚的暖衾堆成了小山。

偌大一个魔帝寝宫犹如牢笼，所以被子也就只有可怜巴巴的一床，这么拙劣的谎言她竟然差点信了。

叶语现在严重怀疑自己来到这里后，智商也降低了。

而此时，玄翙也顺着叶语的视线看到了那些暖衾。

他顿了一下，接着转过头看向叶语，像是什么事情都没有发生般道："床能分我一半吗，姐姐？"

叶语选择残忍拒绝："不能。"

于是，当天夜里，名义上招了新晋美人侍寝的少魔帝，实际上自己一个人委屈地缩在美人榻上。

入睡之前，他借着朦胧的月光将不远处的床榻上的人影清清楚楚地看在眼里。

他唇角微勾，虽然美人榻有些窄，但这是自魔城宫破之后，他第一次真正安然入眠。

三位新晋美人入内宫不到一个月，少魔帝沉迷于美色、不理修习的流言就在宫里传开了。

后来，传闻变成了三位美人同时被召进魔帝寝宫长住，耳殿里更是夜夜笙歌……

就这样又过了不到半个月，少魔帝被玄胨大将军请到了议殿，名义上是作为叔父与摄政王对"昏庸荒唐"的少魔帝进行训话。

叶语不担心是不可能的，但她也清楚毫无修为的自己此时无法帮到玄翊。

她只能在寝宫里一边等着，一边时不时去试探一下"熟睡"的其他两位新晋美人。

尽管玄翊跟她保证过，这种幻境不会让这两人有生命危险，不过看这两人的样子，叶语还真怕她们睡死过去，那她就逃不开责任了。

正这样想着，叶语听见殿外隐约传来声响。

稍加思索后，叶语快速回到了床榻上，滚进了被子里。

少顷之后，一道人影闪进耳殿："是我。"

属于少年的清亮嗓音里，此时带着一丝倦意。

叶语动作利落地翻身下榻："你怎么了？没事吧？"

"没什么……"见叶语走近，玄翊紧皱着的眉心稍稍松开了。

他失了血色的唇勾起一点淡淡的笑，细长的眼睫扑闪了一下，然后双眸慢慢阖上了。

与此同时，他整个人微微前倾，向着叶语靠过去，她犹豫了一下，还是没躲开。

尽管知道少年装出这副模样只是为了骗过那人，但看着对方虚弱无助的样子，她还是没办法无动于衷。

"姐姐，"少年伏在叶语肩上，开口时声音低哑又疲惫，"我好累啊。"

少年垂在身侧的手掌一点点握紧，青筋在白皙的手背上突起，埋在叶语颈侧的那张俊脸上，凌厉的剑眉有些痛苦地拧了起来。

"我想杀了他，想一剑一剑地把他削成肉泥……我今天几乎快要忍不住了。"

叶语无声地叹了口气。她抬起手来，迟疑片刻后，还是在少年有些单薄的背上安抚性地拍了拍："会有那么一天的，玄翙。

"那些罪孽深重的人，一定会承受着他们应得的痛苦而死去。

"为了那一天，答应我，你要谋定而后动，因为你没有失败再来的机会，所以你不能冒险，更不能冲动行事。"

半晌后，玄翙才平静下来。

他直起身，看向叶语："那个人让叶王府的王爷和郡主明日入宫拜见，如果我猜得没错的话，等再过几年我的成人礼后，他就会要求我迎娶那个郡主为魔后。"

叶语的神情变得古怪起来，她暗道：剧情线实在比她想象的要坚挺许多，在发生严重偏离后，还在试图将剧情拉回来？

04

叶郡主进宫这天，叶语被迫起了个大早，原因无他：最近和她同住一个屋檐下的少魔帝为了在叶郡主面前做出荒淫好色的样子，硬是要把三位新晋美人中唯一一个清醒的拉去内宫后花园演一出寻欢作乐的戏码。

尽管叶语觉得这是个馊主意，但玄翙还是坚持尝试。

被玄翙从被窝里拖出来的时候，叶语还试图挣扎："你相信我，她对你一见钟情是命定的，你费这些力气也没有用。"

"一见钟情？"玄翙面不改色地拉着她往寝宫外面走，"我跟她可不止见过一次。"

"就算命数难改，我觉得她确实很难对一只狗一见钟情。"

玄翙回眸看向叶语，对方无辜地眨了眨眼："所以那不算。"

玄翙继续把叶语往外拖："既然之前那次见面她能因为我

的外表而没有对我一见钟情,那这次也能。"

叶语心想:智商高还固执的人真是不好忽悠。

一炷香后,叶语到底还是被拖到了魔帝内宫的后花园。

在微凉的晨风里,叶语忍不住打了个哆嗦:"这种天气、这个时间跑出来寻欢作乐,那些出了名的好色昏君大概都没有你'敬业'。"

"你冷吗?"

叶语看向玄翊:"你不是在内宫布下了能蒙蔽玄腠探查的上古阵法吗,没外人在,叫姐姐。"

玄翊微微垂眼:"你为什么一定要让我这么称呼你?"

叶语迟疑了一下,心想:大概是为了时刻提醒自己的良知不要轻易沦丧?

虽然心里这么想,她嘴上却说得义正词严:"长幼有序,这还需要什么理由。"

叶语话音未落,她就突然被玄翊从身后抱住了。

代表着魔帝权尊的黑色袍袖越过她肩侧,将她整个人裹进了他怀里。

叶语还未回神,就听到少年低哑的声音:"她来了。"

叶语本想挣扎,闻言便放弃了,她忍了半分钟,都没听见动静:"你不会在骗我吧?"

"她停在那儿了,"少年微微侧过线条凌厉的下巴,灼热的气息拂过叶语的颈侧,"大概是在观察。"

叶语只能继续保持不动。

这一方四角亭子里,在外人眼里姿势暧昧、耳鬓厮磨的两人,实际上陷入了尴尬的沉默。

半晌后,叶语率先开口:"你不觉得……有点尴尬吗?"

"以前我们也有很安静的时候,不会尴尬。"

叶语忍不住腹诽:问题是以前你是只狗子,而且是你趴在我怀里啊。

她委婉地说:"可我觉得尴尬。"

"那就说点什么吧。"

玄翊抬头看了看天空。

此时确实是早了些,深蓝色的天空中还嵌着几枚星子。

少年干净又清澈的声音在叶语身旁响起,他缓缓地讲述着每一颗星星的寓意。

叶语安安静静地听了半炷香,终于确定了一件事。

她之前没谈过一场恋爱是有原因的,在这种看起来很浪漫的场景中,她却犯起了困。

"还是我给你讲吧。"

玄翊一怔,侧眸望她:"你不喜欢听?"

叶语打了个哈欠:"你再讲一遍,我就能直接睡着了。"

玄翊一脸备受打击的样子。

叶语没理会深受打击的少年,直接问:"你们这里有极光吗?"

"极光?那是什么?"

"在我的家乡,极光是一种很美的景象,五光十色,绚丽多彩,变幻莫测。"说到这儿,叶语笑了笑,"极光之地的人们认为,极光是神灵的化身。他们深信,快速移动的极光会取走人的灵魂,降下厄运。"

"他们所深信的,是假的吗?"

"嗯?"

"极光真的能取走人的灵魂、降下厄运吗?"

叶语愣了一下,这个问题显然超出了她的知识范围。

不过片刻,她就恢复如常,懒洋洋地笑道:"也许吧。毕竟在这个世界上,越漂亮的东西就越危险。"

"啊……"少年轻声感慨,"是这样吗?"

"嗯。"

"那姐姐你呢?"

叶语侧过头,目光撞上了一双漆黑的眸子。

少年莞尔一笑,黑眸微闪:"姐姐你也像极光一样,很漂亮所以很危险吗?"

05

看着那双比天空中的星辰还闪亮的眸子,叶语忍不住失神了两秒。

她实在无法想象,眼神澄澈得好像能一眼望到心底去的少年会在几年后冷冰冰地说出"不过三千人"这样的话。

到了那时,这双漂亮的眼睛里应该只剩下连光都透不进去的漆黑了吧。

那太可惜了。

叶语这样想着,低下头笑了笑:"姐姐离很危险的那种漂亮还差一大截呢,所以别怕呀,小同志。"

玄翊虽然听不懂那个明显带着戏谑的称呼,但还是将叶语这句话的意思猜得八九不离十。

看着她笑,他也控制不住地勾起唇角。

"不会,"玄翊的笑声里带着一丝喑哑,"在我看来,姐姐是最漂亮的。"

"那委屈你了,整天对着这张我自己都认不出来的脸。"

玄翊环着叶语的身子笑得全身微颤。

叶语侧眸看他:"你笑什么?"

玄翊又笑了一会儿,才正色道:"你误会了,我说姐姐你最漂亮,不单单是指长相。"

少年侧过身来,靠近叶语的脸。

叶语身形一滞,虽然很想遵循本能地退后,但理智提醒她,叶郡主正在看着他们,她只能继续陪着玄翊演下去。

所幸玄翊在距离她只有寸许的位置停下了,虽然两人之间近得呼吸交缠,但他至少没有贴上来。

叶语在心底松了口气。

不知道是不是看出了她的心理变化,少年的眼眸里多了一丝笑意。

少年开口时声音微哑,染着笑意:"我所说的最漂亮的,是正在看着我的、藏在我眼睛里的那个你……"

叶语毫不配合地把眼睫一垂,不再跟玄翊对视。

玄翊眼神微闪,他鬼使神差地微微扬起下颌,在叶语的唇角轻轻落下一个吻。

叶语回过神,刚要发作就觉察到面前之人俯下身埋到了她的颈侧。

"这次她是真的来了。"

所以刚刚那个叶郡主并没有来?

气恼的叶语并未注意到,伏在自己颈窝的少年耳朵红得快要滴出血来。

须臾之后,亭外响起宫人稍带尴尬的声音:"魔帝陛下……叶王府郡主入宫觐见。"

一道熟悉的女声随即响起:"叶王府叶语,拜见陛下。"

这柔和的声音里带着一丝难以察觉的轻蔑之意。

叶语在心里感叹道：到底还是那个飞扬跋扈的叶郡主啊，仗着叶王府深受玄胤的重用，便丝毫不把傀儡少魔帝放在眼里。

叶王府后来被这小郡主连累得那么惨也不奇怪了。

叶语能听出叶郡主话里的轻蔑之意，玄翊自然不可能听不出来。

他直起身，清亮的黑眸里平静无波，没有任何情绪。

接着，他蓦然转身看向亭子外面的叶郡主，黑眸里带着睥睨之意："既是拜见，何不下跪？"

亭外站着的叶郡主错愕地抬眼，在看到少魔帝的刹那，眼里闪过一丝惊艳。

叶语倚在亭子的雕花护栏上，瞧着一高一低的少年少女，不由得轻轻"啧"了一声。

靠一见钟情收服反派少女的心什么的，"主角光环"是真管用啊。

须臾之后，叶语又将目光落在少年挺拔的身形上。

看着那张初显棱角的面庞上俊秀的五官，叶语若有所思：或许，这是必然的？

什么"藏在我眼睛里的那个你"，说到底，不过还是看脸罢了。叶郡主既然已经露面，叶语这个配戏的自然也就该功成身退了。

至少叶语自己是这么觉得的，所以她理所当然地提出了告退的请求，无奈被拒。

"莲生姐姐是怕我会冷落你吗？"少魔帝亲昵地凑过来。

叶语在叶郡主看不见的地方面无表情地想：不是的，你想多了。

见叶语没反应，玄翊附到她耳边，刻意压低了声音道："莲生姐姐，我不喜欢她，你别担心。你和另外两位美人姐姐最好了，我喜欢你们。"

叶语就不信雏体境的叶郡主隔着这么近的距离听不见他们的"悄悄话"，她更不信成兽境的玄翙会不知道叶郡主能听见。

她以前怎么没看出来玄翙的演技还不错呢？

什么眼神澄澈的少年，她刚刚一定是眼神不好，看错了。

亭子外，受到冷落的叶郡主毫不意外。叶王府深受玄膑的倚重，少魔帝、玄膑和叶王府对彼此的关系地位和不为天下人所知的真相再清楚不过。

少魔帝若是会给她好脸色看，那才奇怪。

他当着她的面与新晋美人做戏来羞辱她，也早在她的意料之中。

叶郡主不觉得意外，也不觉得有什么好担心的，等她入主内宫，她想要的人自然会落入她的掌心。

叶郡主胸有成竹，直到她不经意间瞥见与那位新晋美人耳鬓厮磨的少魔帝的眼神。

少女的神情蓦地僵住，半晌后她才回过神，她的下唇已经被她无意识地咬得微微发白。

少魔帝的眼神专注得好像眼前只此一人……他是在做戏？

叶郡主看向那个被少魔帝拥在怀里的女人，从她这个角度望去，只能看到一身宫衣，连那个女人的脸都看不到。

莲生美人？叶郡主的眼神渐渐冷了下去。

等终于回到魔帝寝宫时，叶语一进耳殿就听见自己的手机嗡嗡嗡地振动个不停。

她本以为是因为今天一见钟情的剧情回归才让手机有了反

应，当她打开手机看到阅读器中间的小窗口时，面色顿时变得十分凝重。

不同于之前标着黑色字体和感叹号的系统警告窗口，此时的阅读器中间是鲜红如血的几行字："主线剧情严重偏离，原剧情已接近崩毁，任务即将失败。请主人选择：A.放弃 B.重置。

"警告：如选择放弃，原剧情将彻底崩毁，任务失败；如选择重置，角色进行清除处理，重新分配，原有角色初始化。"

06

看着阅读器上的选项窗口，叶语的脸色彻底沉了下去。

她本以为剧情虽然发生偏离，但还在掌控之中，此时看来，显然有什么她不知道的事已经发生了或者正在发生，而这件事情势必会导致主线剧情的崩毁。

"主线剧情崩毁……"叶语喃喃着重复了一遍，然后下意识地捏紧了手机。

何为主线剧情？

对《夜非魔》来说，主线剧情自然就是少魔帝玄翊的复仇。而截至叶语之前看到的已经更新的章节，主线剧情有惊无险地朝着玄翊复仇这个最终目标推进。

那么，那件正在发生的事情造成的后果会严重到什么程度，才会导致主线剧情崩毁呢？

对于这个问题的答案，叶语几乎不需要思考，因为只有一种可能性：主角，也就是少魔帝玄翊的死亡。

一旦复仇计划的执行者死亡，复仇剧情自然也就无从谈起。

想到这一层，叶语的眉心几乎要拧成一个疙瘩。如果她没有捡回五百两，没有认识那个会不甘不愿又无奈地喊她姐姐的少年,那么玄翊对她来说不过是一个"纸片人"、一个无关紧要的存在、一个名字而已。

然而,现在不一样了。

她想起了那双望着自己的眼睛,里面藏着熠熠的光芒,像是把自己的所有希望都寄托在她身上一样。面对这样一个活生生的少年,她能眼睁睁看着他倒在血泊里,看着那双澄澈的眼眸一点点黯淡下去吗?叶语攥紧了指尖,无奈地笑了一声。

果然连想象一下都很难受啊。

叶语深吸一口气,强迫自己冷静下来。

她将目光重新移回到手机屏幕上,重新读了一遍警告。

"任务失败?"叶语喃喃地重复了一遍。

她的神情凝重起来,尽管没有任何明确的提示,但她还是能够猜到,这个所谓的任务就是她出现在这里的原因。

至于要对角色进行清除处理的重置选项……

叶语收起手机,松开眉心,叹了口气:"真好奇这是谁选的人啊?到底对我有什么样的误解,才会觉得我可能有这种勇于牺牲自我的精神?而且……任务?我答应过要完成什么任务吗?"

叶语伸了个懒腰,眼里闪过一丝冷光:"既然没经过我的同意就强行把我拉了进来……那任务失败跟我有什么关系?"

这样说着,叶语下意识地瞥了一眼耳殿里的美人榻,有人已经在那上面睡了一个月了……

叶郡主从魔宫出来后,上了代步的马车。

"郡主,直接回王府吗?"

负责驾车的是叶王府的亲信叶生。

叶生也是一名幼态境的修者,除驾车之外,他还负责保护叶郡主的安全。

叶郡主冷着一张俏丽的小脸,在原地站了片刻,然后她转过身,目光复杂地看了魔宫一眼。

"不,去大将军府。"说完,叶郡主转身上了马车。

叶生微微一怔,随即点了点头,坐到了车前,插着叶王府大旗的马车向着大将军府的方向行去。

在魔城之中,大将军府的规模只能算一般,甚至没法和魔城第一富商李准的府邸相比。

因此,魔城中许多百姓都对玄膑大将军的克己奉公很是敬佩,他的清廉美名也一直在整个魔域内流传。

叶郡主到了甚是朴素的大将军府外,门房一见叶王府大旗便主动上前迎接。

穿过前院,绕过竹林长廊,叶郡主便见到了一身素青色布衣的玄膑。

单看这身装扮,若是走在大街上,谁能认出来这个看起来不过三十岁的男人会是那个权倾天下的玄膑大将军呢?

叶郡主心里感慨着,面上扬起微笑:"玄伯伯。"

男人闻声转身,笑容和善:"语儿来了。"

叶郡主"嗯"了一声,笑着迎了上去。

"去过宫里了?"

玄膑垂手一拂,一套藤编桌椅便出现在两人之间。

他随意地在其中一张藤椅上坐下,信手拿起桌上的茶具,斟出清茶来。

"刚从宫里出来。"叶郡主小心翼翼地坐下。

玄膑未抬眼,只道:"看来你见到陛下了。"

一杯清茶斟满,玄脧伸出指节在杯身上轻轻一叩。

随着一声清鸣,盛满了茶的杯盏腾空而起,稳稳地停在了叶郡主的面前,涓滴未漏。

玄脧的视线随着那茶盏投了过去:"如何?"

叶郡主伸手接过,莞尔一笑。

"很好。我喜欢他。"

听了这个回答,玄脧一派平静,眼底不见丝毫波澜,似乎一切都在他意料之中。

叶郡主抿了口清茶,小心翼翼地观察着玄脧的神色,然后有些羞涩地开口:"不过,玄伯伯,我还是想求您一件事。"

"嗯?"玄脧抬眼,双眸含笑。

叶郡主垂眸,眼底掠过一点寒芒:"听说陛下之前封了三位美人……"

虽然叶郡主只说了一半,但玄脧已经听明白了。

他伸出手拿起自己那一杯,放到唇边轻轻吹了一下茶沫。

"怎么,还没嫁进宫里,你就已经迫不及待地要铲除异己了?语儿,心眼太小,可不适合待在宫里啊。"

玄脧从头到尾都带着淡淡的微笑,眼神始终落在那茶盏上,但叶郡主听了这话,眼底闪过一丝畏惧。

再怎么亲昵地喊着"玄伯伯",她也清楚面前这人当年能眼都不眨地杀兄弑嫂、血洗魔宫。

在他面前,她只得收敛自己的脾气,一点也不敢放肆。

叶郡主强笑道:"玄伯伯,如果对方只是普通的侍寝美人,我自然不会在意,更不会拿这种小事来劳烦您……其中有一位美人似乎不太一般。"

玄脧仍未抬眼,只问:"哪儿不一般?"

叶郡主眼神微闪："陛下似乎对她动了情。"

听到这儿，玄膑终于有了一点反应。

他缓缓抬眼，面上的笑容似乎淡了几分："你是说，陛下有喜欢的人了。"

这近乎平铺直叙的语气让叶郡主心里一抖，她面上仍强撑着笑容。

"是啊，玄伯伯……如果已经有这样一个人的存在，那我再想让陛下对我死心塌地就更不可能了。"

玄膑看了她一眼："你如何确定，陛下对你说的那个女人抱有不一般的心思？据宫内的传闻，三位新晋美人不是同时得宠吗？"

"是寻欢作乐还是真情实意，语儿还是能够分辨出来的。"叶郡主笑得勉强，"我甚至怀疑，陛下宠幸另外两位美人，不过是为了这一位而故意做样子罢了。"

玄膑闻言，若有所思，没有说话。

见玄膑始终没有反应，叶郡主有些按捺不住。她将茶盏放到藤桌上，稍稍倾身过去："玄伯伯，要是放任陛下和那个女人在一起，就算过几年我嫁入宫中，您最想知道的那个只有玄翊的血脉才能开启的地宫……"

叶郡主还未说完，就见玄膑投来冰冷的目光，她心里一颤，连忙低下头去，不再作声。

见叶语噤声，玄膑这才面色稍霁。他将手里的清茶放回到桌面上，才不疾不徐地开口："语儿，你啊……哪儿都好，就是性子急了些。"

叶郡主讪讪地笑道："我也是担心误了玄伯伯您的大计……"

"我知道你在担心什么。"玄膑再一次打断了她的话,而后他垂眸道,"一个新晋美人,既然你看不顺眼,便废了吧。"

一丝喜色从叶郡主的眼底掠过,她的表情看起来却有点郁闷:"玄伯伯,您是没看到今天陛下对我的态度,我哪敢随便动他的人?"

"你是想我替你出手?"玄膑问。

叶郡主没说话,但她的眼神已经将她内心的想法暴露无遗。

玄膑低声笑了起来:"语儿,我不可能为了你的妒忌而损坏自己经营了这么多年的名声。"

叶郡主急道:"以您的实力,哪还有人敢说什么?"

"确实没人敢说什么,这名声我也不是非要不可。"玄膑淡淡一笑,抬眸看她,眼神冰凉,"但就算不要,那也得值得。而这件事,不值得我丢掉自己的名声。"

"那我……"

"这件事我不会出手。"玄膑不疾不徐地打断她,站起身来,"我最多叫人帮你拖住玄翊一炷香的时间。以你的修为,解决一个普通女人,一炷香的时间足够了吧?"

叶郡主闻言,喜上眉梢,笑着站了起来:"足够了!谢谢玄伯伯!"

"做得干净点,别让人看了笑话去。"

"语儿明白。"

"没有其他事了?"

"嗯!"叶郡主看出了玄膑的送客之意,连忙点头,"不敢再叨扰玄伯伯,语儿这就告退。"

等叶郡主的身影消失在竹林深处,玄膑才垂下眼,伸手拈起一片竹叶,静静地观察了片刻,哼笑道:"难成大事啊。叶王府……可惜了。"

自少魔帝贪欢作乐、不理修习的流言在魔城中传开之后，玄翊去宫内教场的频率便逐渐高了起来。

这日，刚用过午膳，叶语便见玄翊已经换好了修习服。

"今天这么早？"叶语问道。

"教场老师的意思。"玄翊对着青铜镜整理衣冠，镜中的少年嘴角牵起一丝寒凉的笑意，"毕竟就算是个废物，也还是魔帝陛下，为了名声，还是要做做样子。"

"废物？谁？你那两个教习老师吗？"叶语趴在窗边撑着脑袋，懒洋洋地歪头笑着问，"修习了这么久，还是一个雏体境，一个幼态境、跟你一比，确实不怎么样。"

"你怎么知道……"镜中的少年刚侧过身，便轻笑了一声，"啊，我忘了大概没有什么是姐姐你不知道的。"

叶语打了个哈欠，没精打采地点点头："过奖过奖。"

玄翊望着她那副将醒未醒的模样，忍不住笑起来："你不睡一会儿吗？"

叶语瞥他一眼："你要迟到了。"

玄翊对着镜子整理腰间的束带："这件修习服的腰带我系不上，姐姐能帮我吗？"

少年清亮的眼眸里带着笑意。

叶语鄙夷地看了他一眼，他这简直是明目张胆地耍流氓啊。

"系不上就别系了，提着裤子去吧。"叶语扭开了脸。

见计不成，少年也不觉得沮丧。他转过身冲着叶语弯了弯眼睛，笑得灿烂明媚："姐姐午安，我去教场了。"

"去去去。"叶语摆摆手。

少魔帝很快出了耳殿,寝宫的门被合上。

叶语滚进床榻,准备美美地补个午觉,寝宫的门又被打开了。

叶语睁眼:"你怎么又……"

她的声音戛然而止,一种不祥的预感笼上心头。

虽然还未看到进来的人,但叶语无比笃定来人不是玄翊。

她起身望向耳殿门口的屏风,须臾之后,一道熟悉的身影出现在了屏风旁。

"让你失望了,来的不是他。"倚着屏风的叶郡主微微一笑。

少女脸蛋俏丽,唇瓣染了嫣红的口脂,她慢慢勾起嘴角,连笑容都像带着刺鼻的血腥味:"久仰大名,莲生美人。"

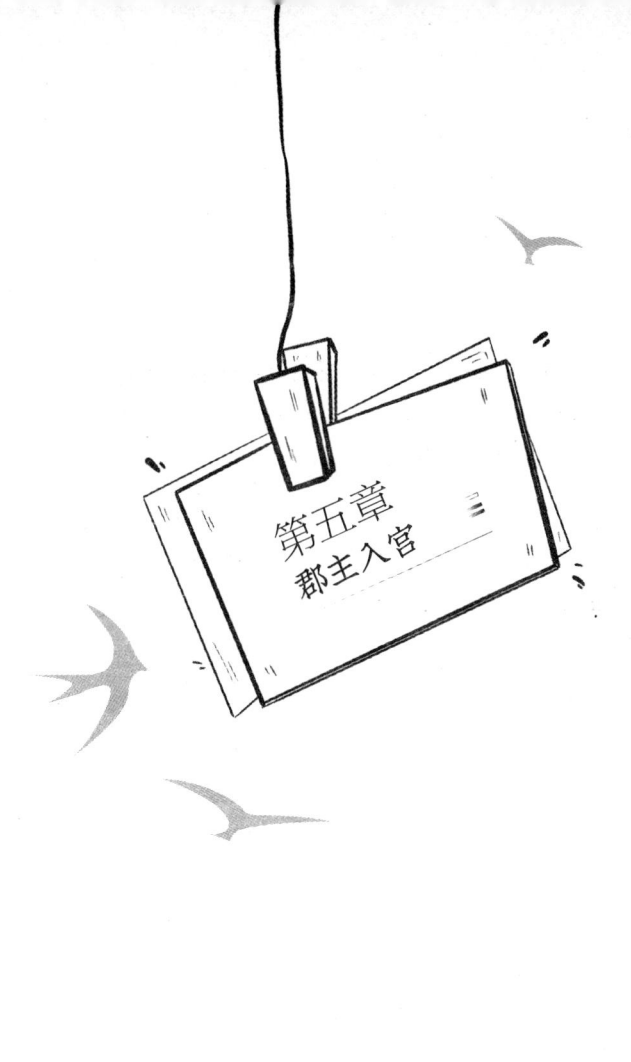

01

看清了出现在屏风旁的人后,叶语有一瞬的心慌。

在那一瞬间,她突然想到了会导致剧情崩毁的事件,可惜即便此时她已经知道了,事情也已经开始了。

她阻止不了剧情朝着崩毁的方向发展。

诸般情绪在心里翻搅了一番之后,叶语渐渐冷静了下来。

她抬起头,看到站在屏风旁的叶郡主,对方眼底的杀意毫不掩饰。

叶语对这种眼神再熟悉不过,毕竟两个月前,在魔城的暗香茶楼里,她就曾感受过这种杀气。

不过,当时的她是以另一个截然不同的身份面对叶郡主。

她和这位郡主还真是有缘啊。想到这儿,叶语忍不住轻笑了一声。

已经抬起右掌的叶郡主眉头一皱,不悦地看着坐在魔帝寝宫床榻上的女人:"你笑什么?"

"我笑我和郡主缘分匪浅。"

叶郡主暗道:这人是强装镇定还是真的毫无畏惧?到了这个时候还谈笑自若,她到底哪里来的底气?

叶郡主默默地将自己的计划捋了一遍,并没有找到什么疏漏,她的脸色越发阴沉。

"郡主不必担心。"似乎是看出了叶郡主的不安,叶语将素净的手掌向身体两侧一摊,一副坦然的模样。

她又笑了笑，道："如你所见，我只是个手无缚鸡之力的普通女人而已。如果你想杀我，我可没有任何反抗之力。"

听了这话，叶郡主眼里的警惕之色更重。过了两秒，她笑了一声，冷冷地道："你不会是想拖延时间吧？"

叶语眨了眨眼，煞有介事地点点头："很有可能哦。"

叶郡主脸色铁青："我倒是不知道，你有什么可以倚仗的。"

叶语没有回答，反问道："郡主进过魔帝寝宫吗？"

"当然没有。"叶郡主仔细地扫视四周，却一无所获。她有些懊恼地重新看向床榻上的女人，"你如果是想拖延时间，那我告诉你，这不会有任何意义。"

"哦？"叶语懒洋洋地眯起眼来轻笑，"说不定会有人恰好来救我呢。"

叶郡主扬起脸笑了起来："你不会是指望着少魔帝赶回来救你吧？你不知道他现在身在教场吗？而且，今天两位修习老师一定会尽可能拖延时间，你知道是为什么吗？因为……"

"因为玄膑的吩咐。"叶语不慌不忙地打断了叶郡主的话。在对方错愕的眼神里，叶语歪了一下脑袋，微微一笑，"这么简单的问题，我们就不要浪费时间了。我是为你好，郡主，留给你的时间可不多了。"

对上叶语那副镇静自若的模样，年纪尚轻、阅历尚浅的小郡主忍不住慌了神，她攥紧了拳："少魔帝根本不会知道这里发生的事情。"

"所以我刚刚问你来没来过魔帝寝宫啊。"叶语笑了，"你没来过，又怎么知道这里有没有设下能让他感知到来人的禁制呢？"

叶郡主冷哼了一声："开什么玩笑，玄翊的修为早就被玄伯伯废掉了,他怎么可能……"

叶郡主的话音戛然停住,这一瞬间她想到了一种极为可怕的可能性。

尽管这种可能性微乎其微,但就眼前的情况来看,只有这一点才能解释为何她面前的这个女人此刻依旧如此镇定。

"啊,看来郡主已经猜到了。"叶语眯着眼睛笑了,像一只单纯的猫。

"这不可能……"叶郡主喃喃道,"就算他真的找回了修为,两位教习老师一个是雏体境,另一个是幼态境,玄翊不会是他们的对手的……他才多大年纪……"

叶郡主的脸色越来越阴沉,眼里闪过一丝狠厉,一张娇俏漂亮的小脸也变得有些狰狞:"就算他能够感知到,两位老师也一定能拖住他,我只需要……"

她缓缓抬起右掌,同时走向床榻,森冷的寒气自她的掌心慢慢腾起。

坐在床榻上的叶语终于不笑了,漂亮的桃花眼里有着复杂的情绪,在叶郡主看不见的地方,一部手机微微亮着光,屏幕上有一个小小的窗口。

叶语的指尖在显示窗口的某个选项上方停了许久,最后她点了下去,"咔嗒"一声后,手机屏幕暗了下去。

叶语眼里的复杂情绪也消失无踪。

许是察觉到了叶语的神色变化,叶郡主笑道:"怎么,这就放弃了?那也好,省得我……"

她话音未落,面色骤然一白,像是感知到了什么可怖的气息,她猛地转身,双臂交叠护在身前。

"砰"的一声,小郡主被一股气浪弹出数丈,撞翻了屏风和桌椅,最后狠狠地撞到墙上。

摔倒在地的小郡主吐出一口暗红色的血,那张娇俏的小脸惨白如纸。

许久之后,她才艰难地抬起头,看向那面已经破了一个大窟窿的寝宫外墙。

坍塌的砖墙与飞扬的尘土间,少年的身影在她模糊的视线里渐渐显现。

少年那冰冷的声音不带分毫感情,震得叶郡主五脏六腑都闷痛不已:"早知道这样,在茶楼那日,我就该直接杀了你。"

叶郡主察觉到在自己体内肆虐的熟悉气息,她不可置信地抬头瞪视着那人:"竟然是你!"

来人看都不看她,头也不回地径直奔向床榻:"你没事吧?"

确定叶语安然无恙后,玄翊才稍稍松了口气。

"我是没事,"叶语看向寝宫墙上的大窟窿,叹了口气,"你摊上大事了。"

她几乎能够感觉到,玄朕的气息正在快速地掠向这里。

虽然上古阵法能够遮蔽平日寝宫内发生的事,但此刻玄翊和叶郡主的气息冲撞,玄朕不可能察觉不到。

大概是猜到了叶语的想法,少年微微俯下身,凑到她面前。他俊秀的面庞上露出明媚的笑容:"教场发生的事情,他已经察觉到了。"

叶语无言地望着少年,她担心的事情终究还是发生了。

"姐姐,我现在很开心。"少年微微眯起眼睛,"不管结果如何,你陪我走到现在,而我也不必再隐忍下去……我很开心。"

骗人!你的计划还没实现,如果死在这里,你怎么可能甘心？

她到底没有说出口。

玄翊直起身，眼里的温柔被杀意取代，他看向此时仍无力起身而跪伏在地面上的叶郡主。

他面上的笑容冰冷，薄唇紧抿，双手轻抬，蓝色的火焰慢慢出现在他的掌心。

"在一切开始前，"少年的眼神平静无波，"先让我把这脏东西从世上抹掉。"

还没等他动手，床榻上的叶语站起身，伸出右手直接握住他的手腕："别在她身上浪费时间了。"

玄翊慌忙将蓝色的火焰收回体内，确定叶语的手没什么异样，他才有点凶地看向她。

叶语抬手在他额头上点了一下："怎么，你还学会凶姐姐了是吧？"

少年有些无奈："姐姐，你没有修为在身，刚刚万一碰到火焰……会尸骨无存的。"

叶语心虚了一秒，接着直接拉着玄翊往寝宫前殿走去："先进地宫。"

"地宫拦不住他的，姐姐。"

"别废话，听我的。"

刚刚还气势汹汹的玄翊此时像个普通少年，一脸无奈地任由毫无修为的女人把自己拽向前殿。

在临出耳殿前，他藏在袍袖里的指尖微微一动，一点蓝色的火星落到了地面，并迅速朝着已经昏死过去的叶郡主而去。

一炷香后。

一身青色素衣的男人破空而来，跟在他身后的两队人马同时停在魔帝寝宫的大窟窿外。

其中一队为首的人迅速上前探了探倒在地上的叶郡主的气息，而后他向玄朕摇了摇头，道："一息尚存，但灵根已经被魔焰噬尽，不管用什么灵物都无力回天了。"

"魔焰……"玄朕重复了一遍，神情狠厉得像是要把这两个字嚼碎了似的。

过了许久，他蓦地抬起头，朗声笑了起来。

苍穹之上，阴云突现，遮蔽了整座魔城，轰隆的雷声翻滚不息。

许久之后，玄朕蓦地收了笑声，同时他冷冽的视线骤然投向寝宫的前殿，也就是叶语和玄翊消失的地方。

嗜血的光芒从他素来盛着笑意的眼底浮现，他冷冷地道："我寻找了这么多年的地宫，原来早就被那个小子打开了啊……他竟然还能借着地宫恢复修为，看来我还真是小瞧了他……差点酿成大祸。"

玄朕慢慢抬起手臂，而后骤然落下。

那两队人马转身向前殿而去。

玄朕脸上的笑容重归温和。

他背着手，望着前殿方向，目光仿佛穿过了那层层瓦砾，落在其下的地宫之内，他喃喃道："还好，还好有这么一个女人，让你甘心把这么多年的苦心白费。

"修炼到成兽境又怎么样？也只是个儿女情长的废物而已。"

地宫内。

"遮蔽气息的阵法在我的修为暴露时就已经无用了，他们发现我们只是时间问题。"坐在石凳上的少年垂着双腿，侧着脑袋看向叶语，"姐姐，你害怕吗？"

叶语看了少年一眼："怕，怕死了。"

话虽然这么说，但她脸上哪有半点害怕的表情？

玄翊忍不住笑起来："姐姐在想什么？"

"你现在该关心的应该不是我在想什么吧？"叶语叹了口气，伸出手欲戳少年的眉心，"你的复仇大计就要失败了，你自己都……"

她的话音随着少年倾身凑向她指尖的动作戛然而止。

计谋得逞，少年轻笑了一下，往前凑了凑，在她的指尖上亲了一下。

"我喜欢姐姐。"

这告白来得猝不及防，叶语愣在了原地。

而坐在她身旁的少年脸上的笑容纯粹又明媚，让人觉得这阴暗潮湿的地宫仿佛都照进了阳春三月暖融融的阳光，不刺眼，而且很舒服，看一眼，就会忍不住想要跟着笑起来。

叶语叹了口气，收回视线。

少年的身体向着她挪了几寸："姐姐不要害怕，我会陪着姐姐的。哪怕到最后一刻，我都会站在姐姐身前的。"

"你闭嘴。"叶语没好气地道。

玄翊不再说话了，只一瞬不瞬地盯着叶语。

叶语被盯得不自在，侧过脸去："这么乖？一口一个姐姐，还这么听话？"

"因为姐姐看起来好像不开心，"玄翊垂眼，"剩下的时间不多了，我不想姐姐不开心。"

叶语扭头看向玄翊，少年面庞俊秀、五官立体，在地宫里的长明灯散发出的昏暗光线里，他长长的眼睫投下淡淡的阴影。

灯下看美人，这话说得是不错。

他要是个女子，将来势必会是个祸国殃民的主。

了解《夜非魔》原剧情的叶语很清楚这人的心性，他以后会是个祸害天下的存在。

她这横插一脚，算是为民除害了？

"姐姐到底为什么不开心？"

少年突然抬起头，问的还是跟他自己生死安危无关的问题。

她看着他，道："我只是在生自己的气。"

"生什么气？"

"你刚刚破墙而入前，我跟自己打了个赌。"叶语像是无意识地把玩着手机，"刚刚我才发现，我打这个赌，不管是输是赢，好像都把自己牵扯进去了。"

玄翊一愣，不解地看着叶语："姐姐能告诉我赌注是什么吗？"

"我先问你一个问题，你回答了，我就告诉你。"

"嗯。"

叶语问："如果你原本可以顺利地实现复仇大计，最终登上巅峰，但因为遇到了我，这一切都变了，你的复仇计划都毁于一旦，就像现在这样。你会后悔遇见我吗？"

"姐姐又在看我的未来？"少年弯着眼睛笑了起来。

"回答我的问题。"叶语定定地看着他。

玄翊看了一眼地宫大门的方向，那里已经隐约有声音传来。

他叹了口气："会死吗？"

"会。"叶语眼神一闪，"死了就什么也没有了。"

少年收回视线，笑了起来："我会遗憾，但不会后悔。如果原本的选项里有"遇到你"这一项，而我没有选这一个，那我才会后悔。"

叶语愣在原地，少年刻意压低了声音道："姐姐，你忘了吗，你是我人生里的极光啊！"

叶语垂下眼，唇角勾了起来。

"再给你一次机会，你还会选择遇见我？哪怕结局是现在这样？"

玄翊认真地看着叶语："如果遇见你需要我付出生命的代价，那下一次务必让我在死之前遇见姐姐。"

地宫里沉寂许久。

突然，一声轰鸣响起，大门方向传来阵法破碎、墙土倾塌的声音。

叶语回过神，笑了笑，道："我跟自己打的那个赌啊，真是不想提……毕竟认识你之前，我只算计别人，不算计自己。"

玄翊对上叶语若有深意的目光，脸色微微变了变。他下意识地打量了一番叶语，最后看向她的手。

始终被叶语拿在手里的那个东西亮起来了。

他记得很清楚，叶语说过，那是她用来预知未来的法器。

此时的他本能地觉得这个东西会带来变故。

"你很敏锐啊。"叶语伸手揉了揉少年的额发，"要在无法预知后果的情况下做出决定，实在太难了。"

玄翊任她弄乱了自己额前的碎发，眼神有些慌乱。

叶语说："不过你的话算是帮我下定决心了。"

叶语收回手，看向屏幕上的重置选项，她莞尔一笑："毕竟像你这么喜欢姐姐的傻子不多了,能留住一个算一个吧。"

玄翊情不自禁地伸出手,握住了叶语的手掌,将那个"法器"一并握住:"姐姐……"

"其实那个赌很简单。"叶语打断他的话,"如果背负了那么多的你都能舍下一切来救我,那我也可以为了你牺牲自己。"

少年白皙的手背上青筋暴起。他不知道接下去会发生什么,但他很清楚,那绝对不是他想要的结局。

叶语说了一句玄翊此时并不能听懂的话:"等重新开始书写的时候,那个崭新的你还是不要遇见我了。"

她伸出手,用逐渐变得透明的指尖轻柔地摩挲着少年的头顶。

她弯起眼角,轻笑道:"你还是做回那个狠心寡情的魔帝玄翊吧。只要坚持下去,终会有报仇雪恨的一天。"

叶语的话音落下时,他们所处的整个空间都开始扭曲。

从地宫外冲进来的几道人影也渐渐变淡,他们惊慌地停下来,想要说话,却发现无法发出声音。

叶语最后看到的景象,是无助而绝望的少年额头暴起青筋,俊秀清隽的五官因为无声的嘶喊而变得狰狞。

失去意识之前,叶语还在心里抱怨:这小子最后一次叫她,竟然用这个称呼,真是没大没小。

半晌后,所有人影消失无踪。

空无一人的地宫里,一部手机从空中坠落在地……

"叶语!"

漆黑的深夜里,魔帝寝宫内,耳殿床榻上的一道身影猛地坐起。

窗外轰隆一声,惊雷炸响,大半个夜空在这一瞬被照得通亮。接着,瓢泼大雨噼里啪啦地打在房顶的瓦砾上。

在这个雨夜里,二十岁的玄翊满头冷汗,他披着墨色的长发,穿着单薄的亵衣,转过身下了榻。

他绕过耳殿门口的屏风,走进了寝宫的前殿。到了圆桌前,他拎起桌上的茶壶,斟了一杯冷掉的茶,修长的手指捏着杯子,一饮而尽。而后,他将茶杯重重地扣在桌面上。

又是这个梦。

几年前他的修为被玄胺废掉,他却在无意间通过血脉开启了魔宫地宫,又在地宫里唤醒了血脉传承的上古神兽之力……不久之后,他在地宫深处捡到了一个非金非玉的器物。

从捡到那器物的那一夜起,他就开始梦见许多稀奇古怪的东西。

在梦里,他因准备复仇计划而潜入玄胺府邸,不慎受伤被迫幻形出逃后,遇到了一个名叫叶语,也就是跟叶王府郡主同名的女子。

随后,他被叶语带回家中悉心照料。那女子明明看起来视财如命,但又愿意倾尽家财给那时看起来还只是一只弱小幼犬的他治伤。后来,他开始和那女子一起去茶楼给人预测未来,用同一个茶杯还被嫌弃,再后来……

一桩桩一件件往事历历在目,那半年的经历仿佛不是梦,而是真实发生过。

连梦里那个少年玄翊的所有感情他都犹如亲身经历过,起初对那个女人的好奇,后来见到她便忍不住愉悦起来的心情,在她遇到危险时会不管不顾地去到她身边,只想要她陪着自己,以及最后一幕里他绝望又痛苦的嘶喊……

每每思及此，玄翊便忍不住皱眉，抬手按在心口上，那儿像是还残留着那种锥心之痛。

而唯一能够解释这一切的……

玄翊的目光落在那个方形器物上。

这是梦里那个能够帮助叶语预知未来的"法器"，同时也是给他带来那些梦境的东西。

不同于梦里那个会振动会发声会亮起来的存在，这件东西躺在自己身边的这么多年始终安静得犹如一个死物。

或许它在执着地等待着它原来的主人。

想起那个女人，她的音容笑貌便浮现在玄翊眼前。

"等重新开始书写的时候，那个崭新的你还是不要遇见我了。"她的笑声仿佛尚在他耳边。

玄翊慢慢握紧手掌，青筋在瓷白的手背上暴起。

"叶语。"他声音沉哑地叫出这两个字，每一个字都像是浸满了日日夜夜、辗转反侧的思念。那份思念已经刻进他骨子里，抹不掉也拔不出来。

他记得那人的一颦一笑，心有不甘地苦苦寻觅了这么多年，却始终一无所获。

她没有再出现在他的面前。

幽蓝色的火焰从玄翊的右手掌上冒了出来，瞬间形成了一簇巨焰，那个茶杯顷刻间便灰飞烟灭，而那件"法器"却安然无恙。

玄翊将那器物收好。他垂眼，清俊的面庞上见不到一丝情绪。

这是唯一一件带有她痕迹的东西了。

玄翊转身往耳殿走去，经过屏风时，他停了下来，向墙角看去。

在梦里，叶王府的那位郡主就是在此处被他施了夺命手段。

若是按照梦里的情形,那位叶郡主早就死了,而不是像现在一样,过不了几天就要在玄膑的安排下风风光光地嫁进魔宫。

不过也好。

玄翊那冰凉死寂的黑眸里染上嗜血的笑意:当初那种死法,实在是太便宜她了。

叶郡主害得那个向来聪明的女人最后不得不牺牲了自己扭转局面,她确实不该那么轻易地死去。

这一次,就让她还完了欠下的债再死也不迟。

"嘀,确认主人身份中……确认完成,'填坑系统'绑定……

"无法搜索到系统载体,数据导入失败,系统权限受限……请主人尽快寻回系统载体……请主人尽快寻回系统载体……"

叶语是被杂乱的电子音吵醒的。

在一片昏沉的黑暗里,她睁开重若千斤的眼皮,觉着自己好像睡了一百年似的,脑子十分迟钝。

许久之后,零碎的记忆碎片才慢慢重组。

叶语经历过的一切按照时间顺序渐渐在她脑海里清晰起来……

等神志恢复,感知到自己处于平躺状态的叶语皱起了眉,现在的她是在重置之后被重新分配了?

"是的,主人。"一道机械的电子音突然在叶语的耳边响起。

叶语被突然响起的声音吓得不轻,搞什么鬼!

"主人,我并非鬼,只是因为无法寻找到系统载体,而暂时寄居在您脑子里的'填坑系统'。"

填坑系统?

叶语一愣,随即想到了自己来这里的缘由和之前所谓的"任务失败"。

"主人的猜测完全正确，之前是'填坑系统'的试运行，这一次才正式开启任务。在本次任务期间任务将无法重置，请主人珍惜生命。"

叶语在心里想："你能知道我在想什么？"

"是的，主人。"

"那要怎样你才能滚出去？我不喜欢寄居生物的存在。"

"严格来说，我并非生物。只要主人找回手机，我就能够回到系统载体中，并进行数据导入，开放所有系统权限。"

叶语微微眯了眯眼："系统载体？我的手机？"

"是的，主人。"

"所以现在……我换了一个身份？"

"是的，主人。"电子音的语气竟然还带了一丝骄傲，"我为主人挑选了一个您较为熟悉的身份，以便您尽快适应，开始任务。"

叶语隐约有种不祥的预感，没等她再问，便听见外面传来两声轻叩房门的声音。

随后，一道女声传来："郡主，今日可是您嫁入魔宫的大日子，您该起来梳洗上妆了。"

叶语蒙了。

02

等彻底弄清楚了自己的处境后，叶语觉得还好手机现在不在她身旁，否则她很有可能会直接摔了手机。

"主人对现在这具身体不满意吗？"机械的电子音带着点疑惑，"这具身体的修行资质很好，此时已经是雏体境巅峰，只差一步就能踏入幼态境了。"

叶语无奈地道:"这不是修为的问题,而是你把我塞进来的这个时间节点……"

叶语进到叶郡主身体里的时机可谓非常"巧妙",半个月前,叶郡主向玄膑大将军求了恩准,迫得魔帝玄翊下了一道旨意,迎娶她,入主后宫。

对于这一段剧情,叶语记得很清楚。当初玄翊并没能像她遇见他时那样习得上古阵法,为了麻痹玄膑、取得信任,他只得被迫与叶郡主发生了关系,还装作宠幸了叶郡主好长一段时间。

这期间他所受的耻辱,后来都被他以最残酷的手段还到了叶郡主的身上。

在玄翊开启复仇计划时,叶王府就因为已经死去的叶郡主受到了牵连,三千口人无一幸免。

想到叶郡主的死法……叶语抖了一下,随即摸黑爬起来。

系统奇怪地问:"主人要做什么?梳洗吗?叶王府会有专门的下人来为主人……"

"闭嘴!"叶语打断对方,"我需要一个相对安静的环境来思考逃跑路线。"

"主人不能逃跑。"系统连忙提醒,"您需要完成填坑任务,推动原剧情顺利发展到结局才行。"

"我又没有说要接受这个该死的任务。"叶语不为所动。

系统沉默下来。

就在叶语的双脚即将踩到地面的时候,电子音又一次响起:"如果您真的强行逃离,导致原剧情线无法进行,五百两会极其痛苦地死去。即使这样,主人也无所谓吗?"

叶语身形一顿。

"按照系统记录，主人上一次就是为了五百两才选择重置的。"

叶语深吸了一口气，面带微笑道："填坑系统。"

"是，主人。"电子音欢快地响起。

"既然你是系统，那有初始化选项吗？抹掉所有记忆的那种。"

"没有，主人。"系统的声音又变得毫无起伏。

叶语刚准备威胁系统，就听到门外传来怪异的声音。

她神色古怪地抬起头，望向那紧闭的房门。

起初那房门还是正常的，过了大约两秒，房门竟然在叶语的眼里慢慢开始虚化。须臾之后，她的目光竟然穿透了那房门，落到了院子里。

两排丫鬟打扮的下人从不远处的长廊内走来，一路走向她所在的房间。叶语情不自禁地往后退了一下。

感知到她内心的震惊，电子音主动解释："这就是修者的神识，能够帮助修者扩展五感能力。怎么样，主人是不是觉得很神奇？"

不知道为什么，尽管耳边这个电子音是机械发声，但她竟从里面听出了一丝讨好？

电子音："感谢主人的认同，我会继续努力的。"

叶语心道："就算你能听到我的心声，在我不想跟你对话的时候，你也要装作听不到，好吗？"

"好的，主人。"

一人一系统沟通完毕，院子里的两队人也已经到了叶语的房门外。

"郡主，时辰不早了，您得起来梳洗上妆了。"

房内，叶语无声地叹了口气。

"进来吧。"她话音刚落，房门就被人打开，两队人鱼贯而入。为首那人站到一旁，显然是个负责指挥的："为郡主更衣。"两个人端着服装走上前去。

叶语秉承着"说多错多"的原则，一句话没说，任由她们摆弄。

就这样，叶语戴着那压得脖子疼的发饰、穿着一身烦琐的衣物，在叶王府里按照典礼规程折腾了将近一天，才终于在傍晚的时候坐上了送亲马车。

进入宽敞的马车时，叶语不甚熟练地用神识确定了马车外没什么人后，就瘫在了车内的榻上："这要不是个修者的身子，我早就站不起来了。"

系统犹豫了一下，善意地提醒她："待会儿主人确实会被抬进去。"

叶语当作什么也没听见，她撑着车壁爬起来，在心里问："为什么叶王府里的人，我一个也不认识？"

系统沉默了一会儿，小心翼翼地反问："您为什么会认识叶王府里的人呢？"

叶语扶额："我难道没有继承小郡主的记忆？"

"在仙魔大陆上，精神记忆的载体是灵魂，原郡主的灵魂已经离开这具身体了，主人自然无法继承她的精神记忆。"

叶语敏锐地捕捉到了关键词："精神记忆？还有其他的记忆吗？"

"还有肉体记忆，与精神记忆不同，肉体记忆是短时间内无法改变和无法消除的。"系统解释，"譬如感知到危险时，即便主人现在还无法熟练使用这具身体的真气，但是身体会本能地躲避和反击。"

叶语若有所思地点了点头:"既然你是系统,那么我现在不需要找到手机,是不是也能预知未来?"

系统迟疑地开口:"抱歉,主人,因为载体承载着大部分数据,在没有载体的情况下,我的权限受到限制,每天只能进行有限次数的探知。不过,现在您已经不需要通过接触对方来预知未来,只需要让神识蔓延到对方身上即可。"

叶语皱眉:"每天几次?"

"五次。"

叶语眉心微蹙:"这么看来,我以后只能玩饥饿营销那一套了。"

系统沉默了。

叶语倚回窄榻,扶着戴着一头丁零作响的发饰的脑袋看向车外。

下一刻,她便注意到了骑着高头大马行在车队最前方的人。

"白天拜礼走流程的时候,他似乎一直站在我旁边。我被裙角绊了一下时,他还扶了我一把。现在进宫送亲,又是他走在前面。"叶语问系统,"他是叶郡主的什么人?"

系统回答道:"请主人让神识蔓延过去,我为您探查。"

叶语依言照做,那人的身形微微顿了一下。

系统欢快的声音响起:"他是叶郡主的兄长,叶云生。"

叶语一愣:"叶郡主不是独生女吗?"

"确实,叶云生只是叶王爷从外面捡回来的弃儿,因为修行天赋极高,很受老王爷重视。"系统犹豫了一下,又道,"不过他和老王爷政见不合,所以在魔域并无实权。"

叶语思索着道:"听起来他就是主角未来的小弟啊。"

接着,她微微侧了下头,目露疑惑:"我怎么觉得刚刚我让神识蔓延过去时,他好像感觉到什么了?"

系统电子音响起:"叶云生的修行天赋极高,换句话说,他的修为和神识都比您现在高,所以他刚刚确实察觉到主人您的探查了。"

叶语腹诽:这是填坑系统?分明多了个"填"字吧?

然而,事到如今,她也只能认命:"那他和叶郡主关系如何?"

"叶郡主性子高傲,一向瞧不起这位来历不明的兄长,所以两人关系并不亲近,甚至可以说是形同陌路。这次也是因为要送亲入宫,叶云生才被老王爷临时召了回来,此前他已经离家在外游历三年了。"

叶语松了口气:"两人不熟悉啊,那就好。"

送亲的队伍在魔城中绕了一圈后才向着魔宫而去。

进入魔宫外宫高耸的宫门时,系统提醒叶语:"主人,在进入内宫宫门之前,您就得换到步辇上,让宫人们抬你进去了。"

叶语撑着额头懒洋洋地应了一声。

"魔宫内有数位修为和神识都很厉害的修者,建议主人尽量不要用神识去试探。"

叶语翻了个白眼:"你不觉得你应该在我探查叶云生之前就提醒我吗?"

系统没有回应,她发现这个系统跟五百两一样,一到关键时刻就开始装死。

一想到五百两,叶语有些烦躁地揉了揉眉心。

今天在王府里梳洗打扮的时候,她想了大半天都没想到办法来渡过今晚洞房花烛那一关。

没了上古阵法阻挡玄脉的探查，难不成她真要就这样和二十岁的他……

叶语面无表情地仰躺在窄榻上，心道：二十岁又怎样，不还是狗子吗？

感知到离内宫的宫门越来越近，马车里的叶语将神识收了回来。

行车速度渐渐缓了下来，直到完全停住。

叶语听见了马蹄蹄铁踏地的声音，须臾之后，马车的外车壁被人叩响。

"郡主，该换乘步辇了。"

那道声音很低沉，叶语听出声音的主人是叶云生。

叶语正了正发冠，拖着复式长裙袍，缓缓下了马车。

此时夜色四合，整个魔宫都被罩在这片密不透风的晦暗里，叫人无端地觉得压抑。

还没等叶语往内宫宫门处迎亲的步辇仪队望去，两把纱扇突然从旁边伸出来，挡住了她的脸。

叶语蒙了。

系统似是有所察觉，向她解释："这是却扇礼，是仙魔大陆上的嫁娶习俗，用来遮挡娇羞的新娘。"

此刻应该娇羞的新娘子面无表情。

"郡主，请。"

那道低沉的男声再次响起，同时一只手臂伸到了叶语旁边。

叶语不解地看向叶云生，对方似是没想到她会没反应，愣了一下后用眼神示意了一下自己的手臂。

叶语转回头看了看那两把纱扇，明白这大约又是仙魔大陆上的礼俗，为了防止新娘子在大婚典礼上摔个狗吃屎，所以得让娘家人搀扶着。

她在心里叹了口气，抬手扶了上去。

从马车到宫门没几步路，很快，叶云生就带着叶语停了下来："郡主，您请……"

叶云生的声音戛然而止。

那一刻，似乎所有人都屏住了呼吸。

没等叶语搞清楚发生了什么事，就听得有人从步辇上走下来，而她身后，叶王府的送亲队伍立马跪了下去："拜见陛下！"

叶语心里一紧。

这相逢来得猝不及防，她丝毫没有准备。

与此同时，系统的电子音在叶语的脑海里炸开："怎么剧情又偏离了？！这会儿玄翊不应该出来迎亲啊！"

叶语顾不上和系统探讨这个问题，因为她的视线里多了一双玄色的长靴，耳边有人轻唤了一声，那声音既熟悉又陌生……

叶语浑身一僵，刚刚那个称呼，是她出现幻听了吗？

像是怕她没听清，那人又重复了一遍："叶语姐姐？"

03

叶语愣在原地，一动不动。

她脑海里掠过无数的想法，从我是谁、我在哪儿、我在干什么，到他怎么可能记得我、他怎么会认出来我、我什么时候暴露的……

系统忍不住好心地提醒了一句："主人，叶王府的郡主比玄翊大两岁。"

叶语猛地反应过来，是她自作多情了。

所幸那两把纱扇遮住了她的脸,她的表情没被玄翊瞧见。

叶语犹豫了一下,开口道:"陛下。"

玄翊那冰冷的目光落在纱扇上,须臾之后,一丝惊异自他眼眸深处掠过。

等回过神,玄翊不由得在心底自嘲道:真是疯魔了,有那么一瞬间,他竟然觉得面前的叶郡主是那个女人!

明明梦里他都不曾听过那人用这样的语气唤他。

玄翊望着那纱扇的目光越发冰冷,但声音依旧温和:"此处距寝宫尚远,随我上步辇吧?"

叶语主动从叶云生手臂上收回手,然后她拎起裙摆,轻轻应了一声。

玄翊再开口时,好听的声音里带着清淡的笑意:"纱扇可以撤走了。"

打扇的侍女不敢怠慢,连忙应声,收走纱扇,躬身向后退去。

玄翊直直地望向一身大红嫁衣裙的女子,眼神温柔缱绻。

只可惜他白做戏了,扇子刚撤走,叶语就低下了头。

玄翊着实有点意外,他稍怔了下,轻笑着问:"为何不肯看我,你不是喜欢我吗?"

叶语腹诽:因为喜欢你的那个人已经死了,我是替身,怕被看出来。

虽然心里这样想,她嘴上却说:"我娇羞。"

玄翊嘴角抽了一下。

叶云生暗道:是我离开魔城太久,对"娇羞"这个词的理解出现了认知偏差吗?

玄翊眼神微闪。他若有所思地望着始终垂着眼不肯与自己对视的叶语。

沉默了少顷后，玄翊抬起手再自然不过地放到叶语的腰间。

"走吧？"他低头，双唇间逸出的笑音直往怀里人的耳朵里钻，"叶语姐姐？"

这一声唤得深情，叶语忍不住抖了一下。

她的反应自然不可能逃过玄翊的感知。他望着叶语，炽热的火焰在冰封的黢黑双眸里跳动起来。

这莫名的熟悉感，让他不禁生出一个大胆的想法。

玄翊轻轻眯了下眼，倾身过去："叶语姐姐，你怕我吗？"

"怎么可能呢，我只是有些紧张。"

沉默了几秒，叶语主动抬脚向步辇走去。

系统在她耳边叨咕："主人，你这样是不行的，这种时候不能躲，要正面迎上，才不会引起怀疑。"

叶语没好气地在心里回了一句："我丝毫没有心理准备……你行你上。"

系统犹豫了一下，小声道："按照剧情进展，玄翊对叶语的怨恨在这一章达到极点，主人一定多加小心，不然一不小心就可能落个一尸两命的下场。"

"你也算是一条命？"叶语和系统说了几句，紧绷的心总算放松了一些。

迎亲的步辇仪队将叶语一直送到了魔帝寝宫外。

望着这熟悉得犹如昨日刚离开，但又陌生得好像已经隔了不知多少岁月的寝殿，叶语的心情有些复杂。

步辇在此停下，在宫女的侍候下，叶语下了步辇，进入寝宫。

寝宫前殿的大门合上，玄翊站在紧闭的大门前，目光炯炯地望着前殿。

他有太多的疑问，迫切希望得到答案。

不过也不必急于一时，反正人就在自己身边，跑也跑不掉。

这样想着，玄翊扫了一眼殿门旁侍立的守卫："看好她。"

"陛下？"守卫队长蒙了一下，望着魔帝眨了眨眼。

他不知道是不是自己听错了，陛下是让他看好那个听说要死要活才嫁进宫里的郡主吗？难道是怕她跑到众魔臣面前闹事？

守卫队长想了一下，觉得自己猜对了，当即行礼道："是，陛下。"

叶语进了寝宫后，又是一番丝毫不逊色于早上在叶王府里经历的折腾。

等她拎着纱扇坐到耳殿里的榻上时，外面已经星光漫天了。

侍候的宫女们纷纷退出了寝宫，到了殿外。

面对着安安静静的寝宫，叶语一边跟系统商量着对策，一边让神识稍稍外延。

远处的歌声慢慢悠悠地飘进叶语的耳朵。

宫女退出殿前点上了熏香，沁人心脾的香气在整个大殿内蔓延开来。

与系统进行无声交流的叶语只觉得自己的眼皮越来越重。

突然，前殿的烛火暗了下去，叶语的意识也跟着沉进了黑暗里……

她是被系统吵醒的。还没等她睁眼，她就听见系统在耳边不停地唤着"主人"。

"吵死了！"叶语埋怨着，慢吞吞地睁开了眼，"安静！"

剩下的话卡在了喉咙，此时几乎占据了她全部视线的是一张放大的俊脸。

"啊!"叶语近乎本能地惊叫了一声,身体快思维一步做出了动作。

"砰"的一声闷响,俊脸从她视线里消失了,而她脚踝处传来一阵疼痛。

她刚刚好像把什么人踹出去了……以叶郡主的修为,被踹出去的人……

叶语不忍心去看,但现在想装傻显然已经来不及了。她心怀愧疚地慢吞吞地坐起身,看向床榻之外的耳殿。

一时大意被踹出了好几丈的魔帝陛下此时正面无表情地站在耳殿中央望着叶语。

叶语心虚地缩了缩脖子。

系统还在她耳边高兴地解释:"主人,这就是我之前跟您说的,遇到危险能够本能地躲避和反击的肉体记忆!"

叶语愣在原地。

04

偌大的魔帝寝宫内悄无声息。

耳殿里的屏风后,两个人大眼瞪小眼地僵持着。

趁此时对方还没爆发,叶语细细地将玄翊打量了一番。

相比当初的少年,如今已经二十岁的魔帝看起来身高至少拔高了二十公分,宽大的衣袍也遮掩不住这人接近完美的身材,那张俊脸更是验证了叶语当初对于少年来日必成祸害的预测。

可惜,此时这张毫无瑕疵的俊脸上的表情绝对算不上好看。

叶语心虚地低头认错:"从噩梦里猝然醒来,惊扰到陛下,请陛下恕罪。"

玄翊将床榻上的女人打量了一番,然后微微一笑:"叶语姐姐的罪责,难道就只有惊扰一件?"

叶语听得皱眉,她很清楚玄翊对叶郡主是抱着必杀的决心。只不过按照原文剧情,就算玄翊要对叶郡主发难,也不应该在这个时候,难道是她一脚把人踹恼了?

叶语越想越心虚,之前的剧情偏离已经给她留下了不小的心理阴影,这也让她明白自己身处旋涡中心,绝不能随心所欲地行事。

至少在逃开这旋涡之前不可以,不管是为了别人,还是为了自己。

想到这儿,叶语当即乖巧地垂下眼帘,连语气都真诚了三分:"请陛下恕罪。"

玄翊眯起眼,他无法分辨这种若有似无的熟悉感是源自他最近被折磨到疯魔的梦境,还是眼前这个叶语真的和那个女人有关。

玄翊唇角勾起一点弧度,那就试探一下好了。他踏步上前,边走边解开外袍的束带,声音里带着淡淡的笑意:"叶语姐姐今晚最大的罪责,分明是在洞房花烛夜自己一个人睡了过去。"

叶语身形一僵:该来的还是来了。

按照原剧情,没有上古阵法遮蔽,魔帝为了取得玄胧的信任,被迫按照玄胧的安排跟叶郡主圆了房。

叶语记得自己当时还挺同情玄翊的,不过眼下,被同情的人变成了自己。

"等等!"

感觉那人衣袍上的熏香味道越来越近,叶语终于忍不住了,伸出手阻止他的靠近。

"叶语姐姐?"低哑的男声似乎带着一丝疑惑,望着叶语的那双眼眸里的情绪却越发复杂起来。

系统也慌了:"主人,这是原剧情!"

"问题是我不是原郡主。"叶语在心底回答得理直气壮。

接着,她做出了个有点不好意思的表情,攥着双手垂着眼,不去看玄翊。

"陛下,我今天身体不适,不宜……"她故意没有说完。

玄翊微眯了下眼,语气仍带着困惑:"叶语姐姐哪里不适?"

叶语就等着这个问题,她抬起头,神情真诚:"癸水。"

玄翊的表情有一瞬间的扭曲。

叶语眨眨眼:"陛下可知何为癸水?"

猜出叶语下一句大概就是"陛下不知,那我来为陛下答疑解惑",玄翊开口道:"我只是有些意外。"

叶语娇羞地低下头:"癸水每个月都有,没什么好意外的。"

玄翊发现自己竟然不知道该如何接话。

叶语没有给他思索的时间:"那陛下可知这癸水每个月要持续几天?"

玄翊心道:我为什么会知道这个……

见对方沉默,叶语便猜到他对这些毫无了解,于是在心底满意地笑了笑。

而表面上,坐在火红的嫁床上的新娘子仍旧低着头,娇羞地抿着嘴道:"每月二十天哦。"

系统在叶语的耳边沉重地叹了口气,似乎有些同情被叶语骗了的魔帝陛下。

玄翊显然一副信以为真的样子:女孩子家的癸水,一个月要来二十天吗?果然很可怕……

叶语充满歉意地道:"所以从今晚开始,我只能跟陛下分榻而眠了。"

还没想明白上一个问题的玄翙不解地看向叶语。

叶语笑笑,面不改色地道:"陛下有所不知,来癸水的女子不能与人同榻而眠,否则易寒气入体,腹痛不止,还会……"

最后,被灌输了一堆虚假生理知识的魔帝陛下稀里糊涂地被叶语推下了床榻。

等他回过神的时候,床帏已经放下来了,里面传来叶语的声音:"陛下,来癸水的女子夜间须早些休息,容我明早再起来给陛下见礼。"

于是,魔帝陛下大婚当夜,自己一个人卷着铺盖孤零零地睡在耳殿角落里的美人榻上。

一直到躺上了睡榻,玄翙才后知后觉地反应过来,他不是去试探对方吗,怎么最后变成了被灌输生理知识?

大婚第二天,叶语睁眼,瞧见那熟悉的顶棚图案时,恍然间有一种自己还在过去的感觉,如果不是耳边系统的声音实在太吵的话。

"你简直就像一个无法关闭的闹钟!"叶语在心里咬牙切齿地道。

唤醒了她的系统仍旧喋喋不休:"主人您快放出神识,我感觉到了熟悉的东西!"

叶语面无表情:"刚刚我都还没醒,你能感受到什么?"

"主人,请相信我作为系统的能力。"

"你这么一说,我越发觉得不可信了。"

尽管这样说,叶语还是让神识蔓延出去。

"啊!"系统在叶语脑海里惊叫了一声,声调带着明显的喜悦与亢奋。

大早上就被吓醒的叶语缓缓翻了个白眼："等你从我脑子里出来，我一定……"

"主人，我感觉到系统载体了，就在这个房间的某一处！"

叶语一愣，她将神识放出去探查了一圈，但这寝宫里似乎有什么设置，她的神识并不能像之前在叶王府那样收放自如，不过足够确认玄翊并不在殿内。

叶语掀开床帏下了榻，殿内果然只有她一人。

叶语的目光快速在整个耳殿内巡视起来，她迫切地想找到手机，让这家伙从自己脑子里滚出去。

系统委屈地说："主人，您这样想，我会听见的。"

"哦，能听到就好。"叶语面无表情，"我就是说给你听的。"

叶语在耳殿里绕起圈来："你真的能感受到手机吗？具体在哪个方位？"

"好像是临窗那里，更具体的位置就感知不到了。"

叶语望了过去，临窗的是玄翊的书桌，笔墨纸砚和书都在上面。

她走过去翻了好一会儿，却一无所获。

她不由得微微蹙眉："你确定你的感知没有错？"

系统刚准备说话，就听叶语倒抽了一口凉气："哒——你看看那个垫桌脚的东西，是不是我的手机？"

系统沉默了半晌，才以一种哀痛的语气说："抱歉，主人，那就是。"

叶语连忙蹲下身，伸手擦掉了手机上的灰尘。她熟悉的宝贝，此刻却被人用来垫桌子。

叶语从书桌上拿起几张纸，折叠了几次之后，抬着桌角将叠好的纸垫了进去，才把手机拯救了出来。

她第一时间检查了一下手机的功能。

十几秒后。

"不愧是板砖啊！"看着亮起的手机屏幕，叶语由衷地感到欣慰。

她尚不放心地在脑海里问了一句："你走了吗？"

手机屏幕上出现了一个小窗口：主人，我已经离开了，现在在这里。

叶语脸上的喜悦消失无踪："那你为什么还能听见我的心声？"

这一次，屏幕半天都没窗口出现。

又装死！

叶语把玩着手机，自言自语道："要不然我还是垫回去吧，反正看起来也没什么用了。"

她话音刚落，手机屏幕上再次出现小窗：其实是你脑中我留下来的备份系统，跟主系统相连，拥有部分功能。主人以后忘了带系统载体的时候，也可以使用。

"我拒绝，收走。"

一人一系统都忽略了窗边那道模糊的身影。

很快，那道身影就消失得无影无踪。

最终取得胜利的叶语在冷静下来后，若有所思地看向手里的手机。

05

"可它怎么会在这儿呢？"叶语边摆弄手机，边若有所思地自言自语。

系统在屏幕上弹窗：当初系统载体应该掉落在了地宫里，被玄翊捡回来了。

叶语眸光微顿："他不会发现什么了吧？"

系统迟疑了一下，继续弹出窗口：不会的。系统试运行阶段结束后我检查过，那时候的数据已经被完全清除了。因此，玄翊应该只是在地宫里捡到了载体，但将它当作了一个普通的物件。主人拿起来的时候，手机上面不是落了许多灰尘吗？

叶语拿着手机回到了床榻旁，她的眉心仍旧微微皱着。不知道为什么，手机的突然出现让她莫名地不安。

她一时半会儿找不到头绪，也就没再浪费时间。她坐到床榻边，查看起了自己的手机。

这一查看，她还真发现了点变化，神色古怪地问系统："邮件功能？你别告诉我这个功能是让我自己给自己发消息玩的。"

系统弹窗：不是，经过系统优化后，邮件功能另有作用……

没等叶语看清剩下的字，手机就发出"叮"的一声。

"您有新邮件。"电子音干净清脆，吓得叶语差点把手机扔出去。

等反应过来是手机收到了新邮件，叶语面无表情地开口："我带来的时候还是智能机，你一优化，变成老爷机了？自动语音播报？你是怕我带着它没人会注意到还是怎么呢？"

系统立马发出弹窗：主人息怒。邮件是任务发布的渠道，我只是给您看一下它的存在，之后会调成静音模式。

叶语将信将疑地去点阅读器界面上方始终弹跳的信息框，手机界面跳转，信息弹出——主线任务：启程仙域。

有别于其他黑色的字，"启程仙域"这四个字是蓝色的。

这种超链接模式叶语再熟悉不过，她本能地伸出手指点在了那四个字上。

下一刻,界面跳转,回到了阅读器界面。

"这块板砖现在还是只能打开阅读器?"

系统乖乖弹出窗口:以及邮件。

叶语无奈,重新看向手机界面,跳转后的阅读器进入了一个新章节"启程仙域"。

"这是什么意思?"

系统继续弹窗:邮件是任务发布渠道,这四个字的意思是让主人按照该章节原剧情履行角色义务,推动主线剧情发展。

叶语没再说话,一目十行地扫视起这一章的内容来。

她一边看一边回忆自己看过的这一部分内容。

叶郡主嫁入宫中,与魔帝状似恩爱了一段时间。后来,玄翊的复仇计划遇阻,他必须离开魔宫前往仙域寻求助力,为了瞒过玄膑,他想方设法哄骗叶郡主为自己在玄膑那里争取到机会。

之后,玄翊获准暂时离开魔宫。叶郡主作为玄膑派来监视玄翊的棋子,也受玄膑的命令随同玄翊前往仙域……

简单回忆了一下之后的情节,叶语抬眼,问道:"你要我装作被玄翊欺骗,然后去找玄膑?"

系统弹窗:是的,主人。

叶语迟疑着道:"我很好奇,如果我不这么做,会怎么样?"

系统在自己的数据库里快速检索起来,须臾之后,渐渐暗下去的手机屏幕陡然一亮。

系统弹窗:主人在上一次系统试运行时答应过玄翊……

"答应过什么?"叶语有些莫名其妙地看着像是突然卡住了一样的弹窗。

接着,她就听见一道无比熟悉的女声从手机里传出来:"你想要的,我都会帮你拿到。"

过了半晌,叶语才回过神,抱着胳膊抖了一下:"我当时说话的时候是用这么煽情的口吻吗?"

系统弹窗:原声实录,没有造假。

叶语叹了口气:"可我那是答应五百两的,又不是答应这一位。"

系统弹窗:五百两其实就在这一位的心里吧。

叶语一怔。

系统继续弹窗:只不过因为现在五百两没能提前遇见主人,所以属于五百两的那一部分可能已经被封存起来了。玄翊就是五百两,这一点主人也无法否认。

叶语沉默两秒,道:"你这是跟我打起感情牌来了?"

末了,她又道:"算了,就当是为了让自己尽快脱离魔宫这个旋涡中心……这个任务我会完成的。"

确定了任务之后,叶语就等着玄翊主动来哄骗自己。

结果她这一等,就等了将近半个月。而这半个月内,玄翊都没来过寝宫,更别提与她假装恩爱了。

在寝宫里待得穷极无聊的叶语将神识放了出去,偶尔能听见宫人的议论。

"你们说,魔妃是一入宫就失宠了吗?"

"看这架势肯定是了。听说魔帝陛下连着十几天没回过寝宫,一直是在教场那边歇息的。"

"太惨了啊……"

"这可怪不得别人,我听婚典那天在寝宫外值守的护卫说,魔妃当天晚上把陛下从婚床上踹了下来！"

"这么剽悍吗？"

"叶郡主入宫前的名声你没听说过？我可一点不觉得意外……"

……

宫人们的议论声渐渐远去，寝宫内的叶语一脸纠结地晃了晃手里的手机。

"你说，我是真的把玄翊踹恼了，所以他连做戏都不肯了？"

过了好一会儿，系统才慢吞吞地弹出一个窗口来：玄翊不是那么小心眼的人。

叶语刚想松口气，就见一个新窗口弹出来：他消失了这么多天，说不定是在谋划更重要的事情。

叶语看得背后一凉，怎么想她都觉得自己命运堪忧。

想到这儿，叶语坐不住了，起身就往寝宫外面走。

叶语一出寝宫前殿的殿门，门口的守卫便纷纷行礼。

叶语停下脚步，问离得最近那个的守卫："你可知陛下此时在何处？"

今日在寝宫外轮值的是玄膑的亲信，听了叶语的问话，他毫不犹豫地就说出了答案："陛下最近几日都与叶世子在教场……切磋。"说到最后一个词，守卫眼里闪过一丝讥诮。

叶语听得一愣，过了两秒，她才反应过来这人话里的叶世子是指叶郡主那位无血缘关系的兄长。

他是真被她踹恼了，都改从叶云生那里入手去找机会了？

叶语在心底叹了口气：系统说得没错，玄翊依然是五百两，现在的他跟当初那个把自己的口水糊上红果的狗子有什么区别？

这样想着,叶语随手点了一个护卫:"你带路,去教场。"

06

在仙魔大陆这个崇尚修真的世界,即便不能修行的普通人也是以武为尊的。

除了强身健体外,仙魔大陆上的人还喜欢骑马射箭那一套花把式。而教场就是魔城的贵胄子弟练习骑射的地方。

若是搁在以前的朝代,魔帝陛下根本不可能亲临教场。即便真起了兴致前往,那也得众人回避。唯独玄翊不同,只因摄政王玄脲亲口说过,为督促少魔帝陛下修习,特地任命两位修习老师每日在教场内教导陛下,还说陛下虽贵为魔帝之尊,但不能独占教场,所以允许其他朝臣子弟一同修习。

世人皆知陛下是个不能修行的"废物",且身子骨比普通人还要差上一些,骑术射术都没法跟人比。

在原剧情里,玄翊没少被那些朝臣子弟笑话,那些人还在背地里羞辱他。不过那些人都自以为说得小声且隐晦,殊不知以那位"废物"陛下的修为,足够将他们说的每一个字听得清清楚楚。

在教场的"食物链"里,有自甘示弱而处于底端的魔帝,自然就有处于顶端的人——叶郡主的兄长叶云生。

想通了这一点,叶语也就明白过来那守卫说起两人在切磋,为何会露出讥诮的神色来。

毕竟按常理来说,这两人的实力,无论是修为还是骑射,完全不是一个层次的。

与其说是切磋,倒不如说是戏耍。

"叶云生这人的性格应该不至于如此恶劣吧?"叶语在心

里问系统。

被允许暂时进入叶语意识的填坑系统连忙道:"按照人设来说,叶云生为人坦荡,最不屑蝇营狗苟之事,这也是他知悉当年的真相后就拒绝了玄朕的招揽的原因。"

叶语若有所思:"这么说,这两人多半是有什么阴谋了啊。"

系统犹豫了一下,还是忍不住小声提醒:"主人,我们是站在魔帝这边的。"

叶语没心没肺地笑道:"哦,抱歉,这不是你给了我郡主的身份吗,怪我入戏太深。"

系统放弃争辩。

不一会儿,叶语就在那个守卫的带领下到了教场外面。

进入教场前,她听见两个一看就是魔城里的贵胄子弟的男子凑在一起交谈。

"那废物陛下真有你说的进步那么大?"

"千真万确,我亲眼所见,他的射术已经跟叶云生不相上下了。"

"不可能吧?叶世子可是我们魔域里数得上名号的天才,那废物怎么能和叶世子相比?"

"叶云生似乎没有动过真气,只是单纯比拼射术。"

"我就说嘛……"

叶语听得若有所思。素来秉持低调原则的魔帝终于肯露两手了,看来目前他对叶云生已经起了招揽之心?

没等叶语想出个结果来,他们就进到教场里了。

她用神识一扫,便见到了叶云生,却始终没寻到玄翎的身影。

迟疑了一下,叶语露出一个单纯的笑容,抬脚往叶云生所在的方向走去……

"玄帝陛下，您当真要这样做吗？"教场的修习室内，穿着修习教服的廖青紧紧皱着眉，忧心忡忡地问。

穿着一身骑射服装的玄翊神色淡淡："我意已决，你们任何一个人都不许接近她，这次的计划就改从叶云生入手。"

廖青急道："可相较于叶云生，叶语显然更好掌控一些，而且对那人来说，叶语远比叶云生更值得信任。"

玄翊神色一凛，蓦地抬眼，冷冷地道："我不许她以身犯险，这样说你可明白了？"

室内一片死寂。

玄翊回过神，似乎是懊恼于自己的失态，沉着脸转身往外走去。

廖青呆愣在原地，过了许久，他才追了出去："陛下！"

玄翊回到教场的时候，几乎是第一时间就发现了一个熟悉的气息。

他眼神一闪，下意识地随着神识看向某个方向，然后他就瞧见了叶云生身旁那个笑靥如花的女人。

两人看起来可真是亲热啊……玄翊不自觉地皱起了眉。

"陛下……"廖青此时已经追到了玄翊身旁。

见玄翊剑眉深锁地望着某个方向，他本能地跟着看了过去。

随后，廖青震惊地道："郡主怎会到教场来？是来找叶云生的？"

玄翊吸了口气，才把那句"为什么不能是来找我的"咽了回去。

他面无表情地瞥了廖青一眼，然后径直朝着两人所在的方向走了过去。

廖青被那一眼看得有些手足无措，站在原地愣了许久才回过神来，随即追上去。

这厢，叶语正努力和叶云生拉近距离，突然觉得一片阴影罩上头顶。

她回过头，对上来人的目光时，脊背僵了下，心道：嚼，这人的眼神真是够阴沉的。

叶语被盯得心虚，不自然地移开视线，在心里跟系统嘀咕："我那一脚的威力有那么大吗？按照原剧情，玄翊在叶郡主面前不是演得挺好的吗？"

系统沉默了会儿才回道："主人，我也是第一次见到像您这么剽悍的女子。"

叶语一阵无语。

"你来这儿做什么？"男人的声音有些低哑，似乎还带着些异样的情绪，黑眸深处隐约闪烁着光芒。

叶语没顾上看对方的眼眸，此时她正在心里问系统："见到喜欢的人应该露出什么样的表情？"

系统迟疑着道："笑……笑吧？"

叶语想了想，在心里赞同地点头。

她当即看向玄翊，露起一个明媚灿烂的笑容："听说陛下与云生哥哥在教场切磋，我专程过来看看。"

这句话里的某四个字拨动了魔帝陛下那根只受某个人影响的敏感神经，他的脸色瞬时沉了下去。

极有眼色地退到一旁的叶云生明显感觉到了一股凉意。

叶语被玄翊的眼神盯得心里发毛，僵笑着跟系统嘀咕："喜欢一个人会露出笑的话，他现在对叶郡主的仇恨应该到哪种程度了？"

系统："嗯……剥皮削骨、啖肉饮血？"

叶语痛心疾首地在心里道："我这是在用生命完成任务啊。"

系统："我会为主人争取任务奖励的。"

一听这话，叶语脸上的笑容明媚了几分，她又看向玄翊："陛下与云生哥哥的切磋可是已经结束了？"

玄翊皱了皱眉，没接话，往旁边看去。

接收到玄翊的眼神，廖青立马接话："虽已结束，但陛下今日的修习功课尚未完成。"

叶语看向说话之人："这位是……"

"在下廖青，陛下的修习老师。"

廖青给叶语作礼，叶语却是神色微变。

"廖青大人啊……真是久仰大名。"

她面上仍笑着，心里却忍不住问系统："廖青不是在玄翊从仙域回来之后才被提拔上来的吗？他怎么现在就成了玄翊的修习老师？"

系统也很不解："剧情似乎又出现偏离了，所幸现在看来问题不大，请主人小心行事。"

听到这说了等于没说的废话，叶语正欲表达不满，就听玄翊不怎么愉悦地开了口："廖青跟在我身边也没几年，你怎么会久仰大名？"

叶语闻言，面带微笑地解释："陛下，这只是一句恭维的话。"

久违的熟悉口吻让玄翊愣在了那儿。

廖青还是第一次遇到有人敢这么和他们陛下说话，不由得惊愕地看了一眼叶语，然后又望向玄翊。

他发现，玄翊在愣怔过后，眼里竟然带着点类似愉悦的情绪。

廖青蒙了。

另一边，被系统提醒了要遵循人设的叶语努力让自己的表情显得柔和一些:"既然陛下修习尚未结束,那我就在这儿等陛下修习结束后一同回宫。"

廖青差点没忍住跳出来阻止,想到陛下自己会拒绝,他又忍住了。

接着,他就听见陛下开口了:"你想我……我陪你回宫?"

廖青心道:不拒绝也就算了,陛下您怎么结巴了啊?

叶语也有点没反应过来,她眨了下眼,没急着回答,在心里问她那"狗头军师":"你觉得玄翊现在是个什么情绪?"

系统翻了一会儿数据库,一本正经地回答:"大概是气得咬牙切齿吧。主人你听,他都结巴了。"

叶语深感认同地点了点头。

01

魔帝绷着脸说出来的话半天都没得到回应,这让他很是不满,也顾不上装作无所谓了。

他清了清嗓子,努力装出一副面无表情的模样看向叶语。

叶语因这一声轻咳回了神,微微垂下眼帘,柔声道:"请陛下恩准。"

她那娇羞的模样,让叶云生和廖青都有些不自在。

他们看向玄翊,却发现他不但丝毫没有不自在,反而快要压不住眼底溢出来的因被取悦而高兴的情绪了。

廖青直想捂眼。

玄翊似乎也觉得自己失态了,不等叶语抬头,他就移开视线,又轻咳了一声。

"廖师,我今天的修习功课应该只剩下射术一项了吧?"

明知陛下今天还什么都没干,廖青只能睁眼说瞎话:"是的,陛下,就剩下射术一项了。"

"近日我与叶世子切磋,觉得自己在射术上进步了许多,想来这一项如今不应当耗费太多时间了,廖师以为呢?"

廖青面无表情地道:"是的,陛下,您无须在射术上花费太多时间。"

廖青在心里翻着白眼想:陛下您既然这般归心似箭,何不干脆现在就走呢?

他发现,自己还是太单纯了。

听到廖青的话，玄翊点了点头，状似无意地瞥了叶语一眼，问了一句："你可了解过射术？"

"不曾。"叶语虽不解，还是如实回答。

玄翊眼神微亮："也没见过旁人射箭吗？"

叶语更疑惑了："没有。"

玄翊心里很满意："那今日你便在场边观摩，改天我再教你。"

叶语不解，她说了什么给玄翊她想要观摩或者学习射术的错误暗示？

没等到她问出来，穿着骑射服装的魔帝陛下已经转身走向射术专用的教场区域了。

实在想不明白的叶语只能无奈地抬脚跟上。

等叶语走出去很远，叶云生才笑着叹了口气："原本以为陛下与家妹感情一般，现在看来……如今的年轻人的所思所行，真是越来越叫人搞不懂了。"

"这有什么搞不懂的？"廖青没表情地道，"听说仙域之南有一种灵兽名为孔雀，其中的雄孔雀闲来无事就喜欢开屏，还专门选在心仪的雌孔雀窝边开屏，天底下素来没什么新事，大体上都按着相似的路数来的。"

叶云生虽然正派，但并不古板，听了廖青明显带着打趣意味的玩笑话，他也乐了："廖大人高见，叶某佩服。"

廖青眼珠一转，笑眯眯地看向叶云生："听说叶世子云游天下，在下早就想向叶世子讨教一番，不知叶世子可有闲暇？"

"承蒙廖大人看得起，叶某自然知无不言。"

"哈哈，叶世子果然豪爽，这边请。"

"廖大人请。"

……

教场的射术区域有二三十个射箭台，一半已经站了人。玄翊走过去时挑了离得最近的一个射箭台。

射术区域的贵胄子弟几乎都是有修为在身的，早在之前便察觉到了玄翊的靠近，此时见躲不开，便纷纷向他行礼。

大多数人都识大体，懂得尊卑礼数，行完礼便退到一旁了。有几个仗着和摄政王玄朘的关系，做出一副坦然模样，假装继续练习。

叶语不用窥探都猜得到这些人必然是魔城里依附在玄朘羽翼下，仗着家中权势，对没什么实权也没有修为的傀儡陛下毫无敬畏的官宦子弟，其中不少人对她都比对玄翊要尊敬许多。

叶语心里很不舒服，玄翊却俨然一副习以为常的样子，他的神情看起来与平时并无二致。

即便以叶语的修为，她都能听见在玄翊身后响起的讥笑声。

叶语眼神有些复杂地看着玄翊走向射箭台的身影，不过短短几年，玄翊的心性已经与从前大为不同了……

"主人是觉得心疼了吗？"系统悄悄蹦出来问。

叶语眼神一闪，唇角微微翘起来："你哪里看出我心疼了？"

"主人现在心里五味杂陈，明显是心疼了啊……"系统小声道。

"这不叫心疼，这叫感慨。"

系统带着"你别骗我"的语气说道："什么感慨？"

叶语露出慈爱的眼神："大概是一种……吾家狗子初长成的感慨吧。"

她没再理会系统，注意力集中到已经拉弓准备射箭的玄翊身上。

尽管玄翊的修为连玄朘都觉察不到，但从箭道与入靶力度来看,叶语猜测玄翙没有用修为作弊,而在不知道他实际修为的人看来,毫无真气的他射箭的速度和准度让他们惊诧不已。

连之前魔帝与叶王府世子比试切磋的时候,他们都没见到他如此厉害的射术,简直可以用有如神助来形容了。

没用多长时间,众人便纷纷将视线投了过来。

听着那些人的感慨与赞赏,叶语心情大好,扬起笑容。

不过,有人由衷钦佩,自然也有人心生妒忌以及被抢了风头的不满。

尤其是站在射箭台旁边的那几个贵胄子弟,刚刚还被他们暗地里嘲讽的魔帝此时俨然盖过了他们的风头,即便无人主动挑明,但时不时掠过他们的视线已经足以让他们面上发红了。

其中一个随侍打扮的人压低了声音道:"少爷,这该如何……"

有人接话:"待会儿我亲自出手。"

"少爷是要……少爷毕竟有修为在身,直接出手会不会让旁人笑话?"

"我尽量把握好分寸就是了。再说,如果我不出手,你以为就没人笑话了?"

"少爷明智。"

……

叶语利用神识将几人的话听得分明,她眸光微冷,却并未言语,转而看向玄翙。

站在台子后的人身形劲拔如松,对于那些人的话,他似乎毫无所察。

叶语笑着勾了勾唇,这样的玄翙真是淡定得叫人喜欢。

系统却不像叶语这般平静:"主人为何还不出手阻止?原剧情里可没有这一段。而且玄翊绝不会在此时暴露自己的修为,这样下去,他只能任人欺侮……"

叶语不紧不慢地道:"当然不能阻止。"

系统有些惊讶:"啊?"

叶语笑眯眯地问:"你知道怎么才能让想做坏事的人不敢再做坏事吗?"

此时,那个被称为少爷的人已经走到了自己的射箭台前,拎起了弓箭,拉满了弦。

修长的弓身被拉成圆月一般的弧度,那弓弦隐隐发出哀鸣。

不少人神色微变,纷纷望了过去。

那位少爷将真气注入了弓弦。在场只要是有修为的人,对于这一点都很清楚。

系统急了,也顾不上回答叶语的问题:"主人再不阻止就来不及了!"

叶语笑了一下:"想让他们不敢再做坏事,单纯阻止是没有用的。"

她话音落下的同时,那支箭"嗖"的一声离弦而去,气势之强,像是要把风和空气都撕裂一般。

须臾之后,"轰"的一声,远处的一排靶子在飞扬的尘土里纷纷倒了下去。

教场里一片哗然。

叶语毫不意外,她笑吟吟地抬脚往前走,眼神却是冰凉的:"就算阻止了这一次,也还会有下一次……"

随着叶语的自言自语,射箭台上那位少爷撇撇嘴,继而露出一副懊恼的表情,隔空向着被迫停下的玄翊拜了拜:"臣子方才那一箭不慎漏了真气，恐是惊扰了陛下。齐王府齐松修行不精，请陛下恕罪！"

那人长揖下去，脸上却露出笑容来。

教场里尽是耳聪目明的修者，听出他话里的嘲弄，纷纷望向玄翊。

其实他们都有些好奇，这位陛下是否会像从前那样对他人的羞辱一样视而不见。

一片静默里，一道似笑非笑的女声响起："要想让对方不敢继续做坏事，就得在他们做下坏事之后狠狠地惩戒一下才行啊。"

话声甫一落下，众人尚来不及掉转视线，便察觉到一股锐利的真气以极快的速度直射而出，顷刻间便到了齐松身前。

"啊！"随着一声极其惨烈的叫声，鲜血溅到了空中。

人群一时乱作一团。

一个看起来年纪尚轻的女子却笑得灿烂，杏眼微微眯了起来："哟，抱歉，我也是修行不精，不慎漏了真气，若是有对不住的地方……"叶语说到这儿停下了，而后转向玄翊，眼也未抬地作揖，"还请陛下恕罪。"

02

不过片刻，教场里便安静下来。

那笑得灿烂的女子，在场每一个人都熟悉得很，即便不提叶王府如今在魔域的声势日益壮大，单说这叶郡主的修为天赋，也是同辈里的佼佼者。她那一身斗法本领，整个魔城的同辈年轻人里也寻不着一个能跟她匹敌的，也就被叶王府世子压了一头。

如今，叶郡主更是有一个天下人皆知的新身份……

想到这儿，不少人都同情地看向抱着鲜血淋漓的右臂躺在地上哀号打滚的齐松。

在叶郡主面前欺侮魔帝陛下，还真是自己往枪口上撞啊。

旁人怎么想，叶语浑不在意。

她朝着玄翊作完一揖之后，便直起身，不经意间撞上了玄翊没来得及收回的目光。

迎光而立的魔帝陛下神色淡然，那双黑曜石般的眼瞳里是一片光都照不进去的幽暗。

那藏着某种隐晦情绪的眼神让叶语愣了一下，她近乎本能地绷紧肩背。

不等她琢磨明白那眼神的深意，玄翊就已经微微垂眼，转身将手里的弓箭放回射箭台。

叶语到这时才回神："他刚刚看我的眼神是什么意思？"

系统沉默了许久才小声又诚实地回答："不知道，但是好吓人啊。"

是有点吓人，她感觉自己像是被猛兽盯上的猎物。

想到这儿，叶语不由得叹了口气："那只像我一样纯良无害的五百两终究是一去不复返了啊。"

系统沉默了，心道：主人，你是对纯良无害有什么误解吗？

叶语自然不知道系统此时在腹诽什么，见玄翊没有计较的意思，她便看向依旧哀号不止的齐松。

齐王府的随从见她望来，皆敢怒不敢言地低下头去。

叶语撇撇嘴，笑吟吟地抱起手臂："疼上三天，再去叶王府要生肌丹，放心，绝对不会留下后遗症，还能督促你加强修行，不再做出今天这种丑事。"

叶语的话音落下时，玄翊业已走到她身旁。

年轻的魔帝陛下开口时声音微哑："回宫吧。"

叶语还没来得及仔细观察对方的神情，玄翊已经与她擦肩而过。

"啧，这么冷淡吗？"叶语皱了皱眉，一边跟上去一边疑惑地问系统，"你有没有发现他不再管我叫叶语姐姐了？也不知道是从什么时候开始的……"

系统回道："嗯，大约是从主人把他踹下床之后。"

唉，小心眼的狗子。

叶语边感慨边往前走，没注意到有一道幽蓝色的暗光贴着地面从她的脚边飞过，朝着某个射箭台潜行而去。

最后，那点暗光消失在了还打着滚的齐松的身体里。

见余下的修习无法完成，玄翊便和叶语一起坐上了回宫的马车。

偌大的宫廷马车内两人相顾无言，车外的随侍不敢打扰，更显得格外安静。

然而，安静只是表象。

暗地里已经被系统叨叨了一路"任务任务"，叶语终于不堪其扰，欲开口主动打破沉默。

"陛下……"

"你……"

巧合的是，玄翊也在同一时刻开口。

两人不约而同地住口，微愣地望着对方。

叶语回神垂眼："陛下请讲。"

玄翊眼神一闪："只有你我二人的时候，你不必喊我陛下。"

叶语没吱声，抬眼瞧着玄翊，暗道：那喊什么？五百两吗？

玄翊显然看出了叶语的疑问，他只是觉得陛下这个称呼显得生疏，一时未做思考就将话说出了口，因此并没想到应该换什么称呼。

迎着叶语的目光，玄翊心头一动，眼神跟着闪了一下："你我婚典既成，不如你便学着两域里寻常夫妻之间那般，也称呼我夫君吧。"

叶语表情一僵。系统在她耳边兴奋地道："主人，这就是原剧情，到玄翊诱骗郡主那段了，主人快顺着演下去，任务一定能完成！"

叶语在心里让系统滚远点，面上保持着不失礼节的微笑："陛下，寻常夫妻之间一般不这么称呼。"

玄翊疑惑地问："那如何称呼？"

叶语继续微笑，好看的唇瓣间缓缓吐出四个字："死老头子。"

玄翊："……"

叶语真诚地道："他们一般都这样说的。"

玄翊眸光一闪，片刻后他移开了目光，望向马车外，微微勾起嘴角道："好。"

"啊？"

"那以后，"玄翊转回视线，"叶语姐姐也这样称呼我好了。"

见玄翊不像开玩笑，叶语只得认怂了："陛下，我是开玩笑的。"

"嗯，我也是。"

叶语心想：许久不见，单纯的五百两已经变成了一只心机深沉的狗子。

之后，马车中又恢复了静寂。

直到进了宫门，叶语都没等到系统所说的那段诱哄的剧情。

眼见着离寝宫越来越近，叶语终于忍不住开口问："陛下之前想与我提起的事情，只'称呼'这一件吗？"

"还有另一件。"

叶语松了口气，带上笑容："陛下请讲。"

玄翙迟疑了一下才道："我听说叶世子与你并非血缘兄妹……你们相处时，还是避嫌些好。"

见玄翙一副要结束谈话的模样，叶语不死心地继续问："陛下没有其他想说的了？"

玄翙看着她："没有了。"

"不应当啊，陛下再想想？"

玄翙沉默了几秒，直接问："你到底想听什么？"

叶语话锋一转："听说陛下想要外出游历？"

她话音落下，马车内的空气像是骤然凝滞了。

玄翙狐疑地望向叶语："你怎会知……"

"廖大人说的。"

叶语表情真诚，毫不犹豫地甩锅给廖青。

03

玄翙闻言，当即沉下脸："廖青跟你提起的？"

叶语被玄翙那眼神刺得心虚。想起自己随玄翙去往射箭台时廖青和叶云生的去向，她又对上玄翙的视线，理直气壮地道："是廖大人跟家兄提起，我无意中听见的。"

玄翙没再接话。

叶语微垂眼帘，同时在心里问系统："叶郡主如何称呼玄胰的来着？"

"玄伯伯。"系统不敢耽误，忙答道。

"我知晓玄伯伯管教一向甚严，陛下若是不便开口，我可以代为转达。"叶语抬眸，露出微笑，继续说道，"家兄游历在外多年，与玄伯伯并不亲近，远不如我能说得上话，这一点陛下也是知道的。"

玄翊掩在袍袖下的手指攥成了拳，他侧开头："不必。"

叶语有些不知所措，若说之前她以为玄翊真是记恨那一脚之仇，那现在她心里已经冒出了一排问号，按照她对玄翊的了解，他绝不是拎不清的人，怎么可能因为一点小事而放弃了这种大好机会？

系统更是急了："主人，这该如何是好？"

叶语回神，微微垂眸，低声道："我听陛下的。"

之后一直到下了马车回了寝宫，系统都在叶语耳边追问个不停。

叶语被纠缠得烦了，抬起头瞥了一眼走在前面的人，而后她重新垂下眼："谁说我去找玄胰谈，一定要有玄翊的应允？"

系统震惊了："那主人为何还……"

"我只是让玄翊知道，我是如何知晓这件事的。"叶语唇角上扬，"至于其他的……叶郡主喜欢玄翊，可以为他做任何事情，这件事魔城里还有几个人不知道？"

"原来如此！"系统恍然大悟，继而奉承道，"主人实在是太英明了。"

齐松因为冒犯魔帝陛下被叶郡主教训了的事情，没过几天就在魔城里传得沸沸扬扬，连宫里的叶语都时不时能听到宫人们议论此事。

对于这一切,她并没有阻止,任之发展了下去。

等这些传闻愈演愈烈后,叶语挑了个风和日丽的日子,提前知会了叶王府那边,趁玄翊去教场时,乘马车直奔大将军府而去。

一路上,系统一直喋喋不休,直到叶语在将军府护卫的带领下走进后院,系统仍在念叨:"主人真的不紧张吗?按照设定,玄膑就算称不上老奸巨猾,但也是心狠手辣啊……我越想越觉得这个任务很危险,一不小心就是一尸两命的下场,主人要不要先想个万全之策,哪怕增加一点成功率也好啊?"

叶语忍了一路,此时皱起眉头道:"你能闭嘴的话,成功率应该会高很多。"

系统继续念叨:"主人明明没见过玄膑,为何能这么从容淡定?就算不考虑被发现的可能,这也是一场势不均力不敌的谈判啊……"

"如果你是指我和玄膑的修为、地位,那我只能说,这样的场面我经历过很多次了。"

"哎?"系统有些意外。

叶语无奈地道:"我怎么说也在外联部待过两年,各种活动赞助、冠名和日常校园展台布置、宣传,你以为都是人家老板自己送上门来的吗?

"不说每年找到新的合作对象,光是与原本合作的商家继续合作,大到活动经费,小到展台布置的细节,什么时候我也不可能跟对方处于势均力敌的状态。"

系统听得有些蒙,没有接话。

叶语也懒得多费口舌。

她瞧着已经渐近的竹林，眯着眼睛轻笑起来："决定谈判能否成功的因素，势均力敌绝对不是最重要的，最重要的是互利共赢。"

终于找着插话机会的系统连忙问："主人的意思是，玄膑也能从玄翊出宫游历这件事中获益？"

"当然！"叶语说，"虽然原剧情里没有具体提及叶郡主与玄膑的谈判过程，但你觉得，这个小郡主是个脑子很活泛的人吗？"

系统诚实地给了个否定的答案。

"所以啊，她既然能够说服玄膑，那么只有一种可能，就是这件事情其实是玄膑所希望的。"

系统噤了声，直到叶语踩上了竹林间的蹊径，系统突然兴奋地叫了一声："啊，我知道了！是地宫！"

叶语唇角一勾："是啊，按照原剧情，直到最后停止更新，玄膑恐怕都不知道玄翊早就在修为被废后就机缘巧合地进了他苦寻不得的地宫。在玄膑看来，地宫的事情玄翊应该一无所知，所以这么多年他只在暗地里派人到魔宫内外四处翻找，还谨慎地怕惊动了拥有血脉的玄翊……"

系统欢快地接了下半句："所以玄翊出宫游历给玄膑提供了找到地宫的机会啊！"

叶语点点头："至少他是这么想的。"

她望向魔宫的方向，抿起唇来。

"我也有点好奇……按理说不知道这一切的玄翊，是不是有可能已经猜到这么多年来玄膑对他态度诡异的原因了呢？"

与玄膑的谈判，比叶语想象中还要顺利。

半个时辰后,她就走出了大将军府,护卫在她身后恭谨地施礼相送。

站在挂着叶王府大旗的马车旁的随从叶生为叶语推开了车厢门,恭敬地问道:"郡主,是否要回王府一趟?"

"不必,直接送我回宫吧。"

叶语踏进了车厢。

站在车外的叶生应了一声,一丝遗憾从他眼中掠过。

马车车门关上后,叶语刚准备阖目休息会儿,就听见已经因为"即将任务完成"而兴奋起来的系统贼头贼脑地开口:"主人,这个叶生喜欢您呢。"

叶语眼皮都没抬:"他喜欢的是叶郡主,不是我,跟我有什么关系?"

"我听其他系统说,主人们占用原角色的身份时,最容易被喜欢原角色的人看出来了。"

"哦。"叶语没什么反应,"那看来他对叶郡主的情意也不深。"

系统无语。

"不过……"叶语突然睁开眼,"除了你以外,到底还有多少系统在为祸世界?"

系统含糊其词地道:"还有一些。"

叶语:"那我怎么就摊上你了?"

"一个系统负责一个人嘛。"系统委屈巴巴地缩了回去。

驾车的叶生是幼态境的修者,再加上叶王府的马车本来也算是半个法器,没用多久就载着叶语回到了宫里。

马车只能行到内宫宫门外,叶生提前勒住了马。

叶语下了马车,打发走了叶生,便进了内宫。

宫门两旁的护卫欲言又止地看着她，最后纷纷躬下身去施礼。

"好像有点不对劲。"叶语收敛了散漫模样，问系统，"这段剧情前后，宫里有发生过什么大事吗？"

系统快速地检索了数据库，最后否认道："没有，这段都是被作者一笔带过的。"

叶语心里泛起一丝疑惑。

系统感知到了，不由得疑惑地问："主人是有些担心吗？"

叶语叹气："我总感觉剧情又偏了那么一点点。"

片刻后，叶语看到了站在寝宫前殿门外的那道身影，又叹了口气。果然，她的预感应验了。

"陛下。"尽管心里犹豫，叶语还是走上前去。

此时天色已经暗了下来，朦胧间她只能看见玄翊身后站了两排护卫，似乎比平常多了些，而且还都是她从没见过的生面孔。

叶语本能地用神识扫了一遍。

她随身带着手机，在心里盼咐系统把这些人的身份信息传输给自己。

还没等走到玄翊面前，叶语就听见系统突然惊叫了一声，她被吓得脚下一停。

"怎么回事？"叶语皱起眉来问系统。

系统的声音都在颤抖："这这……这些人都是玄翊的心腹，而且是最精锐的那一批，里面没有哪个的修为比您低……"

叶语心中一惊，就算剧情稍稍有点偏离，玄翊也不可能这么早对叶郡主下手吧？更何况，出宫游历的时候，叶郡主还得作为玄膑的眼线跟在他身旁……

沉浸在自己的思绪中的叶语并未注意到，玄翊打量了她一番，在确定她安然无恙后，绷直的脊背才算稍稍放松了些。

他开口时，声音十分低哑："我不是警告过你，不许去找他吗？！"

叶语眨了眨眼，实在理解不了玄翊为什么火冒三丈。犹豫了下，她试探地问："陛下不想出宫了？"

"这跟我想不想没关系。"玄翊的声音依旧冷酷。他还想再说什么，在对上叶语的眼神之后，他薄唇一抿，余下的话又咽了回去。

叶语更疑惑了："那陛下为何生气？"

一股复杂的情绪在他的黑眸里翻涌，过了须臾，他深深地望了叶语一眼，而后移开视线，沉声道："因为我担心你！"

摆出一副恶狠狠的模样做戏……呸，傻子才信。

虽然内心这样想，但叶语面上还是露出一副"我真信了""我好开心"的表情。

系统小声道："主人，听到喜欢的人这么说，您应该表现得再激动一点才对……"

叶语心里磨牙："比如呢？"

系统："助跑，然后扑上去？"

叶语："现在玄翊表面上可是个手无缚鸡之力的人，扑倒了他，你负责？"

系统娇羞地道："主人扑倒的，当然是主人您自己负责啊。"

叶语嘴角一抽。

"主人，叶郡主可不是个扭捏的人。"

"记得在任务奖励里加一份出演费。"叶语这样腹诽着，没再犹豫，抬步往玄翊走去。

她走到玄翊面前，趁那人还没转回视线，牙一咬脚一跺，面带娇羞地抱住了他:"陛下,我喜欢你,所以可以为你做所有事情。你想要的,我都会尽力帮你拿到。"

空气里是一片令人窒息的死寂。

刚抱上去,叶语就感觉到玄翊的脊背陡然僵住。直到她说完话许久,对方都没有推开她。

叶语心道:明明恨得要死,还得憋着,他一定忍得很辛苦吧?

04

玄翊僵在原地,脊背挺得笔直,袍袖下双手攥成拳,手背上青筋暴起,但他仍旧一动未动。

"你想要的,我都会尽力帮你拿到。"多么熟悉的一句话,在他的梦里,他不知道多少次回忆起那句话——"你想要的,我都会帮你拿到"。

那个女人分明这样说过,而自己是怎么回答的?他说自己想要的没有别的,只要她陪在自己身边。

可她却消失了。

直到此时,这个女人大概都以为他什么都不知道、什么都不记得,所以她才毫无顾忌地用同一句话来骗他吧?把他当作一个傻子一样……明明这是她一手造成的局面,明明她应该知悉也应该记得。

这个女人为了她不为人知的目的再一次回到了他身边,却像从未与他相识。

他真的很想知道,对这个女人来说,自己到底算什么。

"你当真……喜欢我?"过了许久,玄翊才打破沉默。

叶语心虚。奈何此时骑虎难下,她想改口都不可能,只得轻轻应了一声："是啊。"

"好。"

宽袍广袖的尾摆自空中划过，玄翊抬手将比自己小了一圈的女人揽进怀里。

他额角的青筋微凸，手臂更是用了力："这是你说的，你最好一个字都不要忘。"

叶语表面上乖顺安静，心里却忍不住叫苦："我怀疑他是想勒死我，我能挣扎一下吗？"

系统搜索了一番，迟疑地道："建议主人不要。按道理来讲，你要是这时候挣扎，他才真有可能勒死你。"

不过当晚，叶语还是报了仇，她再次把魔帝陛下赶去了寝宫角落里的美人榻，理由是："虽然上个月的癸水刚结束，但不巧，下个月的又来了。"

系统无语。

几天后，一切准备妥当，玄翊和叶语带着几个随侍离开了魔城。

直到离魔城几里后，叶语才感觉到玄膑的神识扫视后收了回去。

知道这段剧情已经不会发生大的变化了，叶语总算松了口气。

提心吊胆了一路的系统立刻给她传来了消息。

"任务奖励发布了？"叶语好奇地道。

"是的，主人。"系统问，"是否即刻领取奖励？"

叶语问："我能先问一下奖励是什么吗？"

"任务奖励是在主人当前修为的基础上修为提升一个小

境界。"

对任务奖励有所期待的叶语在听到了这个答案之后呼吸一滞。

这副身体此时是雏体境巅峰的修为,如果提升一个小境界,那就能直接进入幼态境。

在原剧情里,这可是叶郡主到死都没能完成的事情。

"即刻领取。"说完,叶语又疑惑地问,"你能帮我瞒过旁人的神识窥探吗?"

系统毫不犹豫地回答:"当然不能。"

叶语不满地道:"说到底,只有玄翊一个人算是你真正的主子,对吧?"

系统很委屈:"这也不是我能改变得了的……"

叶语点点头:"行吧,即刻领取。反正叶郡主也在这一境卡了很久了,我就说机缘巧合之下才有了突破。"

"好的。"系统变脸比翻书快,欢乐地应了一声。

一声轻响后,叶语立刻感觉自己的神识探查范围更广了,体内的真气也迅速涨了一大截,前后连一秒都不到。

车厢内,闭目休息的玄翊睁开了眼,他眼里是掩饰不住的意外和探询。

叶语恨不能把系统拎出来揍一顿,就算是任务奖励也该有个提升过程吧,哪怕超过十秒她都能说是自己天赋异禀,结果一秒不到!偌大一个仙魔大陆,有谁破境跟打个嗝一样容易的?

系统吓得不敢说话,开始装死。

叶语却没法装,此时她整个人都暴露在玄翊审视的目光下。

玄翊微微皱起眉:"你刚刚似乎有一点真气波动?"

叶语知道瞒不过他,强行欺骗他最多让他面上装作相信,他心里的疑虑必然更重。

她笑笑,道:"嗯,修为有所提升……从雏体境提升到了幼态境。"

说到最后,她的语气里带着一点咬牙切齿的味道。

系统继续装死。

"啊,这样轻易就提升了境界,"玄翊的眸光变得深沉且玩味,神情倒是依旧淡淡的,"叶语姐姐的修行天赋着实令人惊叹。"

叶语被玄翊的眼神盯得后背发凉,也顾不上跟系统计较了,她避开了玄翊的视线,在心里问道:"从那天我帮他搞定玄朕之后,他又开始这么称呼我了,为什么我开始起鸡皮疙瘩了?"

系统犹豫了下,道:"主人,我总感觉玄翊好像对您有所图谋。"

叶语迟疑地道:"你的意思是,他想算计我?"

系统没说话。

这时,玄翊开口了:"这样看来,以后我还要靠叶语姐姐保护才行。"

叶语一时语塞,她一个刚迈入幼态境的,去保护一个已经差一步就能跨入混沌境的?

她吸了口气,微笑着道:"当然,我一定会保护你的。"

玄翊望着她:"因为喜欢我?"

叶语继续微笑:"对,因为喜欢你。"

所幸在这个话题即将进入让叶语尴尬的境地之前,车队停了下来。

随从在车外禀报了几声,原来是傍晚将近,再往前走便没有适合下榻的客栈,他们特来询问玄翊是否在此休整。

玄翊下了马车。

车厢内只剩叶语一个人，她揉了下笑僵的脸，刚准备倚靠在榻上，就听见系统开口了："主人，新的主线任务布置下来了。"

叶语闻言脊背一僵，确定马车周围并无异样后，她才将随身携带的手机拿了出来，果然见屏幕上出现了一条新信息——
主线任务：再遇云华。

这次都不用点开那个超链接，她就大约能记起这一章的内容，毕竟这也算是一个小高潮了。

原剧情是离宫后的玄翊和叶语在一家客栈住下，上楼时遇到了欺侮百姓的恶霸。玄翊本想暗中给对方一个教训，却被一个白纱蒙面的女子抢先出了手。

那女子便是来魔域历练的云华。

巧合的是，在与有修为在身的恶霸打斗的过程中，云华蒙面的白纱脱落，露出真容，玄翊认出了她就是当年救了自己的人。

两人目标相同，此后便结伴前往仙域，原本早已种下种子的感情更是极快地生根发芽……

只可惜多了叶郡主这么一个碍眼的存在。

叶语回忆完了剧情，一时有些无奈，让她推动剧情发展，让这两个人见面也就算了，可千万别让她继续去做那遭人憎恨的绊脚石了。

想到玄翊这两天动不动就露出让她不寒而栗的眼神，叶语觉得自己还年轻，还想多活两年，并不想这么早死在玄翊的手里。

不过……叶语低头看看阅读器里记载的玄翊与云华相遇在松山客栈的情节，再看看此时马车外面如归客栈的大招牌，不由得有些疑惑，剧情好像又发生了偏离？

05

云华作为《夜非魔》当仁不让的女主角，即便抛开与玄翊的感情线，单就在复仇线的剧情推动作用来说，也绝对是无可替代的。

一想到剧情偏离会让云华的女主角地位受到影响这个可能，叶语几乎可以预见自己以后拼命填补的苦日子。

想完这里，叶语忍不住打了个寒战，连忙扯出笑容顺着打开的马车门探出身去："陛下。"

正与随侍交谈的玄翊停了下来，转身看向她。

"我们是要住在这儿吗？"叶语问。

"嗯。"玄翊眸光淡淡地瞧着她，轻轻点了点头。

没等叶语再说什么，他又转回身，与随侍交代了几句。

片刻后，他便转身走到了马车旁，朝着叶语伸出手："下车吧？"

他的声音温和，眼神虽淡漠，但细瞧又像是带着深情。

叶语差点本能地把手搭上去，所幸在碰上他指尖的前一秒，她猛地回神，纤白的指尖"嗖"地一下收了回去。

长身玉立的男人眼底掠过一丝遗憾，随即他抬眼问："怎么了？"

叶语微笑道："我听说这镇子上有另一家客栈不错……应该也不远，不如我们去那家？"

玄翊没回话，黑眸一眨不眨地望着叶语。

叶语无辜地眨了下眼。

"叶语姐姐是听谁说的？"男人的声音微哑。

叶语："这是个秘密。"

玄翊紧紧地盯着她，漆黑的瞳仁微微动了一下。

像是无意识一般,他缓缓抬起手,轻抚过叶语的下巴与侧脸,而后停住。

叶语有种自己要被一口吞了的危险感觉,是她的错觉吗?

就在叶语因为自己的直觉有点不安的时候,玄翊轻笑了一声,笑声里带着一丝喑哑:"姐姐还真是个……神秘的人呢。"

不等叶语回神,玄翊便收回手:"既然是不能说的秘密,那大约也是个不该去的住处,叶语姐姐还是随我住在这一家吧。"

说完,玄翊就转身离开了。叶语呆愣在原地,刚刚她是被白摸了一把?

玄翊不肯换一家客栈,叶语只能另想他法。

一应杂事有随侍打理,叶语无须去管,见玄翊往客栈里走去,便也跟着下了马车,进到客栈里。

随侍吩咐店家做一桌最好最贵的饭菜后,便将走到门口的玄翊和叶语带上楼。

掌柜和店小二打量了几眼随侍们的装扮,不由得有些惶恐,连忙通知后厨加紧准备饭菜。

毕竟这些随侍的着装都绝非凡品,可想而知主人的地位有多高了。

一上到二楼,玄翊随手指了个临窗的位置,刚要走过去,便发现一直跟着他的那串脚步声停在了楼梯口。

他心下生疑,转头望去,只见叶语看着二楼的一个角落,那里坐着一位白衣女子,那女子面上覆着一块白色的薄纱。

不知为何,玄翊总觉得那白衣女子有几分眼熟。那薄纱似乎并非凡物,更像是件法器……对方多半是个修者。

他想再窥探对方的身份,须得放出神识去细查,但对陌路相逢的人来说,这显然算是失礼。

这样一想，玄翊便没有再去理会，而是望向叶语："不走吗？"

叶语回过神，嘴角牵起个笑容来。

啧，她到底是低估了原剧情的顽强程度。既然云华在这儿，那之后的剧情应该不会出岔子了。

叶语当即应了一声，抬腿走了过去。

于是，两人一前一后坐到了靠窗的位子。

店家不敢怠慢，很快便将酒菜上齐。

在旁人眼里毫无修为的玄翊挑了几筷子菜，就发现坐在对面的叶语一副心不在焉的样子。

他默不作声地观察了片刻，最终确定了叶语的目标。

他将手里的玉箸往桌上一搁，垂下眼帘，面上看不出什么情绪："饭菜不合胃口？"

叶语收回视线，闻言夸得毫不心虚："没有啊，好吃得很。"

玄翊抬眸："你只动了两次筷子，还觉得好吃？"

叶语顿了一下，随后理直气壮地道："我在减肥啊。"

这是一个玄翊不曾听过的词语。她和梦里那个女人一样，经常说一些他听不懂的词语……在他面前毫不遮掩，她还真是有恃无恐啊。

玄翊眸光渐沉，语气却未变："减肥？"

叶语想了想，在空中比画了一个"S"，然后她眯眼轻笑："塑造苗条的身形曲线。"

听了这话，玄翊皱起了眉，不赞同地道："你已经很苗条了。"

叶语撇了撇嘴，换作之前，遇到嘴这么甜的男人，她还会心花怒放，现在……

叶语笑笑："女人，永远都在减肥，跟身材苗条与否无关。"

玄翊沉默了。

在叶语以为这个话题就算结束了的时候,她的视线里多了一双玉箸。

叶语抬眼看向坐在对面的人。

玄翊面不改色地把食物放在叶语的碗里,然后收回玉箸。

"我不喜欢姐姐太瘦,那样看起来更叫人心疼了。"

这人要是一直这么会说话,那他和云华的感情还至于一波三折吗?

叶语还没从他突如其来的撩拨中回过神,就听见一道凶恶的声音:"你个死老太婆,没看见本大爷站在这儿吗?"

叶语背对着声音传来的方向,神情有一瞬的微妙。

来了。

叶语不动声色地扭头望过去,便看见二楼楼梯口站着一个五大三粗的大汉,他正凶神恶煞地盯着一个被吓得不轻的老太太。

老太太刚吃完饭准备下楼,此时她还牵着一个小男孩,他害怕地躲在老太太的身后,瘦弱的身体哆嗦个不停。

熟知原剧情的叶语对这一段再熟悉不过。

她知道,那个恶霸接下来就要欺侮、勒索不小心蹭了他一下的一老一小,而戴着白纱的云华会看不过,直接出手相帮。

那恶霸是个雏体境的修者,云华为了隐藏自己的修为,与对方打斗时一直束手束脚,甚至不慎受伤,致使面纱脱落,从而被玄翊认了出来。之后玄翊便暗中出手相助云华……

回忆了一遍原剧情,叶语便看起了戏。

"唰"的一声,和恶霸缠斗的女子面上的白纱被撕落,姣好的面容露了出来。

看着这场热闹的人均呼吸一滞,连始终神色淡然的玄翊都瞳孔一缩。

注意力一直放在玄翊身上的叶语在心里松了口气，刚刚她还担心玄翊突然犯了脸盲症，认不出救命恩人呢。

叶语拿起玉箸，悠闲地挑了一筷子凉菜放到嘴边，不经意间一抬眼，嘴里那口菜怎么也咽不下去了。

囫囵吞下后，叶语被噎得想骂人，但面上还得装出一副温柔的模样。

"陛下这样瞧着我做什么？"

你的救命恩人正在和人缠斗呢，你倒是去搭把手啊！

玄翊又盯着她看了几秒，才不紧不慢地开口："你是怕我见着这么一位美人，所以才不肯住这家客栈？"

叶语嘴角一抽。

玄翊眼里的笑意渐深："姐姐，你别怕，像你喜欢我一样，我也很喜欢你。"

叶语蒙了，好像有什么奇怪的误会发生了……

06

叶语愣了半天才找回了自己的声音："这个……陛下你可能误会了，我不是因为她……嗯，至少不是因为要避开她，所以才要去另一家客栈的。"

玄翊轻笑道："嗯，那就当我误会好了。"

叶语："不是当作，事实就是这……"

"叶语姐姐不必羞赧，"玄翊勾着唇垂下视线，"你我二人，还需要分什么彼此吗？"

百口莫辩的滋味，叶语也有幸尝了一回。

接着她神思一顿，连忙头看向正在打斗的二人。

穿着白衣的女子已经被恶霸逼得节节败退，眼看着就要败下阵来。

白衣女子面色难看，而恶霸还有空闲口出狂言："今日大爷我的运气可真不错，竟碰到这么一个小美人主动投怀送抱，我想不配合都不行啊！小美人，这样，如果你输了，就跟大爷我回去，给我做夫人如何？"

云华作为仙域云宗宗主的掌上明珠，哪里听过如此下流的话？

一时间，她的脸蛋涨得通红，手上的招式也越来越快，但越着急越是漏洞百出。

那大汉眼底则闪过一丝计谋得逞的笑意。

隐藏了修为的云华实力不如对方，心机和谋略也远远比不过对方。

看清了局势的叶语皱着眉望向玄翊。

然而，坐在她对面的人纹丝不动，就好像几丈之外那个白衣女人和他没有半点关系。

可从他刚刚的反应来看，他明明已经认出云华了啊。

叶语还能勉强压下内心的情绪，佯装淡定，但系统急了："主人啊，这样下去，剧情又要发生严重偏离了，您快想想办法啊！"

"闭嘴，别吵！"叶语没好气地在心里想，"你没看见我在做什么吗？"

系统一噎，然后小心地回道："您看起来什么也没干……"

叶语："对啊，所以很明显，我这不是正在想办法吗？"

系统再次被噎到。

事实上，这只是叶语的应付之词，她更多的注意力都放在观察玄翊上了。

叶语实在无法理解，按照原剧情，云华对玄翊有救命之恩，而且当年两人相处时互相生出了好感，玄翊怎么可能看到云华节节败退而毫无反应？

然而，事实摆在眼前，纵然叶语快把玄翊的脸盯出一个洞来，依旧没能看出他的神情有半点波动，就像与恶霸缠斗的女人是死是活，真的跟他毫无瓜葛，他也丝毫不在意一样。到底是玄翊的演技太好了，还是她老眼昏花、观察力太弱了？

看着玄翊那张波澜不惊的俊脸，当初捡回手机时的那种不安又一次笼罩在叶语心头。

此时恶霸与云华的打斗已经接近尾声，叶语实在没时间来思考清楚玄翊在想什么。

她将玉箸搁到一旁，状似无意地问了一句："陛下，我们要袖手旁观吗？"

始终不紧不慢地进餐的玄翊动作稍顿，一点笑意从他眼底掠了过去。她到底还是忍不住了啊。

片刻后，玄翊抬眼："我毫无修为在身，心有余而力不足啊，姐姐。"

叶语脸上的笑容僵了一下。

和现在的玄翊一比，原剧情里的男主角真的是心思单纯。

所以，眼下的情况是，他的女人，还得她来帮他救？

系统这时候冒了出来，小心翼翼地开了口，生怕惹恼了心情不太好的主人："主人，忍一时风平浪静……想想任务奖励啊。"

系统的最后一句话成功缓和了叶语濒临崩溃的情绪。

她瞧着玄翊，咬牙微笑："是我粗心，把这一茬忘了。陛下稍等。"

叶语对仙魔大陆的斗法招式并不熟悉，不过此时的她对上那恶霸,那就是境界上的压制,并不需要什么斗法技巧。

叶语出手相帮,不过片刻工夫,刚刚还叫嚣的恶霸就跪地求饶了。

旁观的玄翊给站在一旁的随侍一个眼神,示意对方将随时准备出手的状态收了回来。

玄翊眸子带笑地看向叶语。

叶语找了根绳子将恶霸捆成一个粽子,然后笑着捏着手指朝对方走去。

她这副样子配上一张娇俏的小脸,瞬间吸引了不少人的目光。

恶霸面色不善,但在看见叶语走近的时候,还是摆出一副讨好的神情来:"这位姑娘,你我往日无怨近日无仇,今日之事是我理亏,还请姑娘……"

"啪!"

叶语一巴掌把恶霸抽得一蒙,一旁看热闹的人也有点蒙。

谁也没想到,这个看起来伶俐乖巧的小姑娘竟能笑着用真气甩那恶霸一耳光。

恶霸显然更没想到,原本他以为这小姑娘不过是大户人家的小千金,哄骗两句,这事也就过去了,但现在……

恶霸咬了咬牙,勉强笑道:"我既已落败,姑娘你就放……"

"啪啪!"这次是左边一记右边一记,相当匀称。

恶霸的脸以肉眼可见的速度肿了起来。

叶语依旧笑眯眯的,一副人畜无害的模样。

刚刚还在议论她是哪个府上的千金的围观之人纷纷噤了声,缩回脑袋,只敢用眼神偷瞄。

看这架势,这个小姑娘的行事作风比恶霸还狠辣,哪还有人敢招惹。

恶霸已经压不住心里的怒火:"你这小姑娘不讲理,信不信我……"

"啪啪啪!"小姑娘甩了他更重更响的三巴掌,不少围观的人已经开始捂眼睛了。

那恶霸脸上又红又紫又青的,像个猪头。

叶语一直笑眯眯的,看着恶霸那副恨不得扑上来咬她两口的模样,她笑得越发明媚灿烂。

她抱着手臂俯下身,漂亮的杏眼都弯成了月牙:"到底是什么给了你错觉,认为我是个讲道理的人?"

她瞥了一眼旁边搂着哭得直发抖的小孙子的老奶奶,又收回视线,看向躺在地上的恶霸:"更何况,人家跟你讲道理,你跟人家动拳头。轮到我跟你动拳头了,你又想跟我讲道理?"

叶语笑着退开半步,把恶霸打量了一番:"啧,我怎么没看出来你长得美呢?"

被说得面红耳赤的恶霸气得眼珠子都快瞪出来了。

但之前那六记耳光实在是把他打得心惊胆寒,面前这小姑娘仍旧在笑,但她的眼神令他不敢直视。

这次可真是碰上硬茬了,小姑娘衣着华贵,下手又狠,可别是要杀了他才肯罢休……

素来欺软怕硬的恶霸心里叫苦不迭。

"怎么,这会儿知道害怕了?"叶语脸上的笑意终于退去,她毫无表情地睨着恶霸,"念在你虽然欺软怕硬、勒索他人,但从来没仗着修为伤过人,今天除了这六巴掌,我不会再给你其他惩戒。"

说完,叶语就将捆着那恶霸的绳子收了起来。

她抬腿往回走,走了两步之后又停了下来。

叶语没转身,侧过头瞥了恶霸一眼。

"城外以西三十公里有一座凤娘山,山腰上有种麒麟草,其叶如针,果有异臭,取整株碾碎食用,可根治你那小女儿从胎里带出来的毛病。你若再敢勒索钱财、为害乡里,我必回来亲手取你的命。"

说完,叶语扭头回到座位上。

那大汉临走前"咚咚"地磕头,叶语都不曾看一眼。

倒是玄翊那丝毫不掩饰的打量的眼神,叫叶语心里提着一口气。

片刻后,玄翊问:"叶语姐姐是如何知道那人家里的情况的?"

对于这个问题,叶语早有准备,她不慌不忙地道:"我在魔城拜了李德为师,跟他学了一点。"

"原来如此。"玄翊淡淡道,"不过看叶语姐姐这轻松从容的模样,倒是比那李德技高一筹啊。"

叶语心里一震,几乎本能地抬头望向玄翊。然而,在玄翊的脸上,她并未看出半点异样,就好像这句极为接近真相的话不过是他的无心之言罢了。

叶语正准备在心里与系统就她此时的不安感交流一番时,便听见了一个声音:"云华谢过姑娘援手之恩。"

叶语转过头,便见云华站在桌前。

"云华姑娘客气了。"叶语笑了下,伸手指着坐在自己对面装不认识恩人的白眼狼,"要谢的话,你还是谢我家公子吧。"

01

听到叶语的话，云华看向坐在叶语对面的玄翊。

玄翊并没有和她对视，而是若有所思地望向叶语。

叶语脸上的微笑一滞。不知道是不是她的错觉，她好像从他的眼神里读出了"不要再闹了"的宠溺？

此时，云华犹豫地开口："这位公子，我们是不是在哪儿见过？"

叶语拿起茶杯笑眯眯地看好戏。

对啊，你们就是见过。

到了此时，玄翊才有些无奈地看向云华："四年前，多亏云姑娘出手相救，我才幸免于难。今日之事，不过是我还了云姑娘的恩情。"

云华没有什么反应，叶语感觉刚喝到嘴里的茶水味道似乎不对，她正皱着眉疑惑是不是自己的错觉的时候，便听得系统欲哭无泪地道："主人，玄翊这明显是要和云华划清界限啊。"

眼看着即将到手的任务奖励要飞，剧情又要偏离，叶语连忙放下茶杯，道："原来云姑娘竟然对我家公子有如此恩德，是我怠慢了，云姑娘请就座。"

像是生怕对方客气推辞一样，叶语一说完就把云华拉到长凳上坐下。

云华愣愣地看了一眼叶语，又转头望向玄翊，眸里露出一丝惊喜。

"原来是玄公子。阔别四年,脱了当初翩翩少年的模样,我竟有些认不出公子来。"

叶语面上笑眯眯地安静听着,心里却跟系统抱怨:"为什么她捡回去的是个翩翩少年,到我这儿就成了黑不溜秋的狗子?"

系统接话:"主人,你敢把这句话说出口吗?"

叶语不说话了,认真听玄翊和云华叙旧。

等云华开始讲述自己在两域游历的诸般事情时,靠在窗边沐浴着夕阳的叶语终于忍不住慢慢眯起眼睛。

她偷偷打了个呵欠,状似无意地抬起手臂撑着下巴,同时在心里威胁系统:"看这架势,短时间内他们聊不完,我先眯二十分钟,敢吵醒我,你就死定了。"

系统连声应下。

于是,玄翊不经意间瞥向叶语时,就见她时不时点一下脑袋,再重新把脑袋撑回去。

见到这一幕,原本心里还有些怨气的玄翊忍不住勾起唇角来。

原本几乎聊不下去的话题被他接过,不过他将声音压得很低,像是生怕吵醒了什么似的。

云华漫不经心地顺着玄翊的余光瞥见某人的脑袋直直地砸向桌面,玄翊的声音戛然而止,他下意识地伸出手托住了叶语的下巴:"困成什么样了?"

他唇角勾起一个微小的弧度。

云华眨了眨眼,有些愕然地看看玄翊,又看向被玄翊托着下巴还睡得正香的姑娘。

不知为什么,她突然觉得有些失落和不甘心,就好像原本属于自己的东西被别人抢走了。

叶语醒来的时候,四周一片昏暗。

她呆愣了几秒,然后眼神微变,在心里问系统:"我现在在什么地方?"

系统先叹了口气,才回答道:"主人不必担心,您现在在客栈的房间里。"

叶语继续问道:"我是睡了几天几夜吗?"

"不是,您睡了十几分钟,脑袋往桌上砸的时候,玄翊及时托住了,然后他就跟云华告别,把主人抱上楼了。"

叶语震惊不已:"抱?"

系统:"是的。"

"你别跟我说是当着云华的面……"

系统:"确实是的。"

叶语皱起眉:"任务失败了?有剧情偏离警告吗?"

"目前尚未收到剧情偏离警告,主人可以稍稍放心。"

闻言,叶语松了口气。

上一次任务失败,就是她对剧情偏离警告不以为意,最后险些造成了不可挽回的后果……如今剧情偏离警告已经快成为她的阴影了。

"主人,还有一个好消息。"

"嗯?"

"任务判定完成,因为'再遇云华'这一章的内容就到两人聊起分别这四年里各自的经历为止。"

叶语本以为任务十之八九已经失败,此时听了系统的话,不由得眼睛一亮。

"主人,请问是即刻领取奖励吗?"

叶语面无表情地道:"你当我疯了吗?在同一个坑摔一次不够,还要摔第二次?"

系统:"好的,主人,奖励将会延迟发放。"

叶语这才坐起身,伸了个懒腰,没什么精神地问系统:"接下来的剧情该是进仙域了?"

"是的,"系统顿了一下,补充道,"假如剧情不偏离的话。"

叶语松了口气。

这时,靠在桌上闭目养神的玄翊睁开眼看了过来:"醒了?"他的话音里隐约还带着笑意。

叶语悚然一惊,转头望向声音传来的方向。

她醒来时用神识粗略扫了一下,没察觉到旁人的气息。

"我吓到你了?"玄翊问道。

叶语心虚地笑道:"确实有些意外。"

玄翊看起来似乎有些抱歉:"惊扰了叶语姐姐,是我失礼。"

"陛下言重了。"叶语自然不会计较。

玄翊笑道:"我是来与叶语姐姐说一声,明日要早起赶路,请姐姐早点休息,不要再像今日那样,当着外人也能睡着,还把头砸到桌子上去了。"

叶语腹诽:道歉的方式这么别致吗?

系统看不下去了,小声提醒:"主人,他不像是来道歉的,更像是来嘲讽你的。"

叶语不想搭理系统。

直到玄翊带着似笑非笑的表情离开房间,叶语才收起了假笑。

"坑,你觉不觉得玄翊对我,或者说对叶郡主的态度不太对劲?"

系统:"坑?"

"别废话，回答问题。"

"好的，主人。他对您的态度……从何说起呢？"

叶语皱眉："就刚刚，他竟然在我的房间里隐藏了自己的气息，但凡是个有点脑子的修者，都能从这一点看出他并非全无修为吧？"

系统迟疑了下，才道："可能他没把主人当成一个有脑子的修者？"

叶语继续道："就算叶郡主智商不高，以玄翊那种谨而慎之的性格，他怎么会做这种可能暴露自己修为的事情？"

"会不会是因为他与云华重逢太过高兴，所以一时疏忽呢？"

叶语嘴角抽了下："你告诉我，你从哪儿看出那白眼狼与云华重逢后很高兴？"

系统思考了一下，道："从哪儿都看不出来……"

叶语叹了口气："所以他刚才的行为很奇怪。仔细一想，这个玄翊和原剧情里的玄翊相差太多了。我原以为，这都是玄翊用来哄骗小郡主的手段，可今天看来，即便是要取信叶郡主，他也绝不可能把性命攸关之事透露给她。"

沉默了两秒后，叶语问道："你确定当初世界初始化的时候，没出什么纰漏？"

系统很笃定："初始化完成度是百分之百，我还检查过好几遍，这一点我跟主人您提过的啊。"

"好吧，我自己再想想。"叶语敲了敲桌子，"我想独处一会儿，你可以让你的子系统从我意识里出去了。"

系统没精打采地应了一声。

"等等！"叶语眼神一变，随即拿出了手机，"这个东西会不会被他打开过？"

系统愣了好几秒才反应过来，结结巴巴地道："不不不……不可能，这个载体只在被我激活后才能重新打开！就算他是男主角也不……不可能……"

越说到后面，系统的声音越小。

别的系统载体没有出现过这种落到主角手里的情况，也就无先例可参考……

听了系统的话，叶语皱起眉陷入了沉思，思索了半晌也没想到其他可能，她不禁喃喃自语："那问题到底出在什么地方……"

第二天，离开如归客栈，重新启程前，叶语都没能再见上云华一面。

启程后，有疑心又琢磨不透玄翊的心思的叶语对于和玄翊的交流都是能避则避。

直到车队紧赶慢赶地赶到了魔域边境的凤还城，叶语才想起玄翊到此游历是为了仙魔两域三年一度的凤还大比。

如果她没记错的话，在凤还大比上，玄翊会遇到一个极为重要的角色——仙域剑宗当代弟子第一人叶非。

在原剧情中，叶非也算是一个重要的男配角，至少在停更之前的部分是。

02

许多小说里的男主角都会有一个宿敌，《夜非魔》里的玄翊也不例外。

在原剧情里，叶非就是玄翊的宿敌。

与命途多舛的玄翊不同，叶非的成长道路算是顺风顺水。传闻中，他幼年被父母抛弃，后来遇到了剑宗在外游历的长老。剑宗长老发现叶非的资质极佳，爱才心切的长老便将年纪还小的叶非带回了剑宗，并悉心教导。

没用几年，叶非便迅速成长起来，一身修为远超同辈，许多年纪比他大上好几轮的老前辈也没法和他比。

随后，叶非便离开剑宗外出游历。

从仙域到魔域，他留下了无数令人赞叹的辉煌事迹，更是令无数少女倾心。

值得一提的是，云华与男主角玄翊相爱前，也是叶非的崇拜者之一。

回忆到这儿，叶语忍不住看了一眼玄翊。

就在她准备收回视线时，玄翊蓦地抬眼对上了她的目光："为什么看我？"

叶语微笑："没什么，就是刚刚看见阳光落到你身上了。"——绿的。

玄翊自然听不懂她的潜台词，刚要说什么，就见马车停下，车门被随侍从外面打开，那人颔首低声道："陛下，到了。"

玄翊眼神一闪，最终还是把想说的话咽了回去。

他看向叶语，问道："我有些事要去处理一下，你要随我同去吗？"

玄翊的话让车外的随侍愣了一下，他下意识地想说些什么，看了叶语一眼后，又重新低下了头。

叶语没有漏掉随侍的反应。她下意识地摇了摇头，回过神来才歉然一笑，说："陛下，我昨夜睡得有些不安稳，想休息一会儿。"

"好。"玄翊没再多言,就像开口问她只是客气一下。

待玄翊走远后,叶语垮下脸,道:"脑子要死机了,再这么下去,我一定会先疯掉的。"

系统犹豫着道:"主人还是怀疑玄翊不对劲?"

"这都不用怀疑了,虽然原剧情没有具体提,但玄翊出来游历是为什么你不知道吗?很明显他是要去接触当初魔宫在仙域埋下的那些势力啊。"

叶语深吸了一口气,严肃地道:"在原剧情里,玄翊就是脑子坏掉了也不可能叫叶郡主随他同去吧?"

系统猜测道:"或许他是想试探主人?"

"不对劲,绝对不对劲……"叶语咕哝着,突然想到了玄翊临走之前看向她的那个眼神。

下一刻,叶语只觉得浑身起了鸡皮疙瘩:"坑,我突然有个很可怕的想法……"

系统回道:"主人请讲。"

叶语道:"你说……玄翊有没有可能已经喜欢上叶郡主了?"

系统震惊了。

"从之前的情况来看,玄翊的感情线其实是最容易发生偏离的,对吧?"

"是的,主人……"不知是不是受到的打击太大,系统说话时气若游丝。

"也就是说,现在的感情线又偏移到叶郡主身上,尽管令人难以置信,但也不是没有可能的,对吧?"

"是的。"系统的声音都在颤抖,"这样一来,之前发生的一切好像都说得通了。"

"不行,这太可怕了,我有点喘不过气了……"

叶语把马车上的木窗打开，探出头连做了几个深呼吸，才勉强平静下来。

随后，一人一系统陷入了长久的沉默，直到系统忍不住发问："那主人准备怎么办呢？"

叶语没精打采地望着人来人往的凤还城，喃喃道："还能怎么办？兵来将挡，水来土掩了。"

系统沉默了。

叶语从不曾想过，再遇见时，那个傻狗子竟然还会喜欢上自己。

少年那双澄澈的眼眸出现在了她的脑海里，那夹杂着笑意的声音仿佛在她耳边响起。

"我喜欢姐姐。

"姐姐不要害怕，我会陪着姐姐的。哪怕到最后一刻，我都会站在姐姐身前的。

"我会遗憾，但不会后悔。

"如果原本的选项里有'遇到你'这一项，而我没有选这一个，那我才会后悔。

"姐姐，你忘了吗，你是我人生里的极光啊！

"如果遇见你需要我付出生命的代价，那下一次务必让我在死之前遇见姐姐。"

……

叶语长长地叹了一口气。

按照原本的剧情，踩着仇人的尸体，抱着美人登上至高之位，不好吗？

偏离一次不够，还要来第二次？真是傻狗子啊……

"哎，你们听说了吗，今年的凤还大比有大人物要到场！"

几十丈外，几个人聚在一起谈笑的声音蓦然闯入了叶语的耳朵。

"大人物？什么大人物？难不成是两大宗门的？"

"哈哈，还真是剑宗的弟子，听说他刚从魔域游历归来，回宗门时路过凤还城，受城主之邀参加凤还大比。"

"等等，你说的莫不是……"

"剑宗弟子第一人叶非？那个不到三十就要升入混沌境的两域第一天才？他要参加凤还大比？"

人群里发出一阵惊叫，引得不少路人看了过去。

"不到三十就要升入混沌境，就是两域第一天才了？"叶语撇了撇嘴，摇头慨叹，"你们要是知道了玄翊的修为和年纪，还不得被吓死？"

叶语正替玄翊抱不平，就听到系统低呼一声："主人，新任务发布了！"

叶语被吓了一跳，没好气地道："又不是第一次接到任务，你激动什么？"

"不是的，主人，剧情好像……发生跳跃了！"

叶语用神识在马车周围一扫，没发现异样，连忙拿出手机。

邮件里写着四个大字——"拜入剑宗"。

03

看到这个任务，叶语就明白系统为何如此惊讶了。按照原剧情，在凤还大比后，至少还要经过十几章才会发展到"拜入剑宗"。而现在，随着这个主线任务的发布，剧情显然直接跳过了一部分，迅速向前推进了。

叶语回忆了一下被跳过的那部分剧情，随即了然。

"被跳过的剧情里,都是以玄翊和云华为主。现在云华和玄翊分开了,那些剧情自然就无法触发,这算是剧情的随机应变?"

系统也不确定:"或许是吧?"

"现在有剧情偏离警告吗?"

系统:"目前没有。"

叶语若有所思地道:"这样的话,我们是不是可以这样推测,系统只有在会导致复仇线被严重干扰的时候才会发出'剧情偏离'的警告?"

"综合来看,主人的推测合理。"

叶语眼神一闪:"我记得原剧情是玄翊、云华、叶郡主三个人都伪装身份拜入了剑宗。如果复仇线没有被严重干扰,那么完成这个任务后,我们还会再见到云华啊。"

系统:"问题是,在没有云华的主动要求下,主人要如何使玄翊拜入剑宗呢?"

"云华不在,我在啊。"

叶语抱臂往车壁上一靠,懒洋洋地道:"我们不是猜测玄翊喜欢上了叶郡主吗?很快,我们就可以验证一下了。"

系统想了想,恍然大悟。

玄翊收到随侍禀报的时候,正在凤还城的一家茶楼里。

他把玩着茶杯,似笑非笑地道:"她又开始替人预知未来了?"这个"又"字来得莫名其妙,随侍和坐在玄翊对面的男人对视了一眼,但最终没敢说什么。

"好了,我知道了。"玄翊将茶杯搁在桌上,侧身看向对面的人,"既如此,我们便按计划行事。不过,有一点你要记住。"

"请玄帝陛下吩咐。"

"今后，如果见到叶语，切不可让她触碰到你。"

坐在对面的男人一怔："叶王府的叶郡主？这是为何？"

玄翊抿唇一笑："大概因为她是我见过的预测未来最准的人吧。"

他的目光从对面之人的身上掠过，片刻后，他又道："如果让她碰你一下，那我们的计划就瞒不过她了。"

对面的人皱起眉来。

玄翊眸中含笑，淡淡地瞥向那人："但谁也不能打她的主意。"

那人愣了一下，知晓自己的意图被玄翊看出来了，当即恭敬地微微颔首。

"玄帝陛下，叶郡主毕竟是叶王府的人，叶王府又深受玄膑的器重。如果她真有这般能力，留着她实在是大患。"

"虽然不知道她的目的，但我相信她不会害我。"玄翊毫不犹豫地道。

坐在对面的男人心下一惊。

经历了当年那件事情，他实在想不到，如今的玄帝陛下，竟然还有能完全相信的人。

"玄帝陛下，那我们是否可以将叶郡主暂时留在仙域？等将来事成，我们再还她自由也不迟。"

玄翊微微眯起眼："不可。"

对方不解地皱起眉："陛下？"

玄翊没有解释，直接站起身："今日之事已定，无须多言。"

说完，玄翊便向外走去。

目送玄翊离开后，那人叹了口气，正准备起身，突然听见一道细如蚊蚋的声音:"若真有事成那一天,她会成为魔宫的主人。"

须臾之后,那人惊愕地睁大了眼睛,喃喃道:"魔宫的主人……陛下竟然想让叶王府的人为后……"

玄翊被随侍带领着来到凤还城最大的集市中心,一眼便瞧见那个简陋的小摊子前排着长队的人群。

这架势,跟当初暗香茶楼的情况有得一拼。

难为她在一天不到的时间里,就把自己的名号打响了。

玄翊不禁笑了起来,抬脚走了过去。

到了摊子旁边,玄翊才看清了叶语此时的扮相,她坐在小桌后,左手扶着一面布幡,右手正捋着自己那缕白色的"小胡子"。她微微眯起眼睛,伸出右手搭在桌前客人的手腕上,一派大师风范。

乍看上去,她还真有点唬人的架势。

如果不是她白皙的吹弹可破的皮肤,大概连玄翊都会被骗过去。

思及此,玄翊眼底的笑意更浓了几分。

下一刻,玄翊就听见她开口道:"你命里有三子一女,绝不了后,放心吧。"

那客人兴奋得蹦了起来:"叶先生此言当真?"

叶语继续捋着胡子:"叶某不说虚言,也绝不妄语。"

那人当即站直了,朝着叶语作了个长揖,喜不自禁:"谢叶先生吉言!"

"谢什么,不必谢。"叶语摆摆手,将桌上的银子收入口袋,然后睁开了双眼。

她漂亮的黑眸里像是浸着潋滟的水色,声音带着一点懒洋洋的笑意。

"钱到位了就行。"

等客人一走,叶语不经意间抬眼,便瞥见了站在桌边的玄翊。

玄翊正瞧着那布幡,上面的墨痕都未干。

他笑着侧头看她:"这是你写的吗?"

叶语被他的眼神盯得心虚。她得承认,自己那拙劣不堪的书法,只能写出狗爬一样的毛笔字。

虽然叶语没有回答,但玄翊已经从她的神情里猜到了答案。

他把手伸到她面前,她不解地看着他。

玄翊轻笑一声,道:"我给你重写一张。"

叶语心虚地道:"我这叫写意。"

话是这么说,叶语还是将桌上的毛笔递给了玄翊。

等玄翊铺纸一挥而就,原本因排队等待而不满的客人们纷纷露出了赞叹的目光。

叶语则在心里跟系统抱怨:"同样是人,凭什么他什么都会?"

系统无语。

半炷香后,凤还城的集市中心并排摆着两个摊子。

一个书法摊子,摊主专替人誊抄文章、撰写书信,另一个替人预知未来,这个摊主还不务正业,动辄就跑到书法摊看另一位摊主写字。

两个摊子后面站了一排随侍,多数都无奈地看着书法摊子后的青年。他们原本以为陛下过来,定是要把抛头露面、自损身份的叶郡主带回去,万万没想到,陛下反而陪着叶郡主玩起来了。这些排着队的客人若是知道这两张破桌子后面坐着的是魔域地位最高的两个人,大概会被吓破胆吧。

等天擦黑，集市中心的两个摊子才终于收了起来。

玄翊将今日所赚的银两都给了叶语，她知道他不会在意这点钱，便毫不犹豫地收下了。

随后，两人乘坐马车回到了下榻的客栈。

路上，安静的车厢里，叶语状似无意地问了一句："陛下此次游历仙域，可有想去的地方吗？"

玄翊看了她两秒，然后才摇了摇头："并无。"

鬼才信！叶语在心里说了句，面上丝毫不显。

"我今日去看凤还大比了，虽然很遗憾没能见到那位传说中的两域第一天才叶非，但是瞧见了不少剑宗弟子。"

玄翊眼神一闪，目光似有深意："所以你想……"

叶语微微一笑："我听说剑宗最近在招收记名弟子，这类弟子进到宗内只能做些杂活，接触不到核心功法，相应地，对其年龄和资质的要求也最低，来校验这批弟子的剑宗执事也都修为一般。"

"你想隐瞒身份，拜入剑宗？"玄翊问。

叶语轻笑了一声："陛下不觉得这是一件很好玩的事情吗？"

玄翊没回答。

下午他还在想着如何进入剑宗的事情，到了晚上，她就主动提出来了。

他虽然猜不出她的目的，但能从她的一言一行里看出她对自己的帮扶和在意。

既然知道她不会害自己，既然无法忍受这种隔阂和疏离，那便索性开诚布公，将所有事情都放到明面上来。

可在搞清楚她为何而来，又为什么拥有颠覆一切的可怕能力之前，理智并不允许他将自己暴露。

一旦置于这种境地，稍有不慎，他就会像梦里那样陷入万劫不复之地。而他所背负的，远不止他一个人的命……

玄翊微微垂下眼帘，漆黑的眸子里闪过复杂的情绪，心里像是有两个声音在争执不休，心绪也起伏不定。

车厢里安静了许久，就在叶语有点担心自己是否猜错了玄翊对自己的感情时，她看见坐在对面的人突然伸出手，擒住了她的手腕。

叶语有些不解："陛下？"

玄翊抬眼望向她，唇角慢慢地勾了起来，眸子里却不见笑意。他捏了捏她的手腕，道："叶语姐姐不是可以预知未来吗？"

"那你可知我此时在想什么，想做什么，已经知道了什么，又隐瞒了什么？"

"只要你能知道，那便当作我告诉你的。"

04

叶语从来不觉得自己是个胆小的人，听到玄翊这些话，她却有些惊慌。

要不是在那双与她对视的黑眸里看不出半点杀意，叶语几乎以为自己快要死在这人手里了。

毕竟两个站在对立面的人，一方要向另一方摊牌，最大的可能就是其中一个离死不远了。

想到这儿，叶语攥紧还能自由活动的那只手，扯出一个笑容，试探性地想收回被他抓住的手腕。

"陛下这是什么意思？我有些听不懂。"

玄翊仍旧紧紧抓着她的手腕："相处了这么久，叶语姐姐应该全部知道了吧？"

叶语的瞳孔一缩，她下意识地开口："你怎么知道我能通过……"

理智回笼，余下的话被她硬生生咽了回去。

叶语的大脑飞快地转动起来，只是通过一下午摆摊，就算玄翊再怎么聪慧，最多也只会对她的身份产生怀疑，绝不会如此笃定。

换句话说，玄翊在今天下午之前就知道她的能力了。

而在今天之前，她只在他面前提过一次。想到某种可能性，叶语的心猛地一沉，此刻她真想揍了填坑系统。

"这就是你说的初始化百分之百？这就是你说的，他绝对不可能拥有之前的记忆？！"

此时，系统也被惊得不能言语，面对叶语的质问，好半天没有反应。

而现实里，玄翊凑近叶语，逼问她："到了这一步，姐姐还是不肯承认吗？"

叶语攥紧了指尖，因为对系统过于信任，她毫无准备地陷入了被动的局面。

她无法得知玄翊知道了什么、知道了多少，以及如何知道的。

沉默了几秒之后，叶语慢慢地吐出一口气。

她抬眼看向玄翊，微微勾起嘴角："陛下是要我做选择吗？"

玄翊愣了一下，问："什么选择？"

叶语仍旧笑着："我猜是……归顺或者被灭口？"

玄翊眼神一沉，他要她选的当然不是这个，但他也猜得到叶语这样说的目的。

叶语想将关键点从最致命的那个问题转移到对她来说并不

重要的问题——"站队"上。

眼见计谋将要成功,叶语眼里的笑意更浓了:"陛下知道我的能力,所以我当然会选择站在您这边。"

玄翊不悦地盯着叶语,那双黑黢黢的眸子里像是随时能跳出什么凶兽来扑倒她似的。

叶语有些心虚,又有些感慨。

面前的这个玄翊和她之前接触的五百两几乎没有半点相似之处。

不过几年时间而已,这人的心机和城府就已经如此之深,甚至看穿了她的身份,也知悉了之前的事,却能隐忍到现在,实在有些可怕。

想想《夜非魔》暂停更新前的最终章,那时玄翊的心狠手辣,叶语更觉得唏嘘。

玄翊紧紧地攥着叶语,手上的力道也大了几分。

借着心里的冲动,玄翊倾身过去:"你明知道我要的不是……"

话音未落,马车停下。

随侍的声音在窗外响起:"陛下,到客栈了。"

玄翊眼神微动。

许久,他才慢慢松了手,深深看了叶语一眼,转身下了马车。叶语提起来的心终于缓缓放了下去。

像过了一个世纪那么久,她如雷的心跳声才渐渐平息下来。

她慢吞吞地磨了磨牙,近乎一字一顿地道:"填坑系统,你再敢装死,我就直接碾碎了你!"

第二天一大早,叶语顶着两个黑眼圈爬起来。

昨天受的刺激有点大，一不小心她就失眠了一晚上。

上马车前，她还在想如果接上昨晚的剧情，她该如何应付玄翊。

不过，让她有些意外的是，车厢内闭目养神的玄翊见到她时，平静得像是什么都没发生过。

要不是昨天一夜没合眼，叶语都怀疑自己是不是做了个梦。

等马车出了凤还城，叶语瞄了一眼前行的方向，虽然心里有数，但还是开口问道："陛下这是准备去何处？"

玄翊眼也未睁，声音冷淡："剑宗。"

叶语嘴角一抽。

尽管心里气得不轻，但叶语还是十分珍惜眼前这个自己费尽力气才维持住的和平的假象。

她轻笑道："陛下决定去参加剑宗记名弟子选拔了？"

听了这话，玄翊终于睁开眼，黑亮的眸子一眨不眨地看着叶语："我有什么计划，你昨晚还没看清楚吗？"

叶语难得没计较，解释道："我只能得知人原定的命数，陛下的命数已经不是之前的了，您有什么计划，我不会知道，这一点请陛下放心。"

这样的她仿佛并不知道他已经把她认出来了一样。

事实上，经过一晚的深思和琢磨，玄翊已经想通了这一点。

摊牌时叶语的反应他尽收眼底，显然即便接触过，她也无法得知他已经记起那些往事。

"既然你不知道我的计划，那为何要拜入剑宗？"

叶语回道："虽然无法得知陛下的计划，但天下其他事情，我还是略知一二的。"

她稍一停顿，接着道："譬如，剑宗宗内有一件对陛下升入混沌境极为重要的东西。"

听了这话，玄翊眼神一动。

片刻后，他移开视线："所以，你是为了我才想去剑宗的？"

不知道为什么，虽然这个因果关系勉强成立，但玄翊那不太自然的反应和语气还是让叶语觉得他好像误会了。

没得到肯定的回答，玄翊似乎并不在意，他回过头望着叶语："姐姐会伤害我或者背叛我吗？"

近在咫尺的黑瞳澄澈而透亮，叶语恍惚间觉得坐在自己面前的仍旧是五百两。

她不假思索地开口："不会。"

一丝愉悦从玄翊眼底闪过，他褪去那副单纯的模样，斜勾着唇低笑了一声："好啊，那我就相信姐姐最后一次。"

亲眼看着单纯少年变回心机魔帝，叶语哪里还能反应不过来玄翊方才分明是刻意装出来的。

她面无表情地扭头：世道变了，人和狗子之间的信任也不存在了。

05

仙域最大的修行势力共有三股，分为两宗一阁。

两宗即是剑宗和云宗，一阁则是天机阁。

其中，剑宗弟子修习剑道，信奉"剑为百兵之君"。他们认为剑含君子之气，又有君王之风，秉行刚正不阿之道，修浩然正气功法，与魔域修者势不两立。

在叶语看来，这也是两域修者都敬佩叶非的原因——作为号称"剑宗弟子第一人"的天才，叶非能在魔域游历两年，最后还能回到仙域，这件事确实可以称得上一个壮举了。

两宗中的云宗，也就是云华的娘家，讲求修行济世。

云宗的修者斗法的能力未必有剑宗弟子强，但在治疗和休养方面，云宗弟子自称第二，天底下就没人敢称第一。

据传闻，云宗弟子每个人都随身携带由灵物制成的灵丹妙药，他们和同辈的剑宗弟子斗法时，即便真气耗尽，药也未必用完。

剑宗弟子素来刚直不阿，从不避战，最烦的就是每年仙域会比碰上云宗弟子，一打就是大半天。

要是一个真气醇厚的剑宗弟子碰上一个药带得多的云宗弟子，那就得打好几个大半天了。

至于两宗之外，仙域第三大势力天机阁更是一个神奇的存在。

天机阁从上到下都是叶语的同行：替人预知未来。

他们也修习斗法，但他们修习斗法的目的只有一个，即活得更久些。

因此，即便天机阁的弟子在修为和斗法方面在三大势力里是最弱的，另外两个宗门的弟子也不敢轻易得罪他们，因为得罪了他们，一不小心就有可能被骗。

叶语和玄翊赶赴仙域时，正巧碰上剑宗五年一次的记名弟子招收仪式。

来参加记名弟子招收仪式的多是些刚入门并无多少修为的人。这个仪式每五年举办一次，成功入宗的弟子平日多是做杂务，但毕竟身处宗门，能在灵气浓厚的地方修行也是好的。

这些人若能在五年内跨过凝气和通脉两境，有望进入灵种境，便可继续留在宗门内，甚至还有成为正式弟子的希望；若是不能达到通脉境，便只能打道回府。

即便只有万分之一的可能成为正式弟子,还是引得天下人趋之若鹜。

到了剑宗宗门所在的山脚下,叶语被人山人海的场面震惊了,真是堪比之前的世界里上班高峰期的地铁。

看着这阵仗,叶语不禁心生退意。

看出了叶语的想法,玄翊叫停了马车,安抚她道:"剑宗记名弟子的招收仪式持续五天,你不必心急,等人少些了再去也不迟。"

叶语松了口气:"好。"

她多少有点密集恐惧症,只是看着那人头攒动的景象,她就觉得眼晕。

玄翊说:"为了以防万一,我先帮你隐藏修为。"

叶语怔了下,随即点头表示同意。玄翊将自己的神识覆了上去。

待彻底隐藏了叶语身上的修为后,玄翊收回神识,状似无意地问道:"你看起来对我能做到这一点毫不意外?"

叶语迟疑了下,便坦诚相告:"因为你在原定命运里就拥有这样的能力。"

玄翊眼神一闪:"我的原定命运里应该没有姐姐,是吗?"

叶语猜测他还记得曾经在地宫里自己说的那些话,所以并不意外。

她点了点头:"嗯。"

"那原定命运里,我是为了谁这样做的?"

听到这个问题,叶语懒散地笑了一下:"你猜?"

稍一思索,玄翊便想到了答案:"是云华吗?"

叶语笑着点点头:"对,你的正宫娘娘。"

玄翊再一次听到一个新词，联想到之前叶语说的话，他稍加思考便猜到了大概意思。

他皱起眉来："我不会娶她，我告诉过你了。"

叶语实在不想和他讨论这个问题，刚准备转移话题，突然想到什么，偷偷问系统："原剧情里，玄翊是在和云华共同赶赴剑宗的路途中发现了云华是云宗宗主的独生女吧？"

系统查阅资料后给了一个肯定的答案："是的。"

现实里，车厢内的叶语轻轻眯了下眼睛："你知道云华是什么身份吗？"

玄翊答道："不知，但这跟我娶不娶她没关系。"

"那关系可大了去了。"叶语笑得没个正形，"云华可是云宗宗主的独生女，谁要是娶了她，那转眼就变成了仙域里一人之下万人之上的存在。你如果对她没意思，那要不我替你娶了她吧？"

在叶语说话的时候，玄翊的眼神变了又变，从最初的漠然到听到云华真实身份的微怔，最后又转换为一抹厉色。

低哑的男声在车厢里响起："你想都别想。"

"别想什么？"

"别想娶云华。"

中间那个字带着点莫名的狠劲。

似乎觉得自己这样过于认真了，须臾后玄翊又别开了视线，再开口时语气里藏着些怒气："整个仙魔大陆都知道你嫁进了魔宫，除了我，你谁都不要惦记了。"

叶语心道：除了他，谁都不要惦记？现在的狗子这么霸道了吗？

她装作没听见："于你的复仇大计而言，云宗的势力绝对是难能可贵的助力，你当真不心动？"

玄翙望向叶语，眼底的怒气越发浓重："如果我和姐姐互换身份，姐姐会心动？"

叶语毫不犹豫地道："肯定会啊，我又不傻。"

玄翙觉得自己或许不该和她摊牌，大计完成之前，一不小心他就会被这恢复了本性的女人气死。

玄翙咬牙忍了忍，到底还是没忍住。

他起身上前，逼近叶语。

本就有些逼仄的空间显得更加狭窄，叶语还感受到了一股压迫感。

叶语抬头看着玄翙，无辜地道："我只是实话实说，恼羞成怒可不是帝王风范。"

"帝王？"玄翙冷冷地扯了扯嘴角，"不是你的小黑狗五百两吗？"

叶语的眼神立刻变得无比单纯，但并没能骗过玄翙。

年轻的魔帝就像没看见她的眼神，慢慢俯下身来。

从他身后的木窗透进来的光，将他的身影拉得长长的，落在叶语的身上。

接着，玄翙取代了影子，亲身上阵，把人压在了车厢内的窄榻上。

叶语眨了下眼："五百两，我觉得你得冷静冷静。"

玄翙淡淡一笑："我也想，可惜有点难，我做不到。"

他的笑容让叶语浑身起了鸡皮疙瘩。

论武力值，她觉得自己没法和玄翙比。

玄翙仍是笑："你就这么想坐上一人之下万人之上的位置？"

叶语心想：这不是你想要的吗？

她觉得自己无比冤枉。

然而，形势不由人，她不觉得这时候争论这个会让玄翊放过自己。

"如果你想要，我也能给你。"两人之间呼吸相闻，玄翊哑声道，"只要你一直留在我身边就好。待复仇事成，若是你想，我能让你做两域的王。到那时候，没有一人之下，只有万人之上。即便是我，也会跪在你的王座边俯首称臣……"

他顿了一下，薄薄的唇几乎要吻上她，低哑的笑声从他唇间逸出："姐姐觉得，这样可好？"

在他的唇瓣快要贴上来时，叶语的神志终于回归。

她蓦地转开脸："喀……我觉得这样不太好。"

玄翊的动作戛然而止，而后他垂下眼帘，眼里情绪起伏："姐姐觉得哪里不好？"

"我这个人很正直，"叶语面不改色地道，"我的人生信条是'君子爱财，取之有道'，同理，不管是财还是色……喀，还是地位和权力，我都会通过合理的方式获取，而不是通过……"

玄翊直接打断她："姐姐到底想说什么？"

叶语伸出手推开他："我觉得我们这样不好。"

06

叶语把玄翊推开的时候，脑子转得飞快，想找出一个最合适的理由堵住他。

这个时候，云华显然是不能再提的，越提越糟，那不如继续拿二十天的癸水挡一挡？

不等叶语想出个理由来，玄翊直接退到一旁，竟不再追问。

等叶语定下心神重新直起身，坐在她对面的玄翙已经神色平静，甚至还有点乖巧。

"姐姐说得没错，现在确实不行。"

叶语没接他的话。她算是摸透玄翙的脾性了，总结起来就四个字，不是善茬。

曾经他被她耍得团团转，现在他已经学会给她"挖坑"了，还一"挖"一个准。

玄翙意味深长地看了她一眼："假如所有事情结束时，我还安然无恙的话，我会让姐姐喜欢上我的。"

"你最好别……"叶语说到一半，声音被突然在天地间响起的洪钟声盖了过去。

两人不约而同地透过车窗看向剑宗山门所在的方向。

"开始了。"叶语收回视线。

玄翙点了点头："传闻剑宗校验、选拔弟子的方法是上古传承下来的，但所有经历过选拔的弟子都会被抹掉与前两关有关的记忆，只记得第三关的气感测试。"

他看向叶语："即便到了今天，剑宗选拔弟子的方法仍旧是一个未解之谜。"

叶语很淡定："以你的天赋，还需要担心记名弟子选拔？"

玄翙不置可否："我要的是万无一失。"

叶语撇了撇嘴："剑宗选拔弟子的方法确实是上古传承下来的。第一关叫登天台，是校验弟子的丹田是否符合修行要求。参与选拔的所有测试者顺着剑宗山门下的石梯往上爬，丹田越差的，爬得会越吃力。虽然是选拔记名弟子，但毕竟是按照剑宗的标准来，我们现在能看见的九成的测试者都过不了这一关。"

玄翙闻言，眼神毫无波动。

"第一关只是名字唬人，许多人幻想着爬上去之后就可以一步登天，事实上，只能算是看见了剑宗真正的山门而已。"

玄翊微怔，不解地问："那为何要叫登天台？"

叶语笑笑："因为石梯的终点就叫天台啊。"

玄翊对这个回答感到无语。

叶语继续道："第二关叫跃龙门。"

说到这里，她像是想到了什么，眼神微变。

玄翊并没有忽视叶语的神色变化，他皱起眉问："第二关很难？"

"第二关算是最简单的了。"叶语这样说着，却叹了口气。

"天台尽头是一处悬崖，其下深不见底，听说常年阴风阵阵，叫人胆寒。"

玄翊也想到了什么，眼神变得有些古怪："莫非第二关是要……"

叶语又叹了口气，点了点头："对，第二关就是要跳下悬崖。"

"那悬崖是剑宗布下的一道障眼法阵，而这大阵之后又布下了另一道，即剑宗的龙门阵。龙门阵是用来校验测试者们的根骨的，凡是不合格的，都会被抹除记忆，然后被龙门大阵吐出去。而合格的那些测试者，则会被直接传送到第三关的测试场地，也就真正进入了剑宗。"

听到这儿，玄翊早就明白了个这两关的用意："第一关和第二关明面上是测了丹田和根骨，实际上还测了心性。"

"对。"叶语点头，"这也是剑宗要抹除被淘汰的测试者记忆的原因。若是透漏出去，对绝大多数测试者来说，那第二关就去了一大半的威胁性。"

玄翊沉默了两秒，随后无奈地看向叶语。

"对姐姐来说,即便明知那只是障眼法,到时候恐怕也未必敢跳吧?"

叶语绷着脸没回话,心里却叫苦不迭,那帮出题的老古董根本不知道这世界上有一种病叫恐高症!

叶语抽了下嘴角,移开视线,继续说:"第三关是天下人尽皆知的,就是气感测试。气感关乎修者对灵气的感知能力,更关乎其进境速度。对记名弟子来说,这一关只是用来区分资质高低的参照罢了。"

说到这里,叶语顿了一下,然后看向玄翎:"以你的天赋,你稍露一点就能过关,但要注意分寸,别像上古那位大能修者一样,因为过于优秀,把气感晶石都给搞炸了。"

玄翎闻言一笑:"姐姐就这么相信我?"

叶语奇怪地看着他:"我有什么不该相信你的理由吗?"

玄翎没说话,只一眨不眨地望着她。

又来了……叶语当作没看见,转身推开马车的门往外走:"人都挤到山下了,我们也差不多就该去了。"

一个时辰后,叶语和玄翎登上了云雾缭绕的天台。

玄翎的资质不必说,作为男主角,天底下找不出第二个比他更有天赋的。叶郡主的资质虽然比不上玄翎,但跟两域里的一般修者相比,还是更胜一筹。

第一关对两人来说自然不在话下。

为了避免出风头,两人还刻意放慢了速度,混在测试者中爬上来。

上了天台之后,众人纷纷坐在地上休息。

他们不同于叶语和玄翎,对接下来的考验毫无头绪,此时都尽可能地抓紧时间恢复精力。

就这样,两个多时辰后,等最后一批测试者成功登上天台,石梯便被彻底关闭。

负责测试的剑宗执事简单交代了几句,就将通过第一关的测试者们领到了天台的尽头,万丈悬崖,阴风怒号,黢黑的山石嶙峋可怖。

听剑宗执事说完第二关跃龙门的规则,几乎所有的测试者都脸色煞白,早有准备的叶语也不例外。

玄翊注意到她垂在身侧的手都在微微颤抖,忍不住问:"就这么害怕?"

叶语听到熟悉的声音才稍稍回神,从那可怕的悬崖处收回目光。

触及到叶语那惊恐的眼神,玄翊就皱起眉。

他伸出手抓住叶语垂在身侧的手,不出所料,入手一片冰凉,他放轻了声音安抚她:"你如果实在害怕,就不要往下跳了,嗯?"

叶语攥了下指尖,手心传来的痛意唤回了理智,她笑了笑,道:"没关系。"

说完,叶语又看向那万丈悬崖。

玄翊将她紧绷的身体与游移的视线看在眼里,眉心拧得越发紧了。

然而,他深知叶语绝不轻易妥协的性子,若是她认准了什么事情,谁都无法将她放弃。

参加记名弟子选拔的大多是没什么背景的人,能走到今天这一步,他们所经历的磨炼要比那些世家子弟多得多。

故而在这一关上,这些人反而比那些世家子弟更勇敢一些。

没过多久，天台上的测试者就少了一大半，大多数人已经从悬崖上跳下去了。

叶语咬了咬牙，挪动着僵着的身体往悬崖边走去。

每走一步，风声都大一分，她觉得自己的心脏像是被一只无形的大手攥紧了。

走到离悬崖边沿不足一丈的时候，叶语感觉自己已经快呼吸不过来了。

"小姑娘，你若是实在不敢跳，就退回去好了，待会儿自然有人送你下山。"

负责校验的执事早就注意到了叶语，看在她是个娇俏的女子，才没有过多苛责。现在看着叶语这副样子，他到底还是忍不住开了口。

每次选拔都有人在第二关心生退意，执事显然并不觉得有什么。

叶语唇瓣微启，刚要开口，便见一道身影蓦地插到了她和执事之间。

叶语有些愕然地抬眸，正好撞见玄翊的双眸盯着她，那近在咫尺的黑眸里像是漾着春水。

玄翊伸出手牵住了叶语的手："我陪你一起，好吗？"

旁边的执事皱眉道："这可不……"

他还未说完，玄翊就扫了他一眼，眸子深处闪过幽蓝色的焰火。

执事一愣，硬生生将未说完的话咽了回去。

玄翊收回视线，没等叶语僵着舌头说出点什么，他就拉着她的手，向着那万丈深渊一跃而下。

01

跳下悬崖的那一瞬间,叶语的大脑一片空白,只剩下一个想法:原来人在极端恐惧的时候是无法尖叫的。

阵阵阴风恶狠狠地灌进胸腔,叶语感觉自己的胸腔快要被挤破了,令人窒息的恐怖几乎席卷了她。

在叶语怀疑自己快要昏厥过去时,玄翊突然加大力道,在空中拉了她一把。

叶语只觉眼前一黑,随即落入了一个宽厚又温暖的怀抱。

这个怀抱给了她前所未有的安全感,就好像在迷雾里沉沉浮浮了不知多久的心突然找到了一个可以落下的地方。

"有我在,别怕。"

透过那宽厚的胸膛传来的声音,让叶语恍惚了一下。

她是从什么时候开始习惯了一个人的?或许是她发现连自己的父母都无法依靠的时候,所谓血浓于水的父母会为了各自的前程分道扬镳,让年纪尚幼的她忍受着无数人的白眼、训斥,只为求得一点施舍……

连父母都无法依靠,旁人更不能了吧?所以永远不要把希望寄托在别人身上,那样就永远不会失望。永远不要付出真心,就永远不会伤心……

这是她信奉了二十多年的人生信条。

直到今天,她才发现自己也渴望能依靠别人,渴望听到一句"有我在"。

"如果我把从未寄托在旁人身上的希望和真心寄托给你，你会给我与失望、伤心不一样的东西吗？"在虚空大阵里，四周的景象已然模糊，叶语抬起头看向玄翊。

她甚至不知道这个问题到底只是她扪心自问，还是已经说出了口。

不等叶语看清玄翊的神情，眼前最后一点光亮倏然消失。

须臾之后，空间扭转，龙门阵下的传送大阵开启。

又过了片刻，眼前光亮复现，两人脚底同时触到了松软的泥土。

叶语腿一软就要跪下去，幸好揽在她腰间的手臂丝毫没有放松，玄翊一见她站不稳，立马把人又捞了回去。

于是，在一众扶着石壁干呕个不停的测试者中，抱在一起的叶语和玄翊成功吸引了其他人的注意。

第三关测试长老面色古怪地看了两人两眼，忍不住转过头轻咳了一声。

叶语在这咳嗽声里回过神，她挣扎了几下，等玄翊识趣地松开手臂后，立即退了一步，只是脚底仍旧像踩在棉花上一样。

见叶语的脸色仍旧泛白，玄翊担忧地问："没事吧？"

叶语张了张嘴，但想到自己此时未必能发出声音，便又闭上了嘴巴，摇了摇头。

又过了半炷香的工夫，闯过了第二关的测试者才勉强恢复过来。

负责第三关测试的长老早就把他们打量了好几遍，此时面上已经露出不满。

唯有在瞥见玄翊和另一个站在角落里的姑娘时，他眼中才会露出一点赞许。

好巧不巧,那个姑娘也在瞧着玄翊。

与初见玄翊与叶语时被传送出来的惊愕不同,此时她淡然地看着两人,只是目光还有点复杂。

定下心神后,叶语四下一扫,正好撞上了那姑娘的目光。

两人不约而同地冲着对方微微颔首。

"云华也来了。"收回视线后,叶语不动声色地提醒了玄翊一句。

玄翊眼都未抬,只"哦"了一声。

叶语不知想到了什么,移开视线轻笑了一下。

"你真要这般避讳她?她毕竟是你的救命恩人,在我的老家一直有个说法,叫'救命之恩无以为报,只得以身相许'。"

见叶语还有心思开玩笑,玄翊知她已无大碍,便松开了紧皱的眉,而后他才不疾不徐地接过话:"可惜第一次被救下的时候我就已经许过了,碰上她,再无可许。"

叶语愣了一下,随即反应过来玄翊说的是之前被她救的事情。

她忍不住低笑一声:"我可不要小黑狗以身相许。"

玄翊嘴角一抽。

在两人互相打趣时候,主持测试的长老已经说完了规则,让人将一排校验气感的晶石端了上来。

"剑宗内各峰之间也要挑选,天赋高的弟子能去灵气足的峰顶,至于谁的天赋高,全靠这些气感晶石来校验。"叶语给玄翊介绍完后,问道,"你的目标并不在灵气最足的宗主峰上,而是在最差的藏珠峰上,对吗?"

玄翊看她一眼:"姐姐连这个都知道?"

叶语闻言,神色有些古怪:"我知道这个不奇怪,奇怪的是你从未踏入仙域,如何得知连剑宗宗主都不知道的秘密。"

"这个姐姐不知道了?"

"不知道。"叶语很诚实。

"难得有姐姐不知道的事情,"玄翊低声笑道,"那我就更不能说了。"

叶语在心里翻了个白眼,没再深究,扭头看向已经测完了的人,说道:"我们要在这儿分开了。"

玄翊垂眼,半晌未语。直到排在两人前面的测试者走上前去,他才压低声音道:"等寻到那物升入混沌境,我就会去找姐姐的。"

"你别闹,仙域里斗法最厉害的混沌境修者都在剑宗里呢,还是你以为记名弟子那么自由,可以想去哪里就去哪里?"

玄翊也不解释:"我自有办法。"

此时,两人已经和几个测试者一同走到了那排气感晶石前。

住持长老吩咐了几句,几个测试者一起将手放在了面前的气感晶石上。须臾之后,晶石散发出的不同亮度的光芒交相辉映。

叶语面前的晶石最亮,而玄翊手底下那颗晶石的亮度只能算勉强合格。

她知道,玄翊若是不刻意这样做,以他的天赋,说不定真能重现上古时期大能修者引爆气感晶石的传说。

此时还会去注意玄翊的那颗晶石的,大概只有叶语了,其他人都目不转睛、一脸惊愕地看着叶语手底下那颗光华闪耀的气感晶石。

叶语听见不远处的正式弟子中有人喃喃道:"即便是各峰最厉害的师兄师姐,都没有这个气感吧……"

就连装死了好久的系统也冒出来了,在叶语耳边小声嘟嚷:"主人,您应该低调些的,以您的身份,太引人注目可不是好事。"

叶语面上微笑,心里则在抱怨:"你以为我不想低调点?你以为谁都能像玄翊,可以控制自己的气感天赋?"

系统被问得哑口无言,又沉默下来。

住持长老也震惊不已,用神识扫过叶语全无修为的身体,又看了眼玄翊手底下的那颗晶石。

他叹了一声,道:"唉,可惜了啊……"

一个气感天赋卓绝,可惜没在合适的年龄筑好根基,心性不够坚定。另一个的心性倒是极好,可气感天赋太差,成为正式弟子的希望不大。

随后,玄翊和叶语分别被分到了剑宗内最差的藏珠峰和最好的宗主峰。

在叶语之后,又有一个人出了大风头,那个人就是云华。

她的天赋不逊色于叶语,在众人艳羡的目光中去了宗主峰。

三人虽然或多或少地知道彼此的底细,但也正因为互相了解,所以不约而同地选择了沉默。

02

叶非归宗那日,距离叶语等人通过测试进入各峰已经过去了两个多月。

在这两个多月里,进入各峰的记名弟子还在熟悉宗规和适应环境,还不曾开始修习。

即便这样,宗主峰的两名记名弟子叶语和云华还是因为气感测试时的出色表现而扬名各峰。

两人这么出名,还因为她们姣好的容貌。

剑宗弟子本就男多女少，其中天生丽质、容貌出众的就更少了。如今突然来了这么两位，不少男弟子三天两头从记名弟子聚居的房舍外经过。

为此，叶语没少被系统打趣"抢了男主角的风头"。

"我这是牺牲自我，掩护玄翊。"又一次听到系统这样说的时候，叶语面无表情地堵了回去，"你难道没注意到，玄翊进入剑宗就如同滴水入海，消失无踪了？"

跟叶语混熟后，系统早就学会了她那一套，此时毫不留情地道："可是，主人，即便是在原剧情里，玄翊行事也很低调。也就是说，即便没有主人您的掩护，玄翊的行事也不会受到什么影响。"

叶语装作没听见，坐在不大的屋舍里继续翻看着宗规。

直到将薄薄的一本小册子再次翻到了头，她才把小册子一扔，站起身来伸了个懒腰。

"我们进入剑宗已经两个多月了，玄翊应该已经找到他想要的东西了吧？"

"是的。"系统应道，"不过升入混沌境并不是什么简单的事情，主人可能会有很长一段时间无法见到他。"

叶语叹了口气，走出房间："要不是为了主线任务，我真不该来到这里，这儿不能去那儿不能去，简直要把人憋死。"

系统在数据库里检索了一番，才开口道："主人，这剑宗各峰内倒是都有一个挺有意思的地方。"

"哦，什么地方？"叶语好奇地问道。

"交易集市。"系统说，"最初只是几个弟子私下交易，后来逐渐发展壮大。许多弟子都会将自己外出游历时得到的一些奇珍异宝或是稀奇古怪的玩意拿去那儿交易。"

叶语眼睛一亮："听起来有点意思啊。"

系统提醒道："不过主人如果要去的话，最好显露一点修为，哪怕只到凝气境也好啊。"

"你这么一说，我突然想起来，'再遇云华'和'拜入剑宗'这两个任务的奖励我还没领取呢。"

"是的，主人。您要领取吗？"

"反正有玄翊的秘术遮掩，旁人也看不出我的真实修为，直接领取好了。"

"好的，主人。"

随着系统话音落下，与第一次任务奖励领取后相同的感觉再次传来，叶语分明感觉到自己的神识探查范围又扩大了，足足扩大了一倍。

她的修为也从幼态境初期连跨两个小境界，达到了幼态境后期。

叶语笑眯眯地活动了一下腰腿："再做两个任务，我就能跳过幼态境巅峰，直接达到成兽境，和玄翊在大境界上就大致相当了啊。"

系统残忍地戳破她的幻想："就算两个任务后玄翊的修为丝毫没有增加，主人也比玄翊低了整整三个小境界，更何况，等两个任务完成后，玄翊很有可能已经升入混沌境了。"

叶语咬牙切齿地道："你知道我最讨厌什么样的人吗？"

系统瞬间噤声。

叶语磨了一下后槽牙："我最讨厌扫我兴的人了。"

系统小心翼翼地道："主人可以往好的方向想，如果再完成一个艰巨些的任务，那奖励极有可能不止提升一个小境界呢！"

叶语思考了两秒，摇摇头："还是算了吧，奖励越高任务越难，这是一定的。"

半个时辰后，宗主峰的弟子交易集市一隅出现了一个新摊子。

张环将在自己旁边摆摊的青年修者上上下下打量了一遍，等那人放好桌椅，他才站起身走到那人身旁，问道："这位师兄看起来有些眼生，不知是哪位长老门下高徒？"

借着之前从玄翊那儿讨来的灵物遮掩了面容，扮作男子的叶语慢腾腾地从椅子上站起来，回了一礼："师兄客气，我只是今年新入的一个普普通通的记名弟子而已。"

"哦，原来是师弟啊。"张环笑着道，"初入宗门就进了宗主峰，即便只是记名弟子，师弟也过谦了。"

没等叶语接话，张环目光一转，落到了叶语那张还没来得及摆置物品的桌子上："师弟准备卖什么呢？"

叶语闻言笑了笑，不慌不忙地展开一张布幡。张环见状，眼神一闪。

他之所以特意过来询问，就是因为这个素未谋面的年轻人看着就不凡。

他本以为这人定是哪位长老门下闭关多年的师兄，万万没想到只是个记名弟子。

张环露出一个灿烂的笑容："师弟难道是要在这交易集市上替人预知未来？"

若不是这小师弟气质不凡，他快要忍不住笑出来了。

叶语像是丝毫没听出对方语气里的嘲讽，笑得天真烂漫："宗规规定不能如此吗，师兄？"

"哈哈哈,这倒没有,只是我剑宗弟子鲜有钻研此道的。天机阁广罗此类能人,但凡有些天分的苗子,几乎都被他们招揽去了。"

张环表面笑着,心里却道:你一个普通的记名弟子,到底是哪儿来的胆子跑来宗主峰的交易集市上给修为远高于你的宗门长辈预知未来?

叶语听出了他的潜台词,她也不恼,望着他笑了笑:"师兄在剑宗待了几年了?"

张环一愣:"这个……七年有余。"

叶语夸张地道:"七年都没见过集市上有人替他人预知未来吗?"

"没有……"张环脸色一变,尴尬地笑着摇了摇头,客气地道,"看来还真是我缺少见识了。"

"没事没事。"叶语拍了拍张环的肩,笑眯眯地说,"我帮张环师兄长长见识就是了。"

"你……"张环被她毫不客气的话顶得一愣,反应过来后就要发火,突然想到什么,他浑身一僵,"你怎么知道我叫什么?"

他记得他刚刚并没有自我介绍过啊……

此时叶语已经重新坐下了。听了张环的问题,她抬起头来,伸出纤细的葱白手指在那随风飘扬的布幡上的墨字上一指:"这么大的字,师兄都没看见啊?啧啧……"年纪轻轻的,怎么眼睛就不好使了呢?

这太过明显的潜台词叫张环的脸色一阵红一阵白,他看不出叶语的修为,一时不敢妄言。

又过了会儿,叶语见他还不回自己的摊位去,便有些不耐烦。

她侧过头问："师兄还有事？"

张环忍不住走上前，问道："师弟真的可以预知未来？"

"师兄刚刚不是体验过了吗？"叶语耸了耸肩。

"除了姓名之外，师弟还能知道什么？"

叶语没说话，一双漂亮的桃花眼微弯，一副笑吟吟的模样。接着，她不紧不慢地把白皙纤长的右手放在桌面上，拇指与食指并在一起捻了捻。

张环呆呆地看着她，方才没察觉，此时走近了一看，才发现这位小师弟长得可真俊啊。

叶语等了半天没等到张环反应，她一抬头，就见对方瞧着自己看直了眼。

叶语咳了一声，唤道："张环师兄？"

张环猛地回神，尴尬地问道："师弟刚刚说什么？"

他不自在地将视线移到了别处。

叶语无奈地收回了手："我能知道的有很多，只要师兄你出得起钱。"

"那你要多少？"

叶语本想开口问他想知道什么，话出口的前一秒，她神色一变，笑道："张环师兄进宗已经七年了，应该认识了不少人，也掌握了不少消息渠道吧？"

听了这话，张环终于转回视线，深深地看了叶语一眼："师弟所图非小啊？"

叶语笑笑："公平交易，童叟无欺。"

没人知道叶语在剑宗的第一单生意中，到底为张环预知了什么，预知的又是否准确。

他们只知道，当天上午，叶语的名号就传遍了宗主峰。一个半月后，张环在峰内同境界会比里直接夺得了桂冠。

取得开门红之后，叶语的目的已经达成，她便立下了规矩：每日只接待五位，绝无例外。

这个规矩一出，宗主峰内找叶语预知未来的人不减反增，每日都有许多弟子专门在集市蹲守她。

众人早就将其面容绘成图在宗内寻找她，很快就确定她易容了，从未以真面目示人。

这天一早，叶语从自己的房舍里走出来，对着朝阳伸了个舒舒服服的懒腰。

接着，一道男声响了起来："没想到名扬剑宗的小师弟竟然是一位貌美如花的师妹。"

03

叶语被这声音吓了一跳。

这几日她去集市前都会小心探查，以防不慎泄露了身份，她怎么也没想到还是被发现了。难道普通弟子之间的传言已经引起宗门长老的注意了？

叶语稍稍侧过身，看清来人后，她就否定了自己的这个猜测。

来人年纪尚轻，身上穿着的也是剑宗弟子的服饰。

叶语的目光落在那人领口的金边上，竟然还是个真传弟子？

已经被识破身份，叶语也就懒得再做戏，她笑眯眯地冲着对方行了一礼："这位师兄是？"

来人眼神微动，意味深长地问："你真不认识我？"

叶语皱了皱眉，能对一个第一次见面的女子说出这种话来的人，要么脸皮极其厚，要么就是极为有名。

看这人的举止言行还算正常，就应该不是前者。而剑宗的真传弟子本就屈指可数，大多数都是常年闭关的前辈，最近极其活跃的……

叶语试探性地问："莫非是叶非师兄？"

来人笑道："看来师妹确实不认识我啊。"

听出他话里的意思，叶语作了一揖，然后问道："不知师兄来此，有何见教？"

她只字不提小师弟的事情，只当刚刚自己聋了没听见。

叶非似乎看穿了她的想法，轻笑了一声，然后才道："我听师尊说，宗内新来了两名资质极佳的记名弟子。按他老人家的吩咐，我专程来接两位师妹同去修习。"

说着，叶非放出神识在叶语身上一扫。

"入宗不过两个多月，师妹竟然就跨过了凝气境，达到了通脉境初期，果然是个奇才啊。"

叶语心里发虚，面上却丝毫不显。她莞尔一笑："师兄过誉了。在师兄面前，我哪里敢自称奇才？"

叶非没有再跟叶语谦让："师妹如果没什么需要收拾的行李，便随我去新安排的房间吧。"

叶语点了点头，又问道："不是还有云华？"

"她由师尊门下的另一位师弟负责，叶语师妹不必担心。"

叶语心想：我本来是不担心的，你这么一说，我就有点担心了！

走出去几步之后，叶语试探性地问道："只有我跟随师兄修习吗？"

走在前面的叶非头也未回地道："嗯，确实如此。"

叶语干笑了两声："不知宗内为何这样安排呢？"

"叶语师妹初入宗门，可能对宗内一些约定成俗的事情并不了解。每届入宗的记名弟子都会被分到有空闲的正式弟子名下，分开修习。两位师妹资质出众，师尊动了收徒的心思也不无可能。不过你们的修为毕竟不高，师尊便让我和另一位师弟先领你们各自修习一段时间，再做决定。"

叶语没有接话，心道：这就是身为天才的烦恼吗？当个卧底都艰难重重。

叶非突然停下脚步，然后转过身，似笑非笑地瞧着叶语："师妹是对只有我来领你修习这件事有所不满吗？如果是这样的话，那……"

叶语闻言，立马摇了摇头："能得师兄教导，是弟子的荣幸。"

叶非笑笑，接着自己未说完的话说下去："如果你真的有所不满，那我也没有办法，你还是得继续跟着我修习，不过你既然乐意，那就再好不过了。"

叶语愣了一下。

"坑，我是不是被这人耍了一把？"

"好像是的，主人。不过主人还是小心些为妙，这段剧情也完全不符合原剧情。原剧情中，在离开剑宗之前，叶语都不曾被分配到哪位正式弟子那里去修习。"

"我也觉得奇怪。"叶语面上不动声色，抬头瞥了一眼走在自己前面的叶非，"叶非这样的身份，别说是教一个记名弟子，就算是教正式弟子恐怕也绰绰有余。而且就算真是师命难违，那他又是如何知道我是'小师弟'的？"

"主人的意思是，叶非也对您有所图谋？"

叶语一顿:"也?你干吗用这个字?"

"可能是本能……"

叶语在心里翻了个白眼:"反正这件事不该是看起来这么简单。"

"原剧情里没有的事情,现在发生了,也没有警告偏离,应该是不会影响主线的,主人可以稍稍放心。"

"嗯,那就走一步看一步吧。"

叶语随着叶非搬去了新的弟子屋舍,一待就是半年多。

除了偶尔的修习指点之外,叶非倒是没对她展现出任何额外的关心,就连态度也一直很温和,一副宗门大师兄该有的模样。

按照原剧情,叶非对待同门师兄弟也是如此,观察了半年多都没发现什么异常之后,叶语也就渐渐放下了戒心。

在藏珠峰闭关近一年的玄翊仍旧没有消息。

要不是系统始终没有给出剧情偏离的警告,叶语还真担心他是不是出了事……

这日一早,叶语推开房门走出去时,便瞧见了站在修习场内的叶非。

以叶非的修为,他自然早就察觉到了她的出现。

他用神识一扫,便笑着开口:"将近一个月没见你,你的修为似乎已经达到通脉巅峰了?"

叶语微微一笑:"应该这几天就能达到灵种境了。"假如她想的话。

"这般天资,着实优秀。"叶非称赞道。

叶语如今已经习惯了他的夸赞,这位师兄对于自己的师弟师妹似乎不吝溢美之词,不管对方跟他的天赋和修为差距多大,他总能毫不犹豫、无比真诚地把人夸奖一番。

叶语在心里慨叹着：这是个挺好的生存技能啊。

"之前教给你的那几种阵法，你已经学会了？"

"嗯。"叶语回神，"我废寝忘食地勤学，已经掌握了。"

论夸奖别人，叶语赶不上叶非。论自夸的能力，天底下大概没几个人能跟她相比。

叶非显然也已经熟悉了这个师妹惫懒又调皮的性子，不以为意地摆摆手："那你展示一下。"

叶语没拒绝，依言给叶非展示了一番。

在宗内穷极无聊，除了偶尔去集市接待几位客人、淘点稀奇古怪的小玩意之外，其余时间她就勤勤恳恳地修习阵法。

"嗯，这几种阵法你已经掌握了。"叶非满意地点点头。

"不过师兄，这几种阵法的攻击力都不低，但我怎么没在宗门的藏书阁里找到有关它们的记载？"叶语好奇地问。

叶非眼神一闪："这几种阵法都是我在一些秘境或是历练地习得的，也有两种是藏书阁最高层的内容，藏书阁最高层自然不会向所有弟子开放。"

叶语顿了一下，眨了眨眼："你的意思是……"

"没什么意思。"叶非负手，"你是我亲手教出来的师妹，没人敢说闲话。"

叶语心道：他这是给我开了半年多的小灶，而我不自知？

"今日教你一个新技能，也是剑宗所有灵种境以上的弟子都会的，既然这几日你就能达到灵种境，不妨先学一下。"

叶语奇怪地道："什么？"

"御剑术。"

叶语愣了好几秒才反应过来，"不会是……我理解的那种……御剑术吧……"

她慢吞吞地伸出一根食指，指向了天空。

看着叶语一脸煞白，叶非有些无奈："我知道你恐高，但修者斗法进入高空乃是常事，御剑术是你必须学会的保命手段。"

叶语抓住了关键之处："你如何知我恐高？"

叶非顿了一下，道："师妹入宗测试时差点被第二关吓退的事情早就在弟子间传开了。"

04

叶语闻言，便没再多想。

她知晓自己和云华现在是宗主峰弟子们的重点关注对象，若是有什么关于两人的传言，也不足为奇。

只是对于这御剑术……叶语装出一副严肃的模样来："师兄，我仔细思索了一下，之前所学其实还有许多细节并未掌握，应当再勤加练习，不宜贪多。这御剑术还是等我达到灵种境之后再学吧。"

叶非并不上当："我若真应允了你，恐怕你短时间内是不会升入灵种境了吧？"

叶语当即反驳："怎么会？"为什么这都能猜到？

叶非没接她的话，目不转睛地看了她一会儿，直到她有点不自在了，他才叹了一声。

"你真不想学？我查过宗内卷宗，这种恐高的病症是可以通过反复练习来治愈的。"

叶语连连摇头："我真不着急治好，师兄，以后再说吧。"

"那你以后可别怪我没教你。"

叶语有些不解，刚准备问，就听叶非又道："我不在宗内的这段时间,你可遇到什么麻烦?"

叶语的注意力瞬间就被转移了,她道:"麻烦确实有那么两个。"

她抬头看看天空中的太阳:"按时间,第一个应该快到了。"

叶非皱起眉,刚要追问,就听到远远地传来一阵笑声:"叶语师妹,今日可安好?"

叶语耸了耸肩,迎着叶非询问的目光,把手一摊,做了个口型:"第一个,来了。"

不一会儿,声音的主人就穿过林间小径,来到了修习场。

见到笑眯眯的叶语,来人心头一喜。他仗着修为高纠缠了叶语好几天,还是第一次见对方露出这么温柔的笑容。

下一刻,来人就欢喜不起来了:"叶叶……叶非师兄?"

一看清不远处站着的男人,来人就慌了起来。过了几秒他才反应过来,一个长揖作了下去,半天都没敢直起身。

叶语觉得奇怪,跟系统嘀咕:"按原剧情,叶非不是出了名的好脾气、好师兄吗?这牛皮糖见了叶非,怎么跟见了鬼似的?"

系统也很疑惑:"是啊,难道是叶非名声太大,寻常弟子没怎么见过他的缘故?"

叶语不置可否。她望着作长揖的那个人,又瞥一眼斜前方的叶非。

虽然从她所在的方向看不清叶非的神情,但直觉告诉她,叶非此时的心情和表情都不太好。

至于那块牛皮糖,按照他往日里不知廉耻地缠着人的架势,怎么也不像会因为对方名声太大而吓成这副模样,更像是叶非在这人心中本来就是个德高望重的存在……

此时叶非开口了，不是叶语所熟悉的温和口吻，而是带着寒意："你是哪位长老门下的？来寻叶语所为何事？"

"我我……我是紫星长老门下朱子云，来……来寻叶语师妹是……是为……"来人声音颤抖，说到后来说不下去了。

见到朱子云这副模样，叶语不由得抿唇一笑。

过了片刻，她走上前去，在叶非发火之前笑眯眯地开了口："叶非师兄不必动怒，这位师兄应该是迷路走错了地方，他这次冲撞了师兄必然会长记性，应该不会再迷路到这边来了。"

说到这里，叶语顿了几秒，然后一双桃花眼看向快缩成一团的朱子云："这位师兄，我说的可对？"

"对……对对对……我是迷路了迷路了……冲撞了叶师兄，下次绝对不会了，请叶非师兄恕罪……"

朱子云此时也顾不得别的，慌忙顺着叶语给的台阶爬了下来。

叶语在朱子云那儿得到了满意的答案，便侧头去瞧叶非，就见他双眸黑沉沉的，像带着刺骨的凉意。

叶语的心跳漏了一拍，回过神来她还心有余悸："坑，你瞧见他的眼神了吗？"

"主人，我现在觉得，朱子云被吓成这样完全是可以理解的。"

"原剧情里有暗示叶非会性情大变吗？"

"没有，主人。"

"那按照原剧情，前段时间他做什么去了？"

"应该是去过几次秘境，似乎是在准备什么铸剑材料……获取了不少极为稀有的灵物……啊，他还跟云华相遇过几次，不过在最近也是耗时最长的这次秘境之旅,因为秘境等级太高，云华没能进去。"

叶语撇撇嘴："难怪云华这一个多月经常往我这儿跑。"

"不过，主人既然讨厌这个朱子云，为何要替他求情？"

"我那是替他求情吗？我只是不想欠叶非人情而已。如果他替我出手教训了朱子云，那这人情可就想不欠都不行了。"

系统奉承道："还是主人明智。"

叶语和系统嘀嘀咕咕的时候，叶非碍于叶语的话已经放快被吓破胆的朱子云离开了。

他看向叶语，问道："你说的第二个麻烦是什么？"

叶语没想到这人还记得这茬，闻言抬起头来，笑眯眯地道："叶非师兄和云华应该挺熟吧？"

叶非一愣，继而有些不自在地道："我和云华只是碰巧见过几面，连话都不曾说上几句。"

回忆了一下再次偏离的原剧情，叶语才道："不过云华似乎很仰慕师兄，最近几日常来向我打听师兄的行踪……"

叶语点到即止，叶非也已经明白了她的意思。

"嗯，"他脸色微沉，"这件事我会处理的。"

她突然觉得自己也许不该说出口，看叶非的表情和眼神，像是要把云华给处理了似的……

叶语赶到交易集市的时候，已经日上三竿了。

她摆摊的位置老早就已经站了人，最靠前的人不多不少刚好五个，外围还站了一圈看热闹的人。

叶语知晓这是宗内弟子私下商量好的顺序，而她每次的要价都是根据他们想知道的内容而定，谁排在前谁排在后，对她来说并没有多大关系。

在今天的这五个人里，有一张她很眼熟的面孔。

"张环师兄？"叶语笑吟吟地瞧着当初帮自己宣传的张环，"你还有何想知道的事情？"

张环在这儿等了好一会儿了，此时见叶语姗姗来迟，不由得苦笑道："师弟，早知道你这么难等，我当初一定多问你一些问题。"

"现在也不迟，"叶语道，"刚好我今天想从张环师兄这儿买个消息。"

说着，叶语扫了一眼另外四人："张环师兄优先，诸位不介意吧？"

四个人纵然有意见也不会说出来。

"没问题，小师弟安排，我等绝无异议。"

于是叶语带着张环到桌子前坐下，她拿出一个小金属球模样的东西往桌上轻轻一放，一个无形的罩子将两人和桌椅一并拢住。

张环看着那个金属小球张大了嘴巴："这莫非就是能隔绝神识探查的界力石？"

叶语道："张环师兄不愧是宗内的百事通啊，这界力石是我前几日从宗内一位师兄手里换来的，还挺好玩。"

张环心道：多少人拿着灵石都未必能换得的东西到了她这儿只是挺好玩……

"师兄要问什么，请说吧。"

"哦……对。"

张环这才连忙将自己想知道的事情告诉了叶语。

"我需要动用神识探查，师兄不介意吧？"

张环知晓这是叶语的规矩，连忙摇头："当然不介意。"

叶语放出神识稍加探查后，便给了他答案。

张环得了答案心满意足，不由得喜笑颜开："小师弟想要知道什么消息？"

叶语正色道："今日是叶非师兄历练归来的日子吧？"

张环神情一滞，一丝畏惧从他的眼底掠过。

叶语将他的反应看在眼里，勾唇一笑："看来张环师兄果然知晓些什么。"

张环叹了口气，道："小师弟到底想知道什么？不妨直说吧。"

叶语说："我入宗之前，听闻叶师兄性格温和、待人亲近，今日见着叶非师兄和另一位师兄碰面，那位师兄似乎很惧怕叶非师兄，两人又不像是有什么过节的样子，这是为何呢？"

"师弟你有所不知啊。"张环又叹了一声，才道，"叶非师兄原本确实性情温和，但自从去了那凶险的魔域游历几年归来之后，整个人就变得极为冷漠，以往大家见到他都觉得亲近得很，如今可不敢在他面前放肆。"

没等叶语再问，张环又补充道："当然，这也可以理解。毕竟在魔域险地游历两年，叶非师兄所经历的杀戮和凶险让他性情变化也是极为正常的，尤其是从寒山秘境回来后。"

"寒山秘境？"叶语问，"就是他这次去历练的那个仙魔两域均可进入的寒山秘境？"

"对。听闻叶非师兄是去寻极品铸剑石的，但在极地谷的时候，他遇到了魔域玄朕将军麾下的亲卫军。"

叶语瞳孔一缩："玄朕最为器重的亲卫军？"

"是啊。"张环并未觉察到异常，依旧缓缓道，"听同去的宗内师兄说，整整一队亲卫军，五十个人，一具完整的尸骨都没留下来，现场血肉淋漓，极地谷都差点被染成了红色……"

叶语攥紧了拳头,指甲嵌进掌心都未察觉。玄朕的亲卫军,不就是十年前屠了魔宫的那些刽子手吗……

05

直到接待完剩下的四位弟子,回到房间,叶语仍有些魂不守舍。

她脑子里思绪翻涌,太阳穴跟着一跳一跳地疼。

她犹记得自己在剑宗的入门测试时无意地问过玄翊,好奇他是如何知道藏珠峰有他想要的东西的。

彼时玄翊没有回答,叶语也就没再细想。

还有凤还城的凤还大比,她从来没有想过,游历两年回归仙域的叶非与恰好要来仙域的玄翊在同一时间到了同一个地方是不是巧合。

而原剧情里暗示过的,玄翊是在凤还城联系上了魔宫埋在仙域的势力这件事,她也完全没往叶非身上想。

作为读者,叶语从一开始就跟其他人一样,将两域第一天才的叶非直接视为男主角的宿敌,她完全没有想过,身怀极高天赋却幼年流浪,还被剑宗长老带回仙门,这看起来简直就是一个设计好的、十分完美的卧底身份。

那个在剑宗长大的温和的大师兄叶非真的是玄翊的属下?

想到这个可能性,叶语只觉毛骨悚然。

"主人,新任务发布。"

系统在此时开口,打断了叶语的思绪。

叶语反应过来后皱起眉问:"什么任务?"

她已经将近一年没接到过主线任务了,在这种时候接到任务,难免有点不安。

系统:"主线任务是仙域会比。"

叶语问道:"我隐约记得原剧情里提过几笔,但书里的玄翊、云华和叶郡主不都没有参加吗?没有叶郡主的情节,为什么会是主线任务?"

"这……这个……好像……"系统支支吾吾。

"直说。"

系统无奈地道:"主人,主线剧情好像又有变化了。"

想起之前的剧情跳跃,叶语拧着眉问:"什么变化?"

"按照最新的主线任务剧情,主人需要参加仙域会比最低境界的比赛,并且……击败同样参赛的云华。"

叶语翻了个白眼。

系统重新确认了一下,然后松了口气:"就这样,没了,还好主线剧情没有发生严重偏离……"

"就这样?"叶语被系统气得不轻,"都让我击败云华了,还能叫就这样?"

系统有些疑惑:"只是灵种境的比赛,云华现在在大家眼里只是个天赋不错的记名弟子,就算主人击败她也没什么问题吧?"

叶语叹了口气:"坑,你出厂的时候质检真的是合格的吗?"

系统吓得不敢出声。

"云华在《夜非魔》里是什么身份?"

系统犹豫了一下,道:"女主角。"

"对,女主角。"叶语捏捏眉心,"你什么时候见过在正式的大型比赛里,尤其是众目睽睽之下主角被配角击败的?"

系统一时语塞,再开口时,声音都有点发抖:"所以……难道这个任务是要否认云华的女主角身份吗?"

叶语："你确定真的没有剧情偏离警告？"

系统不放心地又检查了几遍："真的没有啊，主人。"

"那就只有两个可能了：第一个，正式任务中已无剧情偏离警告提示；第二个，主线剧情在自发地随着变化进行调整。"

系统幽怨地道："随着变化进行调整？譬如玄翊现在一颗心完全在主人身上这样的感情线变化吗？"

叶语面无表情："怪我咯？"

"那这个任务，主人还做吗？"

叶语沉默了会儿，才重新舒展开眉心："做啊，必须做。

"剧情虽然有可能在自行调整，但复仇这条主线是不会变的。毕竟是我把五百两捡回来的，我还能扔下他不管吗？

"不过，最近这两个变化越来越大的任务，真叫我对后面的任务有些担忧啊……"

仙域会比是仙域内最大的宗门盛事之一。

这项会比由仙域三大势力主办，广邀仙域各门派的弟子参加，比赛分为灵种境、含芽境、成叶境、化灵境四档。

在其余的修为境界中，凝气、通脉两境界过低，不予录入，各位宗门大佬也实在没有兴趣看一帮还没脱离凡境的弟子互相打斗。混沌境则是除了三大势力外，各宗门内都鲜有的中流砥柱才能踏入的，这个境界的修者常年闭关修行，自然不会轻易在这种场合露面。

因此，灵种境就是宗门弟子们参加会比的最低门槛。

距离仙域会比还有十天的时候，一个不大不小的消息在宗内传开，去年新入宗门的记名弟子中的云华竟然在一年多的时间内连破凝气、通脉两境，升入灵种境。

在剑宗的正式弟子中，这未必是值得传颂的事迹，不过云华是以记名弟子的身份进来的，再加上容貌出众，受到的关注也就多些。

之后不久，叶语也突破灵种境了。

因着她是由叶非亲自教导，宗内弟子对她的关注自然就更多一些。

没用多长时间，叶语突破灵种境的事情便传开了。

对于这种天才频出的状况，宗内弟子们心思各异，至于当事人叶语，反而十分淡定。

"你要替别人预知未来？"交易集市上，一副青年装扮的叶语懒洋洋地眯起眼，打量着面前的人，"还是替那个叫叶语的女弟子？"

桌子前的男弟子连忙点头："小师弟的能力闻名宗内，这点小事应该不成问题吧？"

叶语瞥他一眼："不行，换一个。"

她好不容易应付了那个男弟子，下一个又凑了上来："小师弟，我想知道该如何获得云华或者叶语的芳心。"

叶语："下一个……哦，没了，那今天就到这儿吧。"

"哎，小师弟别走啊……"

叶语看都没看那个差点坐到地上去的弟子，头也不回地走了。

出了集市，系统忍不住笑了："主人已经成了剑宗不少弟子心中的女神了啊。"

叶语没反应。

系统有些疑惑："主人不开心？"

"我又不缺爱，这有什么好开心的。"

心情不好的主人一向嘴毒，系统经常见识。

过了片刻，系统才小心翼翼地试探着问："主人是因为什么事情烦忧吗？"

"除了你和任务，我来了这里还因为什么事烦忧过？"

系统沉默了一会儿，委屈地道："除了剧情发生变化以外，这次的任务难度也不算高吧？"

叶语叹气："叶非在原剧情里参加了仙域会比，因为化灵境最后奖励的那个珍稀金属灵物是他极为需要的东西。"

系统没听明白这跟任务有什么关系："所以？"

叶语很无奈地道："云华现在喜欢谁或者说崇拜谁？"

系统："叶非。"

"在她崇拜的人面前，你说她能输给我吗？"

系统："主人不用怕，你已经是幼态境后期了，相当于仙域修者的成叶境后期，而云华才达到幼态境初期。"

叶语忍不住翻了个白眼："你也知道我还处于幼态境，我一个魔修，哪儿来的底气在这么多仙域大佬面前展露实力？"

不等系统反驳，叶语又接着道："云华虽然也是隐瞒身份拜入剑宗，可她就算暴露了身份，剑宗上下能把云宗宗主的宝贝女儿怎么样？可要是我暴露了，你猜是个什么下场？"

系统："那主人有办法了？"

"算是想到了一个。"叶语摸摸下巴，勾起唇角，"你说我把叶非'卖'了，怎么样？"

06

叶语和云华的房间在宗主峰的两个相反的方向，跟系统说"把叶非卖了"之后，叶语便掉头往回走。

系统有些蒙:"主人的意思是……"

"你瞧着就是了。"叶语没多解释,加快速度赶去了云华的住处。

中途她没忘先找个角落,把自己妆容卸了,以叶语的模样出现在云华的房间外面。

房内无人,叶语在房外等了小半个时辰,终于等到了归来的云华。

"叶语?"看见站在自己房外的人,云华很惊讶。

叶语冲她点点头,笑着道:"前几日云华姑娘常去我那儿做客,我今日得闲,便来拜访一下。"

"那我们进房里聊吧?"

叶语自然应下了。

到了房内,云华沏上一壶茶,两人坐着闲聊了几句,叶语不着痕迹地把话题带到了仙域会比上。

云华在她的引导下谈起了灵种境的比试,叶语摆出一副愁苦的模样:"唉,我最近快被叶非师兄逼疯了。"

云华一听到那个名字,瞳孔便缩了一下。她下意识地攥紧了袖边,不动声色地看向叶语。

偏偏叶语只说了这么一句,就没再提到叶非。

云华按捺着心绪,不着痕迹地问道:"叶非师兄怎么逼你了?"

上钩了!叶语心里一喜,面上丝毫不显,依旧幽怨地看着云华。

"还能怎么逼?现在宗里都知道我是被分到他那儿修习的记名弟子,他三天两头督促我,说我既然进入了灵种境,就要参加仙域会比,还必须奔着第一去,否则便是给他丢脸,让宗主峰和他蒙羞。"

云华眼神一闪，放出神识探查四周。

过了须臾，确定四下无人，她才笑着看向叶语："我虽然不知道你和那位来剑宗做什么，可你的修为大约有多高，那日在客栈里我是见识过的。"

"话虽如此，但我还没玩够，可不能被发现了赶出峰去。"叶语皱了皱眉，用那双桃花眼看着云华，"难道你玩够了？想在仙域会比上露出修为，然后被请下山？"

提起这个，云华也皱起了眉。

"还有更惨的呢。"叶语更加哀怨，"叶非师兄说了，虽然按理来说记名弟子达到灵种境后就无须再跟着宗门师兄修习，但如果我没能拿到灵种境的第一名，他就要带我去宗主峰后山，进行长达一个月的一对一教习！"

叶语话音一落，云华的脸色就变了。

叶语似是没有注意到她的表情，还在抱怨："一个月啊……我一定会被剥掉好几层皮的。"

云华眼珠一转，像是想到了什么，脸色越发难看。

又过了须臾，她才勉强笑着道："在灵种境拿第一名，即便不显露真正修为，你应该也有把握吧？"

"对上其他人，自然是不在话下，"叶语撇撇嘴，"可对上有一个人，我没把握啊。"

云华微微前倾："谁？"

叶语眼里闪过一丝笑意，而后她抬眼，道："当然是你啊，你什么修为境界，我也是清楚的。"

云华松了一口气，笑着拿起茶杯："我算是听懂了，你今天来是想让我给你'放水'啊。"

叶语伸手拉着云华的衣袖轻轻晃了一下："云华，你也不忍心看到我被叶非师兄押到后山折磨得没个人形吧。跟他待一起练上一个月，真的会死人的！"

"你是身在福中不知福。"云华低声自言自语地道。

"啊？你说什么？"

"没什么。"云华抬眸，温柔地笑笑，"你放心吧，如果在会比上遇上你，我一定会帮你的。"

"太好了！云华仙子你可真是我的救命恩人啊！"

一炷香后，叶语含笑与云华告别，转身进了弟子房间外的竹林。

忍了许久的系统终于忍不住道："主人，您实在是……"

"嗯？"叶语声调微抬，似笑非笑，"我实在是怎么样？"

系统把原本想说的那个词咽了回去，换了个新词："高！实在是高！"

叶语谦虚地摆摆手："雕虫小技，不值一提。"

系统："我原本以为主人是要许诺给云华一些好处，比如与叶非相关的东西。"

"你太不懂人心了。"叶语笑了一声，"相较于一点虚幻的好处，她一定更乐意踢开自己心爱的人身边的女人。"叶语顿了一下，接着道，"尤其是以看起来光明正大的手段达到这一目的，而我就给了云华这么一个机会。"

系统："原来如此。"

"行了，"叶语伸了个懒腰，对着和煦的阳光笑得慵懒，"接下来就安心等着会比的时候打一场'假赛'好了。"

这一届的仙域会比，举办方刚好轮到剑宗。

会比前一日，叶语一早就被吵醒了，她面无表情地撑着下巴想，等其他大小宗门都到了，岂不是更为嘈杂。

好不容易挨到第二天，叶语掐着时间赶到会比现场时还打着哈欠，一脸睡眠不足的倦怠模样。

会比是淘汰制，对阵双方由抽签决定，第一场和叶语对阵的是天机阁的一个小书生。

原本一切正常，叶语也打算随便糊弄过去。

站在她对面的那个小书生指着她道："啊，你是那个……"

话说了一半，小书生似乎想到什么，有点惶恐地拱手给她作了一揖："在下不敌先生，告辞。"

叶语一脸错愕。

那人说完，转身就下了会比擂台。

残存的几分睡意登时消散，叶语莫名其妙地看着那个小书生的背影。

在她不知道的时候有什么和她有关的流言出现了？

叶语稀里糊涂地进了下一场。

这一次她的对手是个小宗门的弟子，对方上台后除了在看见她的容貌时怔了两秒，并无其他反应。

叶语松了口气，打着哈欠把人送下了擂台。

后面几场也都正常，直到叶语又一次遇见了天机阁的弟子。

这次的这位干脆擂台都没上，恭恭敬敬地给叶语施了一礼："达者为先，先生请。"

叶语心想：天机阁的人脑子都有毛病？

之后叶语耐着性子观察了几场，很快就发现了规律。自己跟其他宗门的人比，没问题，一切正常。天机阁的人跟其他人比，也没问题，也一切正常。唯独天机阁的弟子对上自己的时候，都跟瞧见了自家小祖宗似的,擂台都不上就先告负,活像是他们都是她请来帮自己打"假赛"的。

对此,叶语觉得十分委屈,她明明就请了一个,还是云宗的。

除了叶语,其余宗门弟子和长老也都觉察到了异常之处。

一时间,所有人的目光都落在叶语身上。

叶语很无奈,她这是招谁惹谁了?

天机阁的几位长老也都不作回应,只用一种护犊情深的目光盯着叶语,叶语被盯得起了一身鸡皮疙瘩,拼命地回想着自己这一年来的所作所为,怎么也想不出到底有什么出格的地方。

叶语想不出,其他人自然就更不明白了,猜什么的也有。

于是,等灵种境的会比进行到下午,只剩下两个弟子角逐桂冠的时候,有关叶语的谣言已经变成"叶语其实是天机阁老阁主的宝贝女儿"了。

站上擂台,叶语分明在对面的云华的目光里看出点惺惺相惜来。

叶语在心里哀号:你们真的搞错了,只有站在我对面的那个人才是个别人家的"宝贝女儿",而且也不是天机阁的,是云宗的!

不管他人怎么说,比赛还是得进行。

站在擂台上的两个人视线交汇,各自轻轻点头之后,便有模有样地比斗起来。

两炷香后,会比结束,云华以一招之差不敌叶语。

这自然是两人演出来的效果。

凡是仙域会比,每一档的前十名都有奖励,而第一名的奖励最为珍贵。

没理会那些谣言,叶语没精打采地领着九个人往颁奖台上走。

　　颁奖过程并没有什么花样，叶语拿着自己得到的极为珍贵的万年灵物，准备像捧奖杯一样跟台下观众示意示意就下台，却被给自己颁奖的天机阁长老拉住了。

　　白胡子白眉毛的老头子拉着她，笑得像个要拐卖儿童的人贩子："叶语姑娘，你可愿意来我天机阁？"

01

纵然叶语自诩思维敏捷,听了天机阁长老的话后也愣了好一会儿。

同在台上的各宗门长老和弟子都目瞪口呆地瞧着他们。

叶语回过神,道:"这位长老说笑了,我……"

"我可没有开玩笑的意思。"白胡子长老摆摆手,笑得满脸褶子,"我是诚心邀请叶姑娘来我们天机阁修习,保你成为真传弟子,如何?"

这次,没等叶语说什么,剑宗负责灵种境会比的长老看不下去了,"洪长老,我说你未免也太不把我们剑宗放在眼里了!叶语可是我们剑宗的弟子,你公然挖人算怎么回事?"

"青云长老莫气。"洪长老仍旧笑眯眯的,也不动气,"叶语在你们剑宗只不过是个小小的记名弟子,这样的记名弟子在剑宗还有很多,我只跟你们讨一位,这怎么能算挖人呢?"

青云长老气得吹胡子瞪眼:"一位也是挖,更何况就算剑宗的记名弟子很多,又有几个一年就能达到灵种境的?"

青云长老在气头上,说话也没分寸,坐在远处观看席上的剑宗其他长老的脸色已经有点难看了。

须臾后,空气中有些许神识波动。叶语不用细查,也猜得到是几位长老在交流,而且还是在讨论她。

叶语心里直呼倒霉,面上却不显,平静地望向天机阁洪长老:"请问长老何出此言?我记得我从未与贵阁有过接触。"

"我们宗内有位执事一年前路过凤还城，有幸遇到了叶语姑娘，说起来叶语姑娘那时候还是另一副打扮。那位执事机灵，一早就通知了阁内的长老，这才追查到姑娘的真容。"洪长老笑得眼睛都眯成了一条缝，说到这儿，他遗憾地叹了口气，"只可惜还是晚了，我们赶到的时候，叶语姑娘已经拜入剑宗了。"

一听对方提起凤还城，叶语就想起自己当初闲来无事在凤还城摆过一次摊。

当时吸引了许多来往修者，她并没有察觉到里面哪位是天机阁的执事，更没注意到自己被人盯上了。

洪长老仍旧乐呵呵地说："叶语姑娘的天赋之高，世所罕见，如果我所料不错，近一年内，在剑宗声名鹊起的……应该也就是叶语姑娘吧？"

身份被当众解开，让叶语猝不及防。

她愣了一下，没能抓住最佳的反驳时机，然后便感觉到众人惊讶、错愕的目光从四面八方投射过来。

无妄之灾，绝对是无妄之灾！

叶语不死心地挣扎道："长老会不会认错人了？我当初……"

洪长老立马冲台下招招手："李德，你来说，这位叶语姑娘可是你那日在凤还城所见之人？"

一听这个名字，叶语就像被噎住了似的。过了两秒，她才缓缓抬起头望过去，入目的正是她收的那个"便宜"徒弟。

李德恭恭敬敬地向洪长老施了礼："回长老话，真是这位叶语姑娘。"

叶语心想：昧着良心收拜师费，果然会遭报应。

正当叶语不知如何是好时，会比场另一个方向突然传来一阵争执的声音。

"我不回去!"

"云华,莫要胡闹!你若是不回去,我们如何跟宗主交代?"

"我以后回去自己说便是了,和你们没关系。"

……

叶语心里一动,看了过去。

场中众人的注意力也被争执的几人吸引了。

没过多久,"剑宗双姝"里另一位云华仙子是云宗宗主之女的消息便传开了。

这下,除了穷追不舍的天机阁长老,其余人的注意力已经不在叶语身上了,而天机阁长老被叶语扔给了剑宗的高层们解决。

寻了个合适的机会,完成了任务的叶语以最快的速度溜回了自己的房间。

直到坐到床边,叶语才慢慢松了口气:"真是恩人啊……"

系统深有同感地说:"主人是指云华吧?"

"嗯。"叶语懒洋洋地仰倒在床榻上,"今天要是没有她,我就算没被揭了老底,也得被剑宗和天机阁的长老们折腾得掉一层皮不可。"

"对了,主人,任务奖励发放了,领取后您就能达到幼态境巅峰了,您要现在领取吗?"

叶语思索了几秒,才道:"先留着吧。虽然有玄翙用血脉秘术布下的障眼法,那些混沌境的大能修者未必看得出我的真实修为,但谨慎起见,暂时还是不要提升修为,毕竟我现在快被人推到风口浪尖了。"

"好的,主人。"

仙域会比之后，叶语的身份曝光，她便没再露面，更别提去集市摆摊了。

即便没去集市，她也能猜到每天肯定有一大波人在那儿蹲守，想要验证她的身份。

而事实也确实如叶语所料，不过她不再露面的行为间接坐实了她就是那算命小师弟这件事。

没过多久，蹲守人的聚集地就从交易集市改到叶语所住房间外的竹林了。

叶语紧闭房门，双方开始了一场拉锯战。

直到剑宗宗主峰的长老找上门，竹林里的弟子们全被赶走，叶语才终于打开了房门。

长老开门见山地道："记名弟子在转正前本就去留随意，宗主也无权干涉，所以天机阁盛情邀请，我们无法代替你做出决定。今日我来，就是代表宗门问问你的意思，你若有意去天机阁修习，我们不会阻拦。"

"我绝无此意。"叶语斩钉截铁地回道。

两位长老十分赞许地看了她一眼。

"如此最好。不过你放心，等你入宗满五年，以你的天资，自然会顺利转正，被纳为真传弟子也不无可能。"

我一个魔修做剑宗的真传弟子，是活腻了吗？

叶语腹诽着，面上做出一副喜不自禁的模样来，向两位长老点点头。

临走时，另一位长老开玩笑道："竹林里的那些小家伙被我们撵走了，他们也不会再跑来骚扰你，你大可放心进出。"

叶语发自内心地道谢："多谢长老！"

等两位长老一走，叶语放出神识在竹林里扫了一圈，果然一块碍眼的牛皮糖都没有了。

她顿时开心了不少,推开房门走了出去。

久违的阳光扑面而来,叶语眯起眼睛看向湛蓝的天空。

正当她数着从头顶飞过的鸟儿时,一道煞风景的声音响了起来:"主人,又来任务了!"

叶语脸上的笑容瞬间消失无踪,她绷着一张娇俏的小脸问:"怎么这么快又有任务了?"

系统看着任务提要,慢腾腾地道:"主人所料不错,主线剧情确实在进行自我调整……现在的剧情相比原剧情已经偏到'姥姥家'去了。"

难得听到系统发出感慨,叶语颇为意外,同时心里那不祥的预感也更加明显。

"任务内容是什么?"

"主人还是自己看吧。"系统有气无力地道。

叶语无奈,确定四下无人后,才拿出了手机。

与以往不同,这次的信息里多了背景提要:"云华身份曝光,已主动向云宗宗主承认自己为剑宗弟子叶非而来,两宗宗主有意联姻。"

叶语:"联姻?云华和叶非?"

等看清了任务内容,叶语大脑一片空白。

02

叶语盯着手机上的任务界面,足足盯了半分钟,然而,没有发生任何变化,她终于放弃地收起了手机。

系统大约是察觉到了叶语此时濒临崩溃的心情,小心翼翼地道:"主人,您没事吧?"

叶语面无表情地道:"离当场气死只差一步。"

系统半天都没吭声,最后颓丧地应了一句:"主线剧情的调整幅度确实大到有些惊人。"

"我实在搞不懂主线剧情的发展。"叶语忍了几秒到底还是没忍住发泄了出来,"叶非跟云华联姻也就算了,还让我去劝叶非远离云华?我为什么要去劝?我以什么样的立场去劝?我又怎么去劝?"

难得见叶语发火,系统被吓得不敢说话。

半晌后,叶语才慢慢平静下来。她坐在房舍外的藤椅上皱着眉研究主线剧情,还时不时查看之前的任务。

等叶语再一次把手机收起,系统才大着胆子试探性地问:"主人,事情有眉目了吗?"

"想不通。"叶语皱着眉道,"系统之前发布的任务都是以剧情线或者感情线的进展为推动点,哪怕从上上个任务开始发生微小偏离,到上一个任务的大幅度调整,都能看出其目的。"

系统:"最近两个任务的目的……是逐渐弱化云华的女主角地位,直至废除吗?"

"我不敢打包票,但从前两个任务来看,确实是这样的。"叶语微眯起眼,"这一次任务完全看不出主线剧情会怎么发展,就好像它后悔发布前两个任务,又要恢复云华的女主角地位一样。"

"可恢复云华的女主角地位和劝叶非有什么关系?"

"按照原剧情,只有让云华在叶非那儿碰壁之后,她才有可能移情到玄翊身上。"

系统犹豫了下:"那主人准备怎么办?"

叶语眉间一松，躺回藤椅："凉拌咯。"

系统安心了："看来主人已经有办法了。"

"其实并没有。"

"那您还这么放松？"

叶语闭着眼睛沐浴着阳光，笑得眉眼微弯："刚刚反复揣摩任务内容的时候，我发现它只是叫我去劝，又不是叫我说服，其中的差别可就大了。"

系统呆愣了几秒才反应过来，兴奋地道："那太好了！主人，只要能完成这个任务，您就能升入成兽境，到时候离混沌境就只剩下一个大境界了。若能升入混沌境，即便那时候您的身份暴露，您也不需要担心了！"

"确实令人期待啊……至于这个任务到底有什么目的，就看完成任务后的效果了。"叶语说，"我倒要看看，主线剧情到底在搞什么幺蛾子。"

事实上，这次的任务没有叶语想象中那么简单。

叶语做好准备去找叶非的时候，才发现他又一次离宗历练去了。她掰着手指算了算之前几次叶非离宗历练的时间后，只能叹了口气去逛交易集市。

一到集市，叶语就奔着她的摊位而去，由于荒废了一个多月，宗内弟子以为她已经放弃了这个副业，所以摊位周围已不复之前水泄不通的盛况了。

不过，有个老熟人还坚守在她摊位旁边的岗位上。

叶语笑吟吟地走过去："张环师兄？"

摊位后面的张环听见她的声音，猛地抬起头，然后他的脸就以肉眼可见的速度红了起来："叶叶叶……叶语师妹……"

叶语乐得不行："是叶语，不是叶叶叶叶语。"

被这么一打趣，张环更是涨红了脸。过了好一会儿，他才平复了心情，两人之间的交流也正常起来。

"原来宗门里的传言是真的啊。"张环脸上仍然残留着一丝红晕，"叶语师妹就是……刚听到这个消息的时候，我怎么都不敢相信。"

"现在信了？"

张环连着点了两下头。

"很好。"叶语笑眯眯地说，"那以我们的交情，我可以在张环师兄这儿买几个消息吧？"

"当然没问题！"张环答应得很爽快。

叶语点点头："那你帮我打听一下，叶非师兄从去年游历魔域归宗之后，几次外出都到过哪些地方，又是为了何物而去，越详细越好。"

张环边听边拧起眉："这么多次，你打听的还是叶非师兄的事情，这次可能有些麻烦，花费也不会少……叶语师妹当真要全部知道？"

"嗯，我要知道全部。"叶语毫不犹豫地道，然后她开起了玩笑，"怎么说，我也在张环师兄的帮助下摆了一段时间的摊，这点钱还是拿得出来的。"

张环对于这一点也清楚得很，便没再多说："行，师妹等我的消息吧。"

"多谢师兄了。"叶语将几块内蕴灵光的上品灵石放在桌上，"这是定金，劳烦张环师兄费心。"

张环忙道："哪里用得了这么多，师妹……"

叶语却没再跟他多说，拱手作揖后就迅速离开了。

张环不愧是剑宗出了名的百事通，不到半个月，他便带来了消息。

回到房间后，叶语坐在桌边对着手里一长串的灵物名单皱起了眉。

系统扫了一遍那张名单上的灵物："主人，这里面除了那块极品铸剑石以外都是金系灵物，而且都是极为珍稀的品种。"

"极品铸剑石……金系灵物……"叶语收起名单，若有所思地念了几遍。

须臾之后，她脑海里灵光一闪。

"坑，你记不记得原剧情进入剑宗之前被跳过的十几章里有一个小高潮的副本？"

系统快速检索之后给出了肯定答案："是的，主人，是一处无名秘境。"

"如果我没记错的话，在那个副本里，玄翊得到了一柄已经坏掉了的古剑。"

系统提醒道："是弑神剑，传说中已经升入神界的修者不会为任何凡界力量所伤，唯独这柄弑神剑连神也可杀。玄翊得到它的时候，它已经濒临破碎了。"

"还是有修复的可能吧？按照原剧情，修复弑神剑需要大量珍稀材料。"

系统一怔："主人的意思是……"

叶语晃了晃手里的名单，莞尔一笑："这不就能解释，叶非为何需要这么多对身体无益的金系珍稀灵物了吗？"

"这么说，叶非当真是玄翊的属下？"

叶语轻笑了一声："难道你还能找到更合理的解释吗？"

这时，一只小黄雀飞了进来，落到了叶语肩头，她解下绑在小黄雀脚上的纸条，看完后扬起嘴角："我的任务对象终于要回来了。"

作为公认的剑宗弟子第一人，叶非每次历练归宗，都有一群崇拜他的人夹道欢迎。

这一次也不例外。

原本准备直接在宗主峰外拦人的叶语，一见到那密密麻麻的人，毫不犹豫地放弃了。她可不觉得在这种情况下拦人是一个好选择。

在去往叶非的住所的路上，叶语听见两个女弟子在小声交谈。

"我刚刚听他们说，这次叶非师兄去秘境历练，云华又偷偷跟去了。"

"我同门师姐说两人是一起归宗的。"

"叶非师兄真跟云华一起去历练了？云华凭什么还回来啊？她根本就不能算是剑宗的人，不回云宗待着，来我们宗主峰做什么？"

"就是……"

听到她们的议论，叶语脚下未停，忍不住挑了挑眉，心道：要是真被叶非抢走了原本属于五百两的魔后，那五百两也太惨了。

不多时，叶语便赶到了叶非的住处。她找了个僻静的角落，收敛神识等了起来。

这天阳光太好，温度适宜，这个角落又是个可以靠的位置，叶语等了一会儿，便忍不住靠着石壁去会周公了。

她是被一道熟悉的女声吵醒的："叶非师兄，你……"

叶语瞬间清醒过来，本能地翻身坐起，竖起耳朵偷听来人的对话。

03

"叶非师兄,你真要如此绝情吗?"

叶语听到云华这句话,就直觉赶上了一场大戏。

她屏住呼吸,小心翼翼地贴上石壁,然后就听见一道毫无感情的男声传来:"这位师妹,请你说话注意分寸。"

叶语听得直感慨,叶非这话可真是一点情面都没留,难道真是她冤枉叶非了?

云华和叶非的谈话仍在继续。

"你我同属一宗,又有师门长辈之命不可违逆,在秘境内我肯救你已是尽了本分。如果这让你有所误会,那非常抱歉,今后师妹要去哪里历练,提前知会一声,我必不会露面。"

"叶非,你明知我对你有意,为何一定要如此……"

"师妹请慎言。"

不同于已经带上哭腔的女声,男声从头到尾都平静得听不出一点波澜,这样的叶非冷静得近乎可怕,哪里还是那个温和亲近的大师兄?

云华到底是云宗上下捧在手心里的人,肯拉下脸苦追已是不易,如今被这样毫不留情地拒绝,她哪里还待得下去?

没过两秒,叶语就听到抽泣声随着风声远去。

"坑,我掐指一算,今天不是个好时机。而且就目前的情况来说,我觉得我现在去劝叶非实属多此一举,还是改天再来吧。"

"主人说得极有道理。"系统一如既往地奉承她。

叶语耐心地等待着,只等着叶非回屋。

片刻后,石门机关响起,叶语小心翼翼地查探一番,确定无人后,她才松了口气。

谁知她刚绕过山壁，就看到叶非倚在石门上，似笑非笑地看着她。

"听够了？还是站得太久，腿麻了，所以这会儿才出现？"

叶语一脸震惊地瞧着他，现在她脑子里最大的疑问是：她的神识怎么没有探查到他呢？

这一瞬间，一个可怕的想法从叶语脑海里掠过，只是眼下实在不是仔细思考的时机。

叶语勾起唇角，再自然不过地抬起手臂伸了个懒腰："我找师兄有些事情，一不小心睡过去了，又听见了一些不该听见的，师兄不会介意吧？"

叶非深深地看了叶语一眼，没回答介意与否的问题，而是反问："刚刚有什么是你不该听见的？"

叶语缓慢而无辜地眨了下眼。不知道是她自作多情还是错觉，她总觉得叶非说这句话时刻意压低的声音仿佛带着一种若有似无的暧昧。

不过这个想法很快就被叶语压了下去，她思绪一转，计上心头。

"其实是因为我今天来找师兄聊的事情，刚好跟刚刚的事情有关……"叶语放缓语速，刻意停顿了一下才笑道，"所以我才说不该听见。"

"你本来想说什么？"

叶语面带微笑地把早就准备好的说辞摆了上来："之前听宗里的弟子说起师兄与云华的事情，我闲来无事便替师兄和云华算了一下姻缘。"

叶非意味深长地问道："结果如何？"

叶语本以为叶非对这个毫无兴趣，没想到对方会这么问，这着实让她有些意外。她只能装出无奈的样子："很遗憾，云华的姻缘线确实不在师兄这里。"

"哦？"叶非勾起唇角，蓦地上前一步，到了叶语跟前，"那在谁那儿？"

叶语很无语，她这是一不小心把这个男人的胜负欲激发出来了？她怎么感受到了一丝危险的气息。

想想即将完成的任务，叶语勉强扯出一抹笑容："那人与云华相识已久，云华还对他有救命之恩……总之，师兄拒绝云华是明智之举，那两位姻缘天定。"

叶语编不下去了，在心里无奈地问系统："怎么样，这么劝可以了吗？"

系统应声："任务已完成，主人可以撤离了……叶非的表情好像有点不太对劲。"

经系统这一提醒，叶语回过神，抬眼望向叶非，这人的眼神已然冷了下来。

"姻缘天定？"叶非不紧不慢地重复了一遍，声音极轻，语气和眼神却像是要把这四个字嚼碎了一般，也可能是更想嚼碎她。

他往前走了一步，叶语本能地退了半步："师兄若是无事，那我就先……"

"我很好奇，谁跟云华姻缘天定？"叶非打断她的话，眯起眼睛，"玄翊吗？"

即便叶语已经笃定叶非就是玄翊的属下，她还是万万没想到叶非会直接跟自己摊牌。不过，这年头有直呼顶头上司大名的属下吗？

叶语失神间，叶非一脸狰狞地又向前踏了一步："你作为魔宫如今唯一的女主人,就这么急着撮合玄翊和别的女人?"

两个人之间的距离已不过几寸,叶语慌乱间向后退了几步,直接撞上了坚硬的石壁。

她还没想到应对之法,便见叶非俯下身,接着,她唇上一痛。

叶语回神,心里大怒,刚要动手,就听到系统大喊:"主人,他不是叶非,而是玄翊!这个任务绝对是在坑您啊……"

系统的话在叶语脑子里炸开,她的理智和思考能力也被炸没了。

玄翊得逞之后不但没有退开,反而更贴近她,还伸出一只手勾住她的后腰将她向上一提,将她抵在山壁上加深了这个吻,叶语的理智才终于回归。

她试图挣扎,然而两人的修为相差太大,似乎证实了系统当初的话:你达到成兽境的时候,玄翊已经踏进混沌境了。

在修为的绝对压制下,叶语所学的那些防身术毫无用处。

直到许久之后玄翊主动退开,叶语才重获自由。

重获自由的第一秒,叶语稳住了发软的双腿。第二秒,她抬手甩了面前的人一耳光,"啪"的一声,清脆响亮。

看着恢复了本来面貌的玄翊,叶语咬着后槽牙道:"这一耳光是用来提醒你,即便你的力量强过对方,也要尊重别人。"

玄翊被叶语一记耳光打得脸都侧向了一旁,过了许久,他才慢慢转过身。

他眸子里黢黑一片,眼底像是跳跃着幽蓝色的火焰。

叶语承认他的表情有点吓人,不过她相信他不会对她做出过分的事情。

至于刚刚那个吻,就当是个意外好了。

看着叶语无所畏惧地望着自己的模样,玄翊的眼神更加幽深。

"姐姐，你最好不要把我当作那个单纯无知的小男孩。"玄翊轻轻舔了一下嘴唇，"刚刚这个吻，只是我给你的提醒而已。"

叶语闻言，冷笑一声："提醒什么？提醒我你现在有多可怕，多危险，还是你杀人不眨眼？"

"不。"玄翊勾起薄唇，微微倾身，凑近叶语，"是提醒你，这个可怕、危险、杀人不眨眼的玄翊是你的！"

04

"姐姐，你别想把我推给别人。"

叶语对上玄翊那极具侵略性的眼神，虽然她面上还算淡定，但心里早就成了一团乱麻。

玄翊说得没错，她确实不能再把他当作自己捡回来的那个无知单纯的少年了。现在的他心机深沉、隐忍可怕。

叶语扭头，做了个深呼吸，然后转向玄翊："说吧，这是怎么回事？"

"什么是怎么回事？"

"你最好别装傻，那没意义。"叶语眼都不眨，语气平稳。

玄翊低低笑了声："姐姐不如给我一点提示，譬如我该从哪里说起。"

"就从你现在的身份说起，"叶语面无表情地道，"我可不相信你能分出第二个自己在仙域的剑宗长大成人。"

"那姐姐猜猜我是怎么做到的。"

叶语好不容易才把到嘴边的那句"不猜，滚"咽回去，再次呼出一口郁结在心头的怨气。

"我知道你这次来仙域是为了上任魔帝多年前埋在仙域里

的那些棋子,你想拉拢那些人以对抗玄胲。"叶语观察着玄翊的反应,"叶非应该就是魔帝多年前埋在仙域的棋子之一。"

听到叶语将自己此行的目的说出来时,玄翊连眼睛都没眨一下,淡定得仿佛只是一个旁观者。

等叶语说完,他才点了点头:"姐姐一向是最聪明的。"

叶语只当作没听见这句话,问道:"那叶非应该是真实存在的。从什么时候起,你替换了他?"

玄翊闻言笑了起来:"姐姐真以为自己见过叶非吗?"

叶语心里一惊。

玄翊俯下身,用额头抵着叶语的肩,笑得亲近而暧昧:"我才不要别的男人离姐姐那么近。"

叶语忍不住打了个寒战,也不知道是被玄翊的话吓的,还是被拂过颈侧的灼热气息勾的。

过了两秒,叶语才伸出手把玄翊的脑袋推开。

"你可别把自己说得像个痴情种一样,"叶语直直地望着玄翊,"你假扮叶非,其实是为了弑神剑吧?"

玄翊眸光一闪。他勾起嘴角:"姐姐连这个都知道,实在令我吃惊。"

叶语白他一眼:"你要是管自己现在的表情叫吃惊,那我建议你去云宗找人看看面部神经。"

"我确实是为了弑神剑而来。修复它需要大量珍稀灵物,叶非的身份能够为我进出有这些灵物的远古秘境提供便利。"

叶语神色凝重:"你想用弑神剑来对付玄胲?"

玄翊知道她在担心什么,轻松地笑道:"只是以防万一,我喜欢万无一失,姐姐知道的。"

叶语皱起眉,如果玄胲的修为真的到了一定境界,那对玄翊来说失败不是意味着还有机会重来,而是意味着他极有可能会一败涂地。

"集齐了吗?"

"还差最后一种灵物。"玄翊垂眼,"按照弑神剑的指引,那种灵物应该就在十天之后剑宗七峰会首的洵关秘境里。"

"洵关秘境?"听到这个熟悉的名字,叶语一挑眉,"就是之前仙域会比上,剑宗给宗内弟子里获得每个境界前十名者的额外奖励?"

"对,用叶非的身份,我拿到了化灵境的第一名。姐姐是灵种境的第一名,对吧?"

叶语撇了撇嘴,似笑非笑地道:"嗯,我是第一名,追在你后面的云华是第二名,她会跟我一起进去的,你放心。"

玄翊云淡风轻地道:"有姐姐在,我当然放心。"

叶语转移话题:"那你跟我解释一下,为什么之前一直瞒着我?"

玄翊的神情有点微妙:"我本来想告诉姐姐,是姐姐你自己拒绝的。"

"什么时候的事情?"叶语皱眉。

"御剑术。"玄翊低笑道,"我要教姐姐御剑术,必然会和姐姐有身体接触,我想通过这种方式告诉姐姐,但姐姐拒绝了。"

不等叶语反驳,他又倾身过来:"当时我还提醒过姐姐'以后可别怪我没教你',姐姐忘了吗?"

经玄翊这么一提醒,叶语立即想起了当时的事情。她磨了磨后槽牙,恶狠狠地道:"鬼知道你那时候是说这个!"

玄翊摆出一副无可奈何的神情。

叶语顺带着想起了其他事情。

"难怪你当初知道摆摊的就是我,还知道我恐高的事情……亏我还为这个叶非担心了好一段时间。"

"是我的错,下次不会了。"玄翊亲昵地凑上去,"姐姐……"

"啪"的一声,叶语又给了他一巴掌,不过这次她只是把他的脑袋推到一边去:"你下次要是再敢叫着姐姐做出大逆不道的事情,我就把你塞进石头缝里。"

洵关秘境是剑宗开山祖师和他的真传弟子们耗费数十年心血在宗内搭建的一方小天地,专供杰出弟子历练。

传闻剑宗开山祖师有通神之能,洵关秘境内藏着许多如今在凡界已经找不到的珍稀灵物与灵兽,每一个剑宗弟子都以能进入洵关秘境为荣。

七峰会首这日,叶语一早便收到了宗门的通知,赶去了传送大殿。

她踏进大殿时,殿内只有两人。

感受到那两人的气息,叶语神识一动,便探得两人都是化灵境的修为。

那两人也注意到了叶语,其中一人笑着道:"孙兄,我们不如问问这位师妹,说不定她知晓呢。"

叶语闻言,不解地看向他们。

开口那人拉着另一个人走过来:"这位师妹,我们两人闭关许久,在仙域会比前才出关。听闻宗内出了一个奇人,能够预知未来,此事当真?"

叶语仔细打量了对方的表情,见不似作伪,便点了点头:"确实有这么一个人。"

另一个人连忙问道:"那个人真有预知未来的能力?连天机阁都来挖角了?"

"两位要听实话?"

"这是当然。"

叶语笑眯眯地道:"有关这位奇人的传闻太多,我一时半会儿也说不完。不过我见过她,只能说在预知未来这方面,天下无人能出其右,就说一个最近的例子……"

叶语在传送大殿里跟两位师兄叨叨了半炷香的工夫,其他人才陆续到来。

而听完叶语所说的传闻,那两人已经被唬得目瞪口呆。

过了好一会儿,两人才对视一眼,感慨道:"果然人才辈出啊,听说这人的修行天赋极高,几代真传弟子都未必能与她相比……"

"原来是个全才,后生可畏啊!"

叶语笑眯眯地站在一旁,偶尔点头应和:"甚是甚是……确实确实……"

05

"听说今日神人也会进入洵关秘境,孙兄,你我可得好好……啊,叶非师兄!"那人话说到一半,突然朝着叶语身后作礼,叶语反应过来,连忙转身。

来人果然是"叶非"。玄翎冲着那两人和其他作礼的师弟师妹颔首示意,然后便将目光落在了装作不认识他的叶语身上:"叶语师妹,你还站在那里做什么?"

他这话一出,叶语和她身后的两人同时一怔。

几秒后,其中一人喃喃道:"我怎么记得那位奇人就叫这个名字呢?"

"我印象里也是……"

叶语愣了两秒,然后就跟没事人一样转向身后两人:"两位师兄,下次找我,我可以给你们折扣价。"

两位师兄目瞪口呆地看着她。

直到跟着玄翊到了大殿一角,叶语仍旧能听到各个角落里隐约传来的窃窃私语,都是有关自己和叶非的关系。

直到又一道身影踏入大殿时,议论声才戛然而止。

叶语抬眸望去,便撞上了云华近乎幽怨的眼神。

两人对视了几秒,云华直接抬脚向着她走来。众多瞧好戏的人纷纷看向他们。

叶语收回视线,低声告诉玄翊:"你自己的烂摊子,自己收拾。"

说完,她就要转身走开,刚迈出一步,手腕就被身旁的人拉住了。

"你不陪着我吗?"玄翊的声音很轻,又好像带着点笑意。

只可惜他的声音再轻,也足够大殿里的所有人听得清清楚楚。

叶语睁大了眼睛看向玄翊,用眼神控诉他:你就这么"坑"我!

玄翊似乎看出了她的想法,勾起唇角道:"你答应过会一直陪着我的,你忘了吗?"

感受着四面八方投来的惊诧目光,叶语快抓狂了。

从来只有她算计别人的份,这人却一次又一次地算计她!

叶语心思一转,眉梢扬了起来。

在她将想法付诸行动的前一秒,系统的声音在耳边响起:"主人,主线任务发布了!"

在这种关头发布任务,叶语怎么想也不会有好事。

系统过于亢奋的声音引起了她的好奇,她问:"你高兴什么?"

系统的语气里是按捺不住的激动:"主人,这一次的任务您一定要完成啊!任务奖励是直接跃升一个大境界!那样您就能直接达到混沌境了!"

叶语记得自己和系统讨论过,如果任务奖励极为丰厚,那相应的任务一定很难。

"到底是什么任务?"

系统:"让云华对叶非死心,离开洵关秘境后随师门长辈返回云宗。这个任务会显示'任务条',现在已经由最初的50%未完成任务量减到40%,只要未完成任务量归零,就算任务完成。"

叶语抬头看看云华,再回头对上玄翊那双深沉的眼眸,好像里面随时会跳出一只凶兽把她吞了似的。

这不是叫云华死心,这是要让她死啊?

系统感受到了叶语的挣扎,立马劝她:"主人,忍一时风平浪静,完成这个任务后,您就有自保之力了,到时候再配合系统,搜寻他人的弱点,这天底下就没几个人能伤到您了!"

叶语暗暗咬牙:"你现在的语气就跟推销保险似的。"

"这就是一道保险啊,零风险的那种!"

叶语得承认,系统所说的也是她正在考虑的事情,所以这个任务的奖励对她的诱惑确实够大。

混沌境啊……从进入这个世界后,她就处处受牵制,小心翼翼地活着,她实在是有些厌烦了。如果能够一步跃升到混沌境,至少她想离开,没人能拦得住她了。

想到这儿,叶语咬咬牙,把已经到嘴边的话咽了回去,也放弃了挣扎。玄翊有些意外地看了她一眼,眼里满是笑意,低声道:"姐姐今天怎么这么乖?"

叶语索性坦言:"我帮你解决云华这个麻烦,你……"

她还没说完,手腕就被人一拉,在几声低呼里,她被玄翊抱了个满怀。

那人的声音在她耳边响起,染着笑意:"姐姐,我好高兴。"

叶语被他勒得快喘不过气来,心跳也跟着加快了。

她僵着身子攥拳:"你要是再高兴点,我不就被你勒死了吗?"

"没用的,姐姐。"玄翊凑到她耳边低笑道,"我说过我不是那个无知的小孩了,就算你说再扫兴的话,我也不会放开你,因为我听得见你的心跳。"

叶语嘴硬道:"那是气的。"

玄翊还要说什么,有人先他一步开了口:"现在宗门里的这些小家伙是一个比一个不注意影响了啊。"

这毫不掩饰的调侃语气引得大殿里半数弟子都笑了起来,玄翊松开手臂退了半步,恭恭敬敬地朝着某个方向作揖:"弟子给竹风长老见礼。"

随着他的话音落下,殿内所有弟子也跟着躬身作揖:"弟子给竹风长老见礼。"

"行啦,都不必多礼,起来吧。"竹风长老笑得和善,随即现出身形。

一现身,他就用目光在伪装成叶非的玄翊身上一扫,过了片刻才"咦"了一声,然后他朗声笑道:"好一个剑宗弟子第一人啊,连我都看不透你的修为深浅了,你跟他们一块进去,可不能欺负师弟师妹啊！"

一听这话，殿内除了叶语和玄翊之外的剑宗弟子都大吃一惊，不少人低声议论起来。

"竹风长老这是什么意思？他可是混沌境的修者，怎么会看不出叶非师兄的修为？"

"能叫竹风长老都看不透的修为……难道叶非师兄已经臻至混沌境了不成？"

"不可能吧？仙域会比的时候，叶非师兄不是才到化灵境吗？这才过去了多久？"

"以叶非师兄的天赋和能力，这也不是不可能的……"

听着众人的议论，竹风长老捋着胡子笑望着玄翊伪装的"叶非"："等你从洵关秘境出来，宗里就会为你安排长老位置。"

玄翊神情不变地施礼："谨遵师长训令。"

剑宗长老位置由宗门高层安排，通常也会考虑个人意愿，但只有一种情况弟子会被直接擢升为长老，那就是其修为已臻至混沌。

竹风长老和叶非的一问一答，显然已经验证了众人的猜测。

不少弟子望向叶非的目光变得更加复杂。

"好了，闲话不多说，洵关秘境开启时辰已到，拿好你们的保命令牌，如遇危险，捏碎令牌即可回到大殿。"

叶语拿到牌子，便感觉有一股柔和的力量将自己包围。

片刻之后，她眼前暗了下来，同时竹风长老幸灾乐祸的声音响起："哦对了，忘了告诉你们，传送是随机的，要是你们觉得自己会被送到凶兽嘴边，那最好现在就做好捏碎令牌的准备哦！"

前一秒叶语还在想怎么会有人那么点背，下一秒看着眼前那只巨兽她就僵住了。

06

系统小心翼翼地提醒叶语："泂关秘境是个品字形结构，三个区域内各有一众低阶、中阶的灵兽，分别由一只被封为妖王的高阶灵兽掌管，其境界相当于仙修的化灵境和魔修的成兽境。在同境界的实力上，一只灵兽打三个修者还是没问题的。"

叶语问："你别跟我说这大家伙就是那三只高阶灵兽中的一只。"

"很不幸，主人，它确实是。"

叶语问："被直接传送到这里的概率有多大？"

系统回答："数据不全，无法进行判断。不过按照相关记载来看，主人是第一个。"

叶语又问："那按照已有的数据来看，我现在该怎么办？"

"主人应该庆幸，您现在显露的修为依旧是灵种境，它并不能看破玄翊以血脉秘术所布的障眼法，换句话说，它应该已经察觉到您的存在了，不过因为您的修为太低，它将您视为一只随时可以捏死的小虫子，所以并未放在心上。"

叶语听明白了："你的意思是我还有机会逃走？"

"您现在毕竟也是成兽境初期……哦不，还有两次任务奖励没有领取，主人是否需要领取？"

危急关头，叶语没跟系统废话："领，赶紧领。"

系统应声。

没过两秒，叶语的修为就从幼态境后期达到了成兽境初期。

"这个妖王在修为上接近成兽境巅峰，攻击能力也是三个妖王中最为强悍的，不过它的防御能力和速度都很一般，主人只要把握先机，一定能甩掉它。"

有了系统的保证，叶语放下心来，也不急着跑了。她摸着下巴打量着趴在地上的巨型灵兽，最后她的视线定格在灵兽的前爪上。

系统迟疑了下，问："主人不会是在打仙金草的主意吧？"

叶语扬眉："有问题？"

"主人，虽说仙金草是修复弑神剑所需的最后一种材料，如今的仙魔大陆上又只有洵关秘境里有仙金草，但您要对玄翊有信心，他自己一定可以拿到，毕竟他现在已经是混沌境的修者了。"

"可你也说过，仙金草跟灵兽一样是有低阶、中阶、高阶之别的。"叶语瞧着那株被巨兽压在爪子下的仙金草，"从这一株的品相来看，如果我猜得不错，应该是高阶仙金草？"

系统犹豫了下，道："确实是，可玄翊说不定也能遇上……"

"洵关秘境是有时间限制的，十二个时辰之后，无论是否有收获，剑宗弟子都会被传送回大殿。万一他迷了路……不对，他毕竟是只狗子，迷路应该还不至于。总之，万一他出现失误，错失仙金草，那就太遗憾了。"

系统忍了几秒，最终还是忍不住了："主人，玄翊继承了最纯正的烛幽神兽血脉，他真不是狗。"

叶语："哦。"

"你查一下数据库，确定一下这个妖王的身份，然后把它的爱好告诉我。"

"好的，主人。"

一分钟后。

"言虚果？那是什么东西？"

"一种木系珍稀灵物，只存在于魔域东部山脉中，是这狻猊妖王的最爱，甚至能给它一丝进入混沌境的机会。"

叶语的眼睛亮了起来："那如果拿言虚果跟它换仙金草，它会愿意吗？"

系统："可是主人，我们并没有言虚果啊。"

叶语不甚在意地道："我们可以装作有啊。你刚刚不是说了吗，这家伙虽然凶恶残暴，但脑子不太好使。"

系统迟疑着道："主人是想……骗它？"

"啧，这叫什么话，"叶语微微一笑，"只是收点智商税，又不犯法。"

她说着，笑眯眯地往前一步："先从打招呼和自我介绍开始吧。"

一炷香后，一声愤怒的咆哮响彻了整个洄关秘境。

洄关秘境内除了品字形区域的三个高峰点以外，其余地方多是视野开阔的平原，偶尔有一片密林，对修者来说在秘境中找人不是什么难事。

故而进入秘境没多长时间，二三十个剑宗弟子中的大多数就聚在了一起，除了叶非、叶语、云华，以及另外五六个弟子。

所有人都是最多只能待十二个时辰，洄关秘境里又危险重重，他们商量了一下，便组了几个小队一起行动。

也是赶巧，定下大致行进方向后没走出多远，他们便陆续遇上了其他几人。

等叶语也与他们会合的时候，就只剩下大师兄叶非和云华还没到了。

"他们不会又撞到一起去了吧？"有个女弟子嘀咕道，说完之后还看了叶语一眼。

叶语的注意力根本没在她身上，而是像有所顾忌一般时不时瞧一眼身后的某个方向。

"坑，"叶语在心里问道，"按照原剧情，玄翊现在应该在什么位置？"

"应该在品字形最中心的平原地带，也刚好在现在这支队伍前进的方向。"系统回答完问题之后，过了几秒又小心翼翼地问，"主人是准备去捉奸吗？"

叶语："嗯？你再说一遍？"

系统沉默了。

叶语："我总感觉那个妖王的神识还在附近。按你所说，那个妖王应该能号令这块区域内的低阶中阶灵兽，而这个秘境里没人的实力比玄翊强悍，前去与他会合是最好的选择。"

系统听了很失落："主人原来是要去'抱大腿'吗？"

"不然你想我怎么做？"

"主线任务明显是把您扶到主角的位置上了，"系统兴奋地说，"按照主角定律，现在就到了您大杀四方的时候啊！"

叶语鄙夷地道："有免费的苦力不用，我为什么要自己动手？"

系统沉默下来，它竟然找不到任何反驳的理由。

之后，它亲眼见证了叶语作为这个队伍里修为最高的修者之一，全程受到师兄们的保护。

叶语走在队伍后方，突然，她神情一凛，然后慢慢地转身看向身后。

过了几秒，叶语叹了口气，转回身，目光落在最前方化灵境的那几位弟子上。

没过多久,那几人陆续停下脚步,其中一人皱着眉叫停了队伍:"等等。"

化灵境以下的修者皆一脸茫然:"孙师兄,怎么了?"

另一人同样神色凝重地看向被称为孙师兄的那个人。

孙师兄点点头:"既然你们也有所感觉,那看来不是错觉了。"

有人慌张地问道:"师兄,到底怎么了?"

几个化灵境的弟子对视一眼,其中一人道:"应该是有大批灵兽在靠近我们,像是发生了兽潮,但方向不明。"

这话一出,所有人的表情都变了,包括叶语。

不过她不是因为震惊和害怕,而是没想到这几个化灵境的剑宗弟子的神识比她弱了太多,连兽潮方向都判断不出来。

系统幸灾乐祸地道:"主人,看来还是需要您出手。"

叶语没搭理它,直接开口道:"诸位同门,我们尽快赶路吧,兽潮是从后方包围上来的。"

如果是一个化灵境的弟子说出这句话,大概所有人都会同意。

但众人皆以为叶语不过是灵种境修为,再加上最近她出尽了风头,此时她这番话便引得不少自以为修为比她高的弟子或是自以为与她同境界的弟子很不满:"叶语师妹,你能确定?毕竟你只是灵种境修为,万一探测错误,那我们……"

"我只是提个建议。"叶语面无表情地打断对方,冷冷地看过去,"你们是否愿意相信,与我无关。如果诸位都不肯相信的话,那我就先走一步了。"

说完,叶语毫不犹豫地转身离开,那个孙师兄主动开口喊住了她:"师妹稍等。"

鉴于这人之前在大殿把自己夸上了天,叶语也就给他个面子地停了下来。

"师妹有几成把握?"

叶语眼都不眨地道:"十成。"

孙师兄微怔了下,继而点点头:"好,那我相信师妹,与你走同一个方向。"

一番简单表决之后,原本的队伍变成了两支,各奔一边。

叶语等人朝着淘关秘境中心方向赶去,没走太远,就听见后方传来一声震天的咆哮。

众人心有余悸地看一眼身后,接着纷纷向叶语道谢:"幸亏有叶语师妹在,不然今日我们就惨了。"

叶语笑笑:"大家都是同门,互相照拂是应该的。"

"听这动静,多半是有弟子进入秘境内时招惹了哪个妖王,引发兽潮,这才连累了我们啊……"

"是啊。"叶语一副痛心疾首的模样,"那人实在是太可恶了。"

01

队伍前行了小半个时辰后,走在队伍最前方的叶语眼神一动,抬眸看向远处。

其余化灵境的弟子见状,也纷纷看了过去。

不消片刻,一高一低两道身影就出现在了众人的视线里。

一看清那两人的模样,队伍里超过一半的剑宗弟子都神情微妙地看向叶语。

叶语在心里叹了口气。

系统试探着问:"主人心情不好?"

叶语答道:"相信我,你要是同时被十几个人用这种目光盯着,你的心情也不会好的。"

一人一系统交谈间,叶非和云华已经走到了众人面前。

叶非身形一闪,瞬间移到了叶语身旁:"没事吧?"

叶语没回答。

她在心里问系统:"那个任务条现在还剩多少了?"

系统查看之后惊呼一声:"啊,怎么又涨了?之前在大殿里时未完成任务量明明掉到了40%,现在竟然涨到了45%。"

叶语闻言,不动声色地瞥了一眼不远处的云华。

她叹了口气,对系统道:"看来不能让这两人独处,一不小心就会起反作用。"

系统焦急地问:"那主人准备怎么办?"

"素来都是我看别人的热闹,想不到我也有今天。"叶语在心里哀叹,面上却一派平静。

她抬起头,睨了玄翊一眼:"你进入秘境后一直和她在一起?"

玄翊没想到叶语会突然发问。毕竟按照叶语以往的所作所为,她不把他推给云华就已经很不错了。

叶语分明感觉到玄翊的气息有一瞬地急促,接着,他望着她的那双眼眸里倏然腾起了幽蓝色的火焰,隐隐带着一丝兴奋。

"你很介意?"

众人均是一副看好戏的表情,该配合她演戏的人又一副想抢夺主动权的架势,叶语只得作罢。

她主动退了一步:"先赶路吧。天色要暗下来了,找个合适的地方休息整顿。"

瞧热闹的人虽然觉得遗憾,但也分得清轻重缓急,纷纷点头同意。

玄翊笑着看了她一眼,然后才点点头:"前方有一段山脉,地势颇高,易守难攻。我们今晚就在那里休息。"

剑宗弟子第一人的话此时自然是无上权威,没人敢提出异议。

"为了加快速度,"玄翊像是想到了什么,眼神一动,"大家御剑行路吧。灵种境和含芽境真气不足,这两个境界的几位弟子就由成叶境和化灵境的几位师弟带一下。"

叶语不可置信地看向玄翊,然后目光就撞进那双盛满笑意的黑眸。

玄翊已经甩手招出了一柄飞剑:"叶语师妹,请吧。"

叶语咬着后槽牙保持着微笑。

叶非没动,其余人也不敢动。

在一众剑宗弟子的注视下,叶语也不能说什么,连磨蹭一会儿都不行。她认命地踏上那柄离地只有几寸的飞剑。

玄翊跟着踏了上去,虽然他的动作极轻,但突然落在剑上,剑尖还是不可避免地抖动了几下,叶语也跟着哆嗦了几下。

玄翊看在眼里,意图得逞之余又难免有点心疼。

"转向我。"他低声对背对着自己的叶语道。

"你适可而止啊。"叶语低声道。

玄翊没跟她多费口舌,直接抬手扶着叶语的腰。

借着身高优势,他毫不费力地扶着叶语的后脑勺,把人按进了怀里:"我不喜欢你把我当外人,在我面前,你不用死撑着。不管什么时候,你都可以躲到我怀里。"

叶语感觉自己的耳朵一点、点热了起来。

这时,系统略带兴奋的声音响了起来:"继续继续,主人,就这样!未完成任务量已经减少到35%了,而且还有继续减少的趋势,您再索个吻,说不定就直接任务完成了!"

"当着剑宗弟子的面你让我索吻?"叶语面无表情地道,"你滚吧。"

系统虽然不甘心,但还是噤了声。

等到了目的地,任务条最终停在了30%的位置。

"真是个顽强的女人啊。"叶语自言自语地道。

"嗯?"玄翊抬眸看她。

"没什么。"叶语拿出自己得来的那株高阶仙金草,"这个给你,多余的可以放着备用。"

望着那株仙金草,玄翊难得愣了一下。

反应过来后,他忍不住轻笑起来:"原来这兽潮……是因为你。"

叶语装傻:"啊?你说什么?我听不懂。"

前一秒玄翊还笑着,下一刻,他就俯身在她唇边亲了一口:"这是谢礼,姐姐。"

叶语呆在了原地,等她回神时,就见四面八方的人投来探究的目光。

而罪魁祸首已经去勘察那几个可供居住的天然洞穴了。

望着他的背影,叶语红着耳尖磨了磨牙。

谢礼?真是给他脸了啊。

系统十分兴奋:"任务条只剩25%了,主人!再来五次,只需五次,您就可以升入混沌境了!"

叶语恼羞成怒,彻底爆发了:"让你的系统从我脑子里滚出去!"

系统无辜又委屈地回到了手机里。

临走之前,它下意识地探测了一下叶语的心理状态。

羞赧?这种情绪也会出现在它主人身上?女人心果然是海底针!

泂关秘境的这段山脉里有几十个天然洞穴,足够剑宗弟子们一人住一个,故而在住宿问题上没有起任何争执,大家选了洞穴后,在天色完全暗下来之后,便都回去休息了。

系统也被叶语从手机里放了出来——为了商量对策。

别的方面叶语都不怕,唯独在感情上,受成长环境影响,她素来不擅长处理。

听了系统的建议,叶语有些纠结:"你确定这样可以?"

系统语气坚定:"绝对没问题,主人。我们只能在这秘境里待十二个时辰,机会稍纵即逝,您一咬牙,就能拿到奖励升入混沌境了。"

叶语思索了几秒,道:"好,我跟他商量一下。"

叶语转身直奔玄翊所在的洞穴而去。

看到她,玄翊显然十分惊讶。

他的视线越过叶语的肩头,投向洞穴外漆黑的夜空。

"我有事找你。"叶语开门见山。

玄翊起身,勾起唇角:"什么事让你这个时间来找我?"

叶语直奔主题:"你还记得我在大殿里告诉过你,可以配合你解决云华纠缠的麻烦吧?"

玄翊眼神一动,脸上的笑意更深了几分:"当然记得。"

"很好。"叶语被他的眼神盯得有些不自在,她移开视线,"我现在有个计划,应该可以彻底解决这个问题,你要试试吗?"

玄翊沉默了几秒,而后他轻笑道:"当然。"

半分钟后,一只黄雀飞出了玄翊所在的洞穴,向着云华所在的洞穴飞去。

而玄翊的洞穴里传出窃窃私语:"你这颗夜明珠……就没有暗一点的吗?"

"这样?"

"再……再暗一点?"

"再暗的话,可就未必能达到姐姐想要的效果了。"

"云华的视力有那么差?"

"这可说不准。"

……

一炷香后,因玄翊主动相邀而心情雀跃的云华一赶到玄翊所在的洞穴外就愣住了。

在昏暗的夜明珠的光华下，两人身形交叠，在洞内石壁上投下长长的影子，看着这一幕，云华眼底的喜悦一点点消失了。

男子在女子修长白皙的脖颈上亲吻着，低哑磁性的声音带着暧昧的尾音："叶语……除了你，我谁都不想要，我只要你！你是我的……你是我一个人的……"

洞外的云华泪流不止，她想也不想就捏碎了传送令牌。

须臾之后，云华的身影从洞穴外消失。

在她的气息消失的下一秒，叶语再也忍不住了，一把将压在身上的人推开："够了。"

看着身下人在夜明珠的光华里染上了红霞的双颊，玄翊轻声道："这怎么够？"

叶语不敢直视那双深不见底的黑眸，于是侧过头："她已经走了！"

玄翊的眸子黑沉，唇角的弧度却越发明显："你真以为我在乎她来不来走不走？"

02

叶语后悔了。

她突然觉得自己不该听信系统的馊主意，那样就不会陷入进退两难的境地。此时玄翊伏在她上方，他的眼神里藏着某种叫她不寒而栗的情绪，而她连理直气壮地反击都做不到。

叶语告诉自己要冷静，她强迫自己放松下来，后背完全贴上石壁。

她平静地开口："我们说好了的，我只是替你解决问题，是你欠我而不是我欠你，你不能忘恩负义吧？"

玄翊撑着手臂笑着看她，黑眸里光华熠熠："姐姐真当我傻吗？怎么？你要告诉我你毫无私心？"

叶语眼神真诚："当然没有，我是无私奉献。"

"呵。"短促而低哑的一声轻笑之后，玄翊的眼神变得更加危险了，"无私……奉献啊。"

他的右手顺着叶语的肩线往上滑："能奉献到什么程度呢？我很好奇。"

叶语按住了他的手："就到这儿了。"

"如果我不肯呢？"

"那我会把你踹下去，让你清醒清醒。"

玄翊看了叶语好一会儿，才慢慢起身，那令人窒息的压迫感也随之消失。

叶语这才松了口气。

"你不用担心，我不会强迫你。"玄翊头也不回地往外走，"不过，你是喜欢我的，姐姐。"

叶语错愕地抬头，玄翊已经消失在洞穴外，连个反驳的机会都不给她。

偌大一个洞穴里只剩下叶语一人，她忍不住喃喃自语："我怎么会喜欢上一只小黑狗呢？"

"主人，恭喜您完成任务，可以领取奖励了，即刻就能升入混沌境了！"

"我不可能喜欢他的，对吧？"不等系统回答，她自己飞快地回答，"对，不可能。"

系统看着对混沌境奖励都毫无反应的主人，觉得她要的答案已经很明显了……

第二天叶语醒来时,觉得四周极为安静,安静得有点奇怪。

昨夜入睡前,她分明听见聚在山下的兽潮的呼啸之声。

出了洞穴,叶语就近找了个剑宗弟子一问,那人古怪地看着她:"叶语师妹不知道吗?叶非师兄昨晚下山连斩了数百头凶残灵兽,凌空一剑杀得在后方坐镇的妖王重伤而逃,灵兽们都慌忙逃窜,早就散得干干净净了。"

剑宗弟子问道:"也不知道叶非师兄怎么会有那么大的火气。"

"哈哈……"叶语干笑了两声,"大概是因为被那些灵兽吵得睡不着,火气上来了吧……"

那人琢磨了会儿,露出一个笑容:"不过托叶非师兄的福,这次大家在秘境里应该都能有大收获,这方圆百里之内的灵兽都逃走了,各种奇珍异宝珍稀灵物都没有灵兽看管,大家都忙着去搜寻了。"

叶语迟疑了下,问道:"那叶非师兄呢?"

"叶非师兄好像去秘境深处拿到了什么灵物,后半夜回到这儿待了没多久,就直接离开秘境了。"

叶语点点头,跟对方道了谢,然后翻出传送令牌,将之捏碎后离开了秘境。

剑宗宗主峰,后山。

一身淡青色长袍的男人正在赶路。

迎面而来的弟子看清了他的面容后不由得一愣,而后慌忙作了一揖:"叶非师兄!"

"嗯。"男人冲那弟子微微领首后便离开了。

等男人走远了,那个弟子才慢慢直起身,疑惑地望着男人消失的方向，喃喃自语："奇怪，刚刚我不是在天潭旁边看见师兄了吗，怎么一眨眼他又到山下去了……"

少顷之后，天潭旁石壁内。

两个长相、身量都一模一样的男人相对而立。

"陛下。"在这儿等了好一会儿的男人向着后来者作揖。

"都准备妥当了？"

"这一年多的时间里，所有埋伏力量均已启动，任凭陛下差遣，随时可以挥兵魔宫。"

玄翊微微皱起眉："不要弄出太大动静。"

叶非一怔："陛下是怕打草惊蛇？以我方的力量，即便玄胰的亲卫军再多个三五倍也无力和我们抗衡，何不一鼓作气直接将他们……"

"我不是担心魔域。"玄翊随口说了一句，并没有要详细解释的意思，他抬眼看向叶非，"这次复宫之战，你留守仙域。"

"陛下？"叶非大为不解。

"让你留在剑宗主要有两个原因。"玄翊摆了摆手，制止了叶非接下来的话，解释道，"其一是以你现今在剑宗弟子中的影响力，留在剑宗起到的作用远比以一个混沌境修者的身份赶去魔宫能起到的作用大得多。其二……"

玄翊顿了一下，眼神有些飘忽，但很快重新聚焦："其二，我需要你保护一个人的安全。"

叶非了然："叶郡主？"

玄翊摇头，纠正道："是我的魔后。"

叶非想起在凤还城远远看到的那道身影，疑惑地道："魔后殿下应当是幼态境初期的修为吧？在剑宗内，她只要不暴露身份，应当可以自保。"

玄翎想了想自己离开秘境之前感知到的血脉秘术遮掩下的叶语的修为，不由得勾唇一笑："不是幼态境初期。"

"那是？"

"成兽境初期。"

叶非震惊不已："一年之内就从幼态境跨一个大境界达到成兽境，要是再给魔后殿下一年时间，她岂不是就能直接升入混沌境了？"

玄翎微笑道："说不定不用一年。"

叶非无奈："陛下让我留下来，是想让魔后殿下保护我吗？"

"她现在还只是成兽境初期，你已经迈入混沌境了，而且有你照看，我也不用担心她会在宗内暴露身份。"

叶非拱手施礼："谨遵陛下旨意。"

玄翎点点头，转身往外走，刚转过身就停了下来。

"还有最后一件事。"

"请陛下吩咐。"

"不要让她识破你的身份。"

03

从洇关秘境回来后很长一段时间，叶语都没再见到玄翎。

秘境内发生的事情和最后玄翎对她说的话，都让叶语心神不安，所以在考虑清楚之前，叶语也乐得见不到他。

就这样过去了一个月有余，叶语终于发觉了不对劲。进入洇关秘境之前那段时间，玄翎几乎每天都会寻个借口出现在她面前。从秘境出来后，他不但没有主动来找她，反而像在刻意躲着她。

最明显的一点就是，叶语每天都能听见剑宗的人说他们大师兄今天又出现在哪个修习场，或者又指点了哪个弟子，偏生她一次都没遇见过玄翊。

"坑啊，你说他是生气了吗？"

宗主峰后山的溪涧旁，实在无聊的叶语坐在溪边的圆石上，一边舀着水一边在心里问系统。

系统犹豫了一会儿，最后诚实地回答："主人，我也不知道。"

叶语本来也没指望系统能给出建设性的意见，听了这个回答后也就放过它了。

她站起身，跳下圆石，正准备离开的时候，就听见两道声音隐隐约约地传来："那些附属势力虽然没法和我们剑宗相比，但怎么说也在仙域扎根百年有余了吧，怎么会轻易叛逃？你的消息真的没错？"

"当然不会有错，宗内现在还封锁着消息，大家都不知道，但宗外早就闹得沸沸扬扬了，这么多修行世家和各宗附属势力突然一起叛逃到魔域，显然是有人在背后推动。"

"是啊，真是想想就觉得后怕……"随着那两人的脚步渐渐远去，说话声也越来越小。

叶语一脸凝重地望向剑宗山门的方向："他的复仇已经开始了吗？"

系统也很惊讶："到现在都没有出现剧情任务，看来玄翊的复仇计划实施得很顺利。如果之后出现变故，应该才会出现任务吧？"

叶语皱着眉往山下走："别乌鸦嘴。"

"主人要去做什么？"

"还能做什么，玄翊明显是想瞒着我。既然如此，我只能去找那位百事通张环师兄打听消息了。"

半个时辰后。

交易集市一角，张环的摊位上，木桌前后各坐着一个男弟子打扮的人。

"竟然牵涉到了这么多势力，"听张环说完如今仙魔大陆上的战况，叶语紧紧皱起眉，眉心几乎拧出个疙瘩，"看来这次魔城那边的动静不会小啊。"

"何止是不小，"张环低呼一声，"师妹你是不知道，现在魔城周围的那几座城市全都被卷进去，打得不可开交。我看那位少魔帝是早有准备，恰好那个摄政王玄朕如今不在魔城，这么多仙域势力突然袭击，打得玄朕的亲卫军措手不及……"

"玄朕不在魔城？"叶语指尖一抖，神情肃然地问道。

张环并未察觉到她的情绪波动，点头应道："对啊，他不在。"

"不过我估计就算他在，也无力回天了，听说那位少魔帝如今已经是混沌境巅峰的修为了……早些年还有传言说他是不能修炼的废物，没想到现在变得如此可怕……"

不知为何，一听到玄朕不在魔城的消息，叶语心里蓦地涌起不祥的预感。

她相信玄翊绝不是算准了玄朕不在魔城才有所行动，按照玄翊的性格，他一定不会留下一个不可控的变数，想把玄朕和亲卫军一网打尽……所以必然是他的计划出了什么纰漏。

想到这儿，叶语再也坐不住了。

她猝然起身："多谢张环师兄，我还有最后一个问题，您可知道玄……叶非师兄现在在哪儿？"

张环道："刚刚我听同门师弟说在东修习场见到叶非师兄了，师妹你可以……"

张环还没说完，叶语就向他作了一揖，然后快步离开了。

看着她离开的背影，张环摇头感慨："漂漂亮亮的一个小姑娘，干吗总把自己打扮成男人呢……这障眼法也是厉害，要不是她自己说，谁也认不出来……"

叶语以最快的速度赶到了东修习场。

叶非所在的地方自然好找，围了一大堆剑宗弟子的那个地方必然就是了。

叶语拧着眉走了过去。

来这儿向叶非请教的剑宗弟子不在少数，叶非倒也有耐心，一个接一个地回答那些弟子的问题。

叶语等得有点不耐烦了："这时候不去主持大局，还在这里指导他人，他可真是沉得住气啊。"

跟系统感慨完，叶语自己先愣了一下。

系统大约是察觉到了她的迟疑，过了几秒才犹豫着开口："刚刚我就想与主人说了，就算对付一个混沌巅峰的玄胆不需要玄翊亲自出手，可以由那几个混沌境的属下解决，但按理来说，这一天他等了这么多年，他这会儿怎么也不该待在剑宗啊。"

叶语之前是当局者迷，没有思考过这个问题，此时听系统一说，她心里也生出了怀疑。

恰在这时，排在她前面的弟子毕恭毕敬地向叶非作了一揖："多谢叶非师兄指教，弟子受益良多。"

"你回去勤加修习，必有成就。"叶非笑着点了点头。

看着那个笑容，叶语微微眯起眼。

此时，叶非也看到了她："这位师弟，你有什么想问的……"

他的声音戛然而止，他放出神识在叶语身周一探，随后脸色一变。

与此同时,叶语也将自己的神识从对方身上收了回来。

系统的声音她的耳边响起:"主人,这人不是玄翊,而是真正的叶非。"

04

"以假乱真又以真换假,他倒是玩得一手好计谋。"

叶非房内,叶语面无表情地看着站在自己面前的男人。

叶非神色不变:"陛下这样做,也是为了殿下您的安全着想。"

叶语皱眉:"你叫我什么?"

叶非淡定地重复了一遍:"殿下,魔后殿下。这是陛下的意思。陛下说等复宫之战结束后,他会昭告天下,封殿下为后。"

叶语一直努力推进复仇这个主线任务,却没想到那人已经在考虑复仇之后的事情了。

封叶王府的小郡主为后,他就不怕自己的下属们反对吗?

"如今之计,还请殿下少安毋躁,在剑宗静候佳音。"

叶语回过神,而后自嘲一笑:"我要是真有那个福气就好了。"

叶非不解,抬眼看向叶语。

叶语也看着他:"玄朦不在魔城一事,可在你们计划之中?"

提及这个,叶非脸色微变,但他并未隐瞒,摇了摇头。

果然。

叶语眸光微沉:"那我就更要赶回去了。"

叶非皱眉:"殿下,恕我直言,您的安危对陛下来说重若万钧,您若是真在魔城出了什么事,才会让陛下陷入万劫不复之地。"

"你的意思是，我对玄翃来说只能算个累赘？"叶语没什么表情地睨他一眼。

"成兽境初期的修者虽然已有自保之力，但复宫之战里变数太多，为了避免出现什么差错，还请殿下……"叶非说到一半就停下了，他不可置信地睁大了眼睛看着叶语，此刻的叶语直接从成兽境初期升到了混沌境。

对天底下许多天才修者来说，升入混沌之境难如登天，叶语竟然在眨眼之间就完成了。他看得分明，那绝对不是隐藏修为之后又恢复修为，而是实实在在地从成兽境升入混沌境。过了好半晌，叶非都回不过神来。

看着对方惊讶地张大嘴，叶语的心情总算好了一点。

她淡淡一笑："这样，我应该不算累赘了吧？"

叶非心想：要是混沌境的修者都算累赘，那天底下的人大概都是废物了。

许久之后，叶非长叹了一口气，深深一揖："我原本以为陛下已是惊世之才，如今才知道人外有人，天外有天。殿下既然有如此通天本领，想来我是不可能拦住殿下的，您请便吧。"

叶语笑笑："我喜欢识时务的聪明人，你算一个。"

"但还是请殿下允许我同行。"叶非说道。

"自然。"叶语毫不犹豫地应下，然后眨了眨眼，"回魔宫的路我可不认识，不带着你的话，迷路了可怎么办？"

叶语和叶非以历练为由离开了剑宗。

有叶非大师兄的名号在，两人几乎没费什么周章。

等出了剑宗，叶语不再隐藏修为，两人便加快了速度，一路向魔城的方向赶去。两人赶到临近魔城的地方时，时间已经过去了半个多月。

此时的仙魔大陆上，一日乃至一息之间都有无数风云变幻，半个月足够魔城里的形势变上几遍。

叶非原本准备直接赶到魔城，叶语将他拦了下来："先打探一下形势吧。"

叶语心里的不祥预感越发浓重，她思索着道："按时间来算，如果没出差错，复宫之战应该已经结束了才对，但现在……"

叶语这样一说，叶非的神色也凝重起来。

作为玄翊的心腹，他很清楚亲卫军跟他们培养多年的势力之间的巨大差距，之所以一直没有动手，无非是顾忌着玄胩。如今玄帝陛下已臻混沌巅峰，按理来说，复宫之战确实不应花费太多时间。

而现在……望着天际那隐约可见的血色硝烟，叶非慢慢点了点头。

"殿下请稍候，我去询问一下。"

叶语应了一声。

叶非前脚刚离开，后脚系统的声音就响了。

系统说话时一改往日或讨好或傻里傻气的语气，这一次语气十分沉重："主人，出大事了。"

叶语心里咯噔一下，脑海里掠过的可怕场景让她指尖冰凉、眼前发黑，她强迫自己冷静下来。

"出什么事了？"她的嗓子竟已经哑了。

系统道："最后一个主线任务发布，背景提要里说……玄胩此次离宫是为了寻求突破，如今已跨过混沌巅峰，成为半神，昨日归来重创玄翊及其一众属下……玄翊一方死伤惨重，玄翊本人也受了重伤。"

"可他不是还有弑神剑吗？弑神剑不是连神也可斩？"

"主人，弑神剑确实能斩神，但必须是在修为达到半神的修者手里，否则……玄翊昨日就是强行动用弑神剑才受了重伤。不过……"

"不过什么？"

系统迟疑地道："最后一个主线任务里，给出了解封弑神剑的方法。通过这种方法，玄翊就可以完全掌控弑神剑了。"

叶语攥紧拳头，指甲嵌进了掌心，只有这样她才能勉强保持镇定："任务是什么？"

系统沉默了。

"说！"叶语恼怒地道。

系统仍旧没吭声，叶语的手机屏幕亮了起来，无数的二进制数据从屏幕上掠过。

过了许久，系统才将最后一个任务缓缓显现。

听完之后，叶语慢慢松开了手。她低低地笑了一声，嘲弄地道："高处不胜寒吗……这个任务名字起得倒是贴切。"

05

叶非没用多长时间就赶了回来，见他面色阴沉，叶语心里的最后一线希望也破灭了。

一切已成事实之后，她反而镇定下来。

"不用说了，"叶语打断想要开口的叶非，"我已经知道大致情况了，玄翊现在在哪儿？"

叶非作为玄翊的心腹，对于重伤的众人的落脚点不可能不清楚，叶语深信这一点。

叶非目光复杂地看了叶语一眼,低声道:"殿下请随我来吧。"

叶语跟着叶非直奔远处连绵的山脉而去。

进入密林之后又七拐八绕了一番,两人才终于抵达了目的地。

洞穴深处。

叶语第一眼就看到了简陋的床榻上躺着的面色惨白的人,他的薄唇几乎没了血色,垂下的眼睫微微颤抖,即使处于昏迷状态,双眉也紧拧起来,像是在梦里也承受着痛苦。

这一幕让叶语的心疼得像是被人撕开了一样。

"现在外面到处都有人在搜寻陛下的踪迹,我们只能将陛下带到此处暂避。"站在床榻边的人沉声道,他自然也是玄翊的心腹,"廖将军已经去请一位和他有私交的云宗长老,预计午时将归,其余事情请叶将军定夺。"

叶非却看向叶语:"殿下……陛下会有事吗?"

他现在显然已经对叶语的能力深信不疑。

叶语闻言,从玄翊身上收回了目光:"不会。"

她并没有说得多么斩钉截铁,但声音平静,让叶非觉得安心。

叶语垂下视线:"有我在,他就不会有事。你们要做的,就是在他醒过来之前,不要让玄膑的人发现这里。"

叶非颔首:"是,殿下。"

距离午时还有一刻时,廖青带着云宗长老赶了回来。

一番仔细检查之后,云宗长老站起身来,慢慢地摇了摇头。

廖青急切地道:"怎么可能!陛下的气息明明还在,你、你你……"

云宗长老不解地看了廖青一眼,慢吞吞地道:"他没事啊。"

廖青悬着的心这才落了下来。

"虽然没什么大事,"云宗长老皱起眉,拿出一堆瓶瓶罐罐,"不过还是得好好休养一下,我先给他配置点药物,帮助他恢复真气。"

"劳烦长老了。"

叶非等人恭恭敬敬地向云宗长老道了谢,毕竟连魔域之人都肯救的,已经不多了。

或许是玄翊的身体恢复能力着实强,或许是云宗长老的医术了得,也或许两者兼有,傍晚时分,玄翊终于苏醒过来。

甫一看见站在榻边的叶非,玄翊就皱起眉来,微微张开没什么血色的薄唇:"不是让你在剑宗,喀喀……保护她吗?"

"那你倒是先保护好你自己啊。"没等叶非回话,一道声音就响了起来。

玄翊浑身一僵,缓缓看向声音传来的方向:"姐姐,你……你怎么来了?"

叶语没说话,抿着唇居高临下地看着躺在榻上的玄翊。此刻的玄翊仿佛变成了她印象里那个单纯的少年,有气无力的样子看起来格外虚弱,也格外叫她心疼。

叶语叹了口气,走到床榻边:"我不来的话,难道要在剑宗等人把你抬回去不成?"

"魔城太危险了,姐姐还是回剑宗吧,之后再……"

"那你呢?"

玄翊垂眸道:"抱歉,姐姐,我已经没有退路了,没法陪你回去。"

"所以说,你们这些年纪小的人没法让人信任啊。"叶语坐到榻边,瞧着玄翊,"弑神剑没受损吧?"

玄翊眼底情绪复杂,似犹豫,似不甘。许久之后,他慢慢撑起身,让手下将那柄弑神剑拿出来。

剑身冰冷而森寒,泛着幽红的光芒。

看着那柄剑,叶语同样心绪复杂。很快,她就将自己眼底的所有情绪敛去,微笑道:"如果你能完全掌控弑神剑的力量,应该就能杀了玄胪吧?"

"但我做不到。"说这话时,玄翊的黑眸里像是渗出了血一般,带着杀意和绝望,"我无法在短时间内升入半神之境。他此时掌控着大半个仙魔大陆,最多一天,他就能找到这里……"

说到这儿,玄翊停了下来。他像是突然想到了什么,抬眸紧紧地盯着叶语:"时间不多,姐姐必须立刻离开,叶非!"

"属下在。"叶非神色复杂地站了出来。

"你的任务就是护送……"

"闭嘴!"叶语终于再也忍不住,抬手把玄翊按回了床榻,"你的任务就是安心养伤,玄胪一来,你还有一场硬仗要打。"

玄翊冷冷地道:"姐姐,这不是开玩笑的事情,你必须立刻离开!"

"谁跟你开玩笑了?"叶语睨他一眼。

见她在生死攸关之际仍旧一副没心没肺的模样,玄翊气极,压低声音道:"叶语!"

对于他没大没小地这么叫自己,叶语难得没有生气。

她安静地瞧了玄翊一会儿,才笑着叹了口气:"不是你要我一直陪着你吗?"

玄翊垂眸："你能来找我，我已经很知足了。"

他的声音极低，恍惚间叶语像是又看见了那个少年……

叶语有些心疼，面上却仍旧笑着："你真要我走？不后悔？"

"嗯。"玄翊抬头瞧她，漂亮的黑眸里倒映着她的模样，"我希望你陪着我，但不想你陪着我赴死。"

"傻子。"叶语又叹了口气，伸手抚上弑神剑，"既然你用不了它了，那把它送给我吧，作为纪念。"

玄翊的属下们面上都露出了鄙夷和厌恶，唯独叶非若有所思地看了叶语一眼。

玄翊像是想到了什么，皱眉道："姐姐即便达到了混沌境，也不可能调动这把剑的力量。"

"当然不可能。"叶语毫不犹豫地接过他的话，"所以你是不舍得？"

玄翊无奈地道："不会。"

他思考了一番，想着弑神剑到了叶语手里也不会造成什么严重的后果，便将剑给了她。

叶语轻抚剑身，似笑非笑地道："其实也有可能，我是想修成半神，然后为你报仇呢？"

"好。"玄翊张口答应下来，定定地看着叶语，"修成半神，再为我报仇。"

叶语的瞳孔一缩，半响后她轻笑着应下："好啊，骗人是小狗。"

"叶非。"玄翊艰难地从叶语身上移开目光，藏在薄衾下的手攥成了拳，手背上青筋暴起，清秀的面庞上却没什么表情，"把她送回剑宗，一刻不离地守着她。"

叶非低下头去："是，陛下。"

第二天天刚亮，玄膑就带着仅余的亲卫军围了上来。

云宗长老的药已见成效，一夜过去，玄翊已经恢复了大半。

但所有人都知道，这并没有什么用。

在半神之境的玄膑面前，玄翊即便完全恢复也没有用。唯一能对玄膑造成威胁的弑神剑，他们倾尽所能也无法解封它。

玄翊一方，所有人的心都被绝望的阴云笼罩着。

"我的乖侄儿啊，"凌空而立的男人居高临下地看着站在洞穴前的玄翊，他脸上带着属于胜利者的笑容，只是笑容里又像藏着几分狰狞，"我真是没有想到，你能有这样的天赋和机缘，达到这样的成就和境界，我差点一不小心就留下你这个后患，酿成大祸。"

"还好，"他朗声笑道，"还好你不过是个空有天赋的黄毛小子，稍有些成就就按捺不住露出爪子，这才能让我把你们一网打尽！"

玄翊很平静，看向玄膑的眼神像在看一个死人。

"你怎么今天不用弑神剑了？"玄膑望着他空空的两手，笑得更大声了，"不过区区混沌境，就妄想动用弑神剑，昨日的反噬之苦，看来已经给了你一个教训啊。若是你有弑神剑，我还想与你比试几下，如今你连弑神剑都不带，我实在提不起兴……"

就在此时，天地间蓦地响起一道带着讥诮的声音："真瞧见弑神剑的时候，你可别被吓得屁滚尿流啊。"

所有人眼神一变，同时朝着声音传来的方向望去，只见一个女子抱着一柄剑走了出来。

站定后，她笑眯眯地仰头瞧着玄膑，咬着后槽牙一字一顿地道："玄膑伯伯。"

看清来人后，玄膑眼里怒气翻涌，还没等他说什么，一直沉默的玄翊开口了："叶语！"

叶语转向他："大敌当前，你能不能省点力气？"

"你为何不回去？！"玄翊的声音嘶哑，望着叶语的眼里浸上血一样的颜色。

叶语眨眨眼："因为……我找到方法了。"

她笑了笑，朝着玄翊走了过去："用我心头血，即可解封弑神之剑。"

"叶语！"玄翊瞬间移到了叶语的身旁，然而为时已晚，他只来得及扶住慢慢倒下的女人。

剑尖没入她胸口，滚烫的血溅了他一身。

叶语瘫倒在玄翊的怀里，感觉全身的力量都在迅速流失。

玄翊狰狞的面庞占据了她全部的视线，他白皙的脸上沾着从她身体里流出来的血，连衣袍都被血染得通红。

"对不起。"叶语听见自己的声音轻得像是随风飘散，带着无奈和笑意，"我本不想让你看到这样的我……玄翊。"

叶语感觉困极了，像是很多年没有休息过一样。

在面前之人的嘶喊里，她慢慢闭上了眼睛。

与此同时，插在她胸口的那把剑散发出光芒，刺眼得令人不敢直视。

那光芒渐渐包裹住女子的身体……

须臾之后，一切消散，只余一柄弑神剑立在半空，它像是拥有了灵性一般径直飞到了玄翊的手里。

玄翊低着头，谁也看不清他的神情。

众人只看见他攥着弑神剑的手慢慢收紧，青筋像是要从手背里迸出来。与此同时，他的发冠碎裂，黑发猛然垂下。

在那黑发间，众人瞧见了一双血红的眼睛。玄翊嘶吼一声，提剑向着玄膑挥去……

06

叶语再一次睁开眼时，眼前是一片刺眼的白。

天花板，白炽灯管，墙壁，输液瓶……没有一样不在转，连着她都像在一起转圈。

她听见有人急促地叫了一声她的名字，然后飞快地喊着"医生"跑出病房。

明明叫护士的按铃应该就在病床旁，这人这么没脑子，一定是苏藐。

叶语这样想着，勾了勾唇角。

她慢慢闭上眼，心想：总算回来了……

没一会儿，苏藐带着主治医生和护士进了病房。医生开始给叶语检查身体，同时不断询问着她的感觉，直到检查结束，病房里才重新安静下来。

"叶语，你差点吓死我！"等医生离开病房，苏藐就趴在病床边一顿哭号。

这一号，就是将近半个小时。

在此过程中，叶语大致拼凑出了自己摔下楼梯后发生的事情——被其他组员发现时，她正倒在楼梯下面，浑身上下除了点淤青和擦破皮之外，找不着别的伤处，但偏偏昏迷了一个多月。

这一个多月里，她就跟个熟睡的人似的，一切体征正常。

到现在，医生也没搞明白她到底是个什么情况。

"行啦……"休息了半个小时，叶语终于勉强能开口了，声音沙哑得不行,"动静小点,知道的说你跟我友谊深厚,不知道的以为你在这儿哭丧呢……"

"你就跟我打个电话就摔下楼了,我差点以为自己成千古罪人了……"

苏藐抬起头,哭得鼻头通红,眼睛也有点水肿。

叶语逗她:"没事,你这只能算为民除害。"

苏藐破涕为笑。

叶语醒来后,又在医院住了小半个月才出院。

回公司没两天,积攒的工作让她差点再逃回医院。

等繁忙的一个星期结束,所有事情重新步入正轨,叶语再想起自己昏迷后的那段经历时,怀疑自己做了一场大梦。

梦的最后,那冰冷的弑神剑插进胸口的感觉,还有那张近在咫尺却无法触及的脸,都让她永生难忘。

"唉。"叶语叹了口气,"我也算是死过一回的人了。"

"叶姐您说什么呢?"旁边突然凑过来一个脑袋,叶语被吓了一跳,一把将男生推了回去:"什么也没说,你听错了。"

"可我明明听见……"

"今天是让你们跟来混眼熟的,都正经点。"叶语瞥了那个男实习生一眼,又看看另两个看起来有些紧张的学妹,"等你们转正了,项目的事情都得你们自己来跟进。这家公司是我们的老客户,你们要是维系不好,看到时候部长不扒了你们的皮。"

那个男实习生笑得没正形:"那哪能啊,叶学姐您住院住了一个月,人家赞助商都只跟您签这合同。就这么来看,年底部门绩效考核,您稳压王琦月啊,到时候部长之位还不是您的吗?"

"少跟我这儿溜须拍马,"叶语似笑非笑地瞪他一眼,"有这精力,你去拍合作公司的马屁去。"

那个男实习生嬉皮笑脸地应下:"得令!"

叶语收回目光,没再说话,毕竟,谈合作有时候还真就需要这种死皮赖脸的人。

他们在合作公司的茶水室又等了一会儿,负责人才搓着手推门进来。

一见那人的动作和神情,叶语就皱了皱眉。

很快,她就挂上了笑容,起身走了过去:"王总。"

两人简单寒暄了几句,叶语刚要把话题往合同上带,就听王总道:"今天这合同啊,我们总公司的总经理亲自下来跟你谈。"

叶语很无语,就一个小项目,合同金额才五位数,叫总公司的总经理下来谈?

其他实习生也不解,总公司是个什么情况,他们来之前就做过功课,那公司资金雄厚,高层管理人员原本都是一个姓的。

之所以说原本,是他们听闻前两年老董事长出了事故,公司里乱成一锅粥。有人想上位篡权,老董事长在国外留学的儿子回来之后施展铁血手腕,辞退了一半的高管,自己坐着总经理的位置,愣是将公司拉回了正轨。如今在他的带领下,公司发展势头正猛……

无论怎么说,分公司的小项目怎么也不至于劳烦总公司的总经理亲自来谈吧。

"而且啊,"王总笑眯眯地道,"之前贵公司那边说是叶小姐出了点意外,我们这边都准备换负责人了,结果我们总经理不知道打哪儿听说了这合同,愣是要求等您来签。"

叶语听得云里雾里,但此时也只得应和着。

要不是她那各自又组建了家庭的父母早已把她忘到了脑后,连她住院他们都没露过面,她大概真以为自己像公司里的人议论的那样——家里有关系呢。

"听说叶小姐前两天住院了?没什么事吧?"王总乐呵呵地问。

叶语此时也明白过来王总从一进来就讨好她的原因了,显然他也误会了。

她笑道:"没事,就是不小心从楼上摔下去了,在医院里躺了一段时间。"

王总闻言愣了一下,然后猛地一拍大腿。

叶语被吓了一跳,然后她就听见王总惊喜地道:"这么巧啊,我们总经理半年前也从楼梯上摔下去了,两位真是有缘分啊!"

叶语心想:这算什么缘分?

她面上保持着不失礼节的微笑:"嗯,缘分,缘分。"

王总正想接着聊,这时,茶水室的门被人叩响了。

众人闻声望去,见一个个子不高、相貌平平的男生站在门外。

叶语主动站起身。

那个男生局促地道:"王总,总……总经理来了。"

王总连忙起身。

一个身材修长挺拔的男人大步流星地走了进来,他西装革履,五官俊美,走到会议桌的主位旁站定。

两个小姑娘已经看呆了。

那个男实习生不屑地撇撇嘴,暗道一声"花痴",便望向叶语，然后他也呆住了，因为一贯淡定自若的叶学姐竟然呆呆地望着那个男人。

王总并未注意到众人的异常反应，还向叶语他们介绍道："这位就是我们总经理……"

男人抬起手打断了王总的话，然后把手伸到叶语面前，郑重地道："您好，叶小姐。"

叶语的大脑已经"死机"，她盯着那张再熟悉不过的脸，同样伸出手去。

他温热的大掌把她娇小的手完全包住。

男人从进入房间后就一直绷着的俊脸上终于露出了笑容，他像是把猎物牢牢抓住的狼或者狗一般，一副很满足的样子。

男人抬眸，看着一副小呆鹅模样的女人："好久不见啊，姐姐。"